La guerre des dieux 3

–

Les Royaumes Oubliés

Du même auteur :

L'Héritier

La guerre des dieux :
1 – Le Maître des Ombres
2 – L'Enlèvement
3- Les Royaumes Oubliés
4- Le Roi Félon (à paraître)

Kiwa

https://www.facebook.com/Magali-Raynaud-221397698212053/

http://magaliraynaud.com

Raynaud Magali

Les Royaumes Oubliés

Le Code de la propriété intellectuelle interdit les copies ou reproductions destinées à une utilisation collective. Toute représentation ou reproduction intégrale ou partielle faite par quelque procédé que se soit, sans le consentement de l'auteur ou de ses ayant cause, est illicite et constitue une contrefaçon, aux termes des articles L.335-2 et suivants du Code de la propriété intellectuelle.

Carte du monde

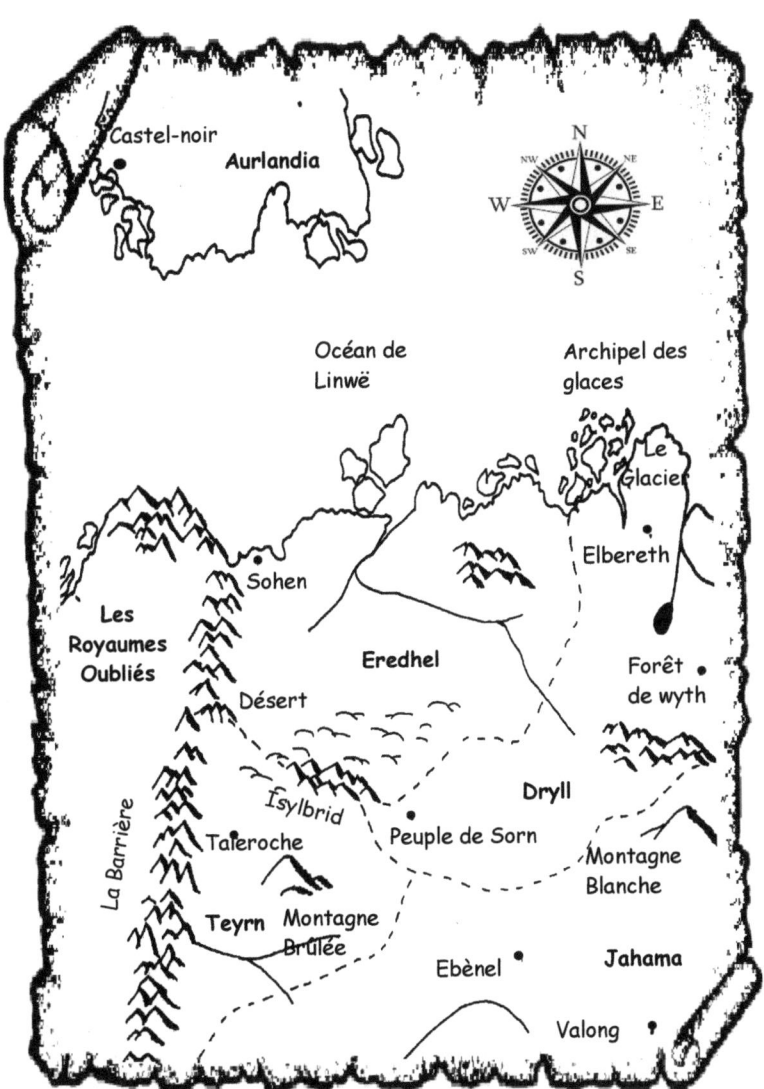

1

- Arrête de bouger de la sorte, comment veux-tu que je t'étudie ?
- Tu parles comme une vieille femme en train de marier son fils !

Connor eut un sourire amusé.

- Peut-être. Je te rappelle juste que c'est toi qui a voulu que je t'examine. « Je n'ai pas envie de ressembler à un bouffon, dis-moi ce que tu en penses ». Ce sont tes paroles. Tu n'étais pas mon premier choix, j'aurais préféré habiller Sanya plutôt que toi, tu sais ?
- C'est bon, c'est bon... grogna Darek en se tournant encore une fois. Cesse de parler et donne-moi ton avis.

Connor se recula pour mieux observer le Maître des Ombres. Désirant se marier dans le temple de la déesse du vent au fond des jardins royaux, Sanya logeait les futurs époux dans une chambre de son château, ce qui lui évitait de courir en ville chaque fois qu'elle devait les voir. La reine leur avait fait parvenir différentes tenues selon les goûts de chacun, que les deux époux devaient choisir au plus vite.

Sanya voulant partir sans tarder pour les Royaumes Oubliés et Kelly désirant se marier avant qu'elle ne parte, le mariage avait été organisé avec simplicité, selon les souhaits des deux époux, quelques jours seulement après la fête des légendes. Tous deux avaient consciences de l'urgence de la situation et prononcer leurs vœux devant leurs amis étaient bien tout ce dont ils avaient besoin.

Naturellement, la reine avait prévu une petite cérémonie au château, entre amis, pour fêter l'événement.

- Alors ? s'impatienta Darek.
- Je te trouve très saillant. On dirait un prince.
- Cesse de te moquer de moi.
- Je suis sincère. Que reproches-tu à cette tenue ? Sanya l'a fait faire selon tes envies.
- Je sais, mais... je me trouve... eh bien je n'ai pas l'habitude de me pavaner dans de tels vêtements.
- C'est ton mariage, fais un effort. Kelly en sera ravie.

Tandis que Darek attachait sa lame en Idril, il demanda d'une voix étrangement douce :

- As-tu vu Kelly ? Je veux dire, comment crois-tu qu'elle sera ?
- Sanya n'a rien voulu me dire. (Il adressa un sourire complice à son formateur.) Mais je saurai avant toi !

Darek soupira. Kelly ayant choisis Connor comme témoin, son intraitable élève allait donc la voir avant lui.

- Bon, si tu n'as plus besoin de moi, je vais me préparer à mon tour.
- Merci de ton aide, mon ami. (Darek hésita.) Je... je ne me suis jamais senti aussi angoissé de toute ma vie.
- Ne t'inquiète pas, tout se passera très bien, tu verras.
- Merci.

Alors que Darek continuait de s'observer d'un œil critique dans la glace, Connor quitta sa chambre et remonta jusqu'aux appartements de la reine. Enfin, leurs appartements ! Sanya et lui partageaient à présent la même chambre.

La jeune femme n'était pas encore rentrée, sans doute

n'avait-elle pas tout à fait fini d'aider Kelly à s'habiller, mais elle n'allait plus tarder. Elle aussi devait se préparer.

Se déshabillant, Connor jeta ses vêtements et ses armes sur le lit. Sa tenue de cérémonie était pliée sur une étagère et il l'étudia un moment avant de l'enfiler péniblement.

Alors qu'il essayait vainement de lacer ses brassières de cuir, la porte de la chambre s'ouvrit sur Sanya.

- Je ne m'habituerai jamais à avoir un si bel homme dans ma chambre, le taquina-t-elle.

- Parce que tu crois que vivre avec une reine est facile à réaliser ?

Sanya sourit et vint aider son amant à lacer ses brassières.

- Comment va Kelly ?

- Elle brûle d'impatience ! Je ne l'ai jamais vu aussi excitée.

- Cela fait plus de trois ans qu'elle attend ça. Je la comprends.

Sanya se tourna et souleva sa chevelure. Comprenant aussitôt ce qu'elle attendait de lui, Connor délassa son corset avec un sourire. Elle retira sa robe et alla la déposer sur le lit. Puis elle rejoignit l'armoire, nue, immensément désirable et récupéra sa nouvelle robe.

Connor l'aida à s'habiller en silence. Il revoyait encore sa compagne, quand il l'avait trouvé dans les cachots de Castelnoir et à chaque fois, Sanya lui semblait encore plus belle. Ne résistant plus, il déposa des petits baisers dans son cou.

- Ne cherche pas à me distraire, lança-t-elle avec un sourire narquois.

- Ben voyons !

Il l'embrassa, la serrant dans ses bras. Puis Sanya se dégagea et s'installa devant son miroir pour coiffer ses longs cheveux blond pâle. Connor, quant à lui, entreprit de se raser.

- Tout est prêt pour le voyage ? demanda-t-il.

- Oui. Toutes nos affaires sont prêtes et on nous a trouvé

un passage plus ou moins praticable pour traverser la Barrière.

- Plus ou moins ?
- Connor, la Barrière fut créée pour que personne ne vienne ici et pour que personne ne parte. Tu ne croyais tout de même pas que l'escalade allait être facile, si ?
- Non, mais j'en connais un qui risque de faire la tête.

Sanya sourit.

- Ce n'est qu'une étape, il s'en remettra. Pour l'instant, ce qui compte, c'est de marier nos deux amis.

Tandis que sa bien-aimée se coiffait, Connor finit de se raser avant de venir s'asseoir sur le lit pour la contempler. Dès que Sanya eut fini de dompter sa chevelure, elle se tourna vers lui pour qu'il puisse admirer son œuvre. Elle était magnifique ! Sur les côtés, ses cheveux étaient tirés en arrière sous forme de tresses, qu'elle avait décoré avec des petites fleurs. Et la couleur pâle de sa robe, ainsi que sa cape en fourrure blanche, mettaient en valeur le gris de ses yeux. En la voyant ainsi, si rayonnante de beauté, le jeune homme aurait voulu garder la reine rien que pour lui et il ne put s'empêcher de jeter un coup d'œil appréciateur au décolleté de la jeune femme. Le sourire de Sanya s'élargit alors qu'elle s'approchait d'une démarche séductrice.

- Si tu as fini de me contempler de la sorte, peut-être pourrions-nous y aller.
- Je pensais simplement que si tu as besoin d'aide pour retirer cette robe, je serais ravi de t'aider.

Elle posa une main sur sa poitrine.

- Ce soir, peut-être que je te laisserai me déshabiller.

Il l'embrassa dans les cheveux en souriant et passant un bras autour de sa taille, ils quittèrent leur chambre. Ils se séparèrent quand Connor rejoignit la chambre de Kelly, la reine s'en allant directement au temple.

Le jeune homme frappa à la porte.

- J'arrive ! lança Kelly.

Elle apparut quelques minutes plus tard et le souffle lui manqua.

La Maîtresse des Ombres rayonnait d'une beauté sauvage, dans sa robe d'un bleu foncé, piquée de pierres précieuses. Elle portait également quelques bijoux et une ceinture où pendait sa dague en Idril. Enfin, une belle cape était attachée à ses épaules par des épingles en or en forme d'aigle. Même si la cape servait surtout à tenir chaud, car les températures étaient bien tombées, Connor songea qu'elle lui allait à merveille. Et son ventre arrondi lui donnait un air encore plus attachant.

Kelly écarta une mèche de cheveux de son visage, rougissante comme une jeune fille. Elle n'avait pas voulu les attacher, les laissant cascader sur ses épaules et cela lui donnait plus de charme.

- Comment me trouves-tu ? souffla-t-elle.
- Merveilleuse. Darek sera incapable de te lâcher du regard.

Kelly sourit avant de poser sa main sur le bras tendu de Connor.

- Ne va pas trop vite s'il te plaît. Je n'ai pas l'habitude de m'habiller ainsi.
- Ne t'inquiète pas.

Il carra les épaules et Kelly à son bras, il la conduisit dans les jardins du château. Quand le temple de la déesse du vent fut en vue, la Maîtresse des Ombres serra plus fort le bras de Connor.

- Je... je peine toujours à y croire.
- Et pourtant.
- Je suis un peu angoissée, pour tout dire.
- Darek est dans le même état. Vous serez bientôt réunis. Sanya a tout préparé pour vous. Ça ira, tu verras. Ce mariage sera merveilleux.
- Je sais. C'est elle qui m'a donné cette robe, souffla-t-elle en resserrant sa cape sur ses épaules. Je ne doute pas que la

cérémonie sera superbe.

Sans un mot de plus, leur cœur battant sourdement, les deux jeunes gens entrèrent enfin dans le temple.

Tous les Maîtres des Ombres étaient présents, richement vêtus, formant une haie d'honneur pour le passage de la mariée. Ils se tenaient tous bien droit, rayonnant de joie, un grand sourire pour la nouvelle arrivée. Leurs dagues brillaient de mille feux. Au fond du temple, debout devant des bancs installés pour l'occasion, se trouvaient les amis proches. Faran était là, Il'ika sur son épaule, près de Damian et Carina. Aela et Breris se tenaient un peu plus loin. Debout devant l'imposante statue de la déesse, Sanya adressa un grand sourire à Kelly.

Et enfin, juste devant elle, se tenait Darek, fier comme un paon. Quand il se retourna, il resta pétrifié devant sa future femme qui approchait au bras de Connor. Les deux époux se contemplèrent longuement, les larmes aux yeux, un sourire aux lèvres.

Une fois près de son futur mari, Kelly pressa une dernière fois le bras de Connor avant de prendre la main que lui tendait Darek. Le jeune homme s'écarta et alla s'asseoir près de son frère. Dans son dos, les Maîtres des Ombres s'installèrent dans un très bel ensemble.

Sanya s'avança alors de quelques pas.

- Mes amis, nous sommes ici en ce jour pour unir deux âmes faites l'une pour l'autre. Darek et Kelly, dont les cœurs purs sont profondément épris et qui méritent selon leur souhait, d'être unis avec la bénédiction de Sanya, déesse du vent.

Les deux jeunes gens sourirent et Connor ne put s'empêcher d'en faire autant.

- Darek, Kelly, si vos intentions sont pures, si votre amour est sincère, je parlerais au nom de la déesse du vent pour vous unir.

- Notre amour est sincère, soufflèrent les futurs époux.

- Dans ce cas, nous pouvons commencer.

Darek et Kelly se tournèrent l'un vers l'autre. Tremblant, le Maître des Ombres sortit une bague de sa poche qu'il avait forgée lui-même. Fidèle aux traditions de la confrérie, elle était en Idril. Il la passa délicatement au doigt de Kelly.

- Veux-tu être liée à Kelly ? demanda Sanya.
- Oui. (Pour sa femme, il reprit plus doucement) Je jure de t'aimer, de te chérir, de prendre soin de toi et de protéger, durant toute ma vie et par-delà la mort. La vie sans toi serait fade et sans intérêt. Je t'aime et n'aimerai que toi.

Ne pouvant retenir ses larmes, Kelly sortit à son tour la bague qu'elle avait faite pour son mari. Connor reconnut le même matériau que la pierre familiale de Darek, celle qu'il avait dû reprendre à des voleurs. Elle la passa tendrement au doigt de son époux.

- Veux-tu être liée à Darek ?
- Oui. Parce que je t'aime. Tu as été la lumière qui m'a guidé dans les ténèbres et à présent, tu es le soleil de ma vie. Je ne pourrais pas vivre sans toi. Je t'aimerai toujours.
- En l'honneur de la déesse du vent, je vous accorde sa bénédiction. Soyez sûrs qu'elle vous protégera et qu'elle vous accordera le bonheur auquel vous aspirez tant. Soyez unis tant que vos cœurs s'aimeront, préservez votre amour car c'est un don de la vie qu'il faut chérir.

Quand la reine inclina la tête, Darek attira sa femme contre lui et l'embrassa tendrement, scellant ainsi leur union. Les larmes aux yeux, tous applaudirent les deux mariés. Les Maîtres des Ombres se levèrent, y compris Connor et s'agenouillèrent autour du couple. Ils murmurèrent alors à l'unisson :

- Que les ombres protègent à jamais votre amour.

2

Sanya eut de la peine à se lever. Alors qu'elle émergeait doucement d'un lourd sommeil, elle songea que programmer le départ de l'expédition deux jours seulement après le mariage n'était pas la plus brillante idée qu'elle avait eu.

Se laissant porter par la joie de ses amis, elle avait dansé, bu et rit une bonne partie de la nuit, emportée par la musique que jouaient les bardes. Darek et Kelly, aux anges, ne s'étaient jamais autant amusés de leur vie et Sanya devait bien admettre qu'elle non plus n'avait jamais passé une fête aussi formidable. Si elle avait d'abord passé la plus grosse partie de la fête avec ses amis, Connor et elle s'étaient finalement retrouvés dans les bras l'un de l'autre à s'embrasser et à rire sans se soucier des regards amusés de leurs amis.

Et quand les mariés s'en étaient allés, la reine avait pris la main de Connor pour s'éclipser à son tour. Ils avaient rejoint leur chambre en gloussant pour basculer sur le lit sans prendre la peine d'enlever leurs vêtements avant. Ce n'était pas leur nuit de noce, pourtant ils en profitèrent comme si c'était la leur.

Après ces deux derniers jours de pur bonheur, Sanya

n'avait aucune envie de partir vers le danger.

Pourtant il le fallait. Elle ne devait pas oublier qu'elle était toujours en guerre contre Eroll et le temps jouait contre eux. Elle avait déjà passé pratiquement un mois de convalescence et elle ignorait combien de temps il lui faudrait pour trouver Céodred. Elle refusait de sacrifier des journées à ne rien faire. Ramener le fils de l'empereur était peut-être son seul moyen de mettre fin à la guerre – provisoirement – et de lui laisser le temps de chercher le Quilyo. Devant l'urgence de la situation, elle ne pouvait se permettre de rester tranquillement au château et surtout pas de traîner au lit.

Elle se redressa paresseusement, serrant les draps autour de son corps nu et chercha sa robe du regard. Évidemment, Connor l'avait jeté de l'autre côté du lit...

Se tournant vers son amant qui dormait encore un bras autour de sa taille, elle le réveilla par quelques baisers, se plaquant contre lui.

- Quoi ? grommela-t-il.
- Il est l'heure, mon amour.
- Déjà ?
- J'en ai peur, oui.

Connor s'étira en baillant.

- Reste-là, je vais chercher à manger.

Le prenant par le cou, sa compagne le retint près d'elle encore quelques secondes pour l'embrasser. Puis Connor s'habilla et quitta la chambre.

Sanya se leva en maugréant et se hâta d'enfiler les habits de voyage qu'elle s'était préparée la veille. Qu'il était agréable de porter un pantalon de toile et une chemise ! Elle sortit un gilet chaud qu'elle jeta sur ses épaules, le serrant frileusement contre elle.

Alors qu'elle s'apprêtait à sortir, la porte s'ouvrit sur Connor. Il tenait à la main un plateau bien garni.

- Quelle délicate intention, murmura sa bien-aimée en

reconnaissant ce qu'elle aimait le plus.

- Nous ne serons pas seuls avant un bon moment, alors profitons-en.

Ils mangèrent en silence, savourant la tranquillité qu'ils allaient bientôt devoir quitter.

- Les autre sont prêts ?

- Faran était en train de déjeuner quand je suis descendu. Il m'a dit qu'Aela et Breris étaient déjà prêts depuis un moment, dans la cour, avec les soldats choisis pour l'expédition.

- Nous sommes les derniers...

- Le soleil vient juste de se lever, nous ne sommes pas en retard, rassure-toi.

Ils terminèrent de manger avant de vérifier qu'ils n'oubliaient rien. Manteau, couverture, chemise de rechange et armes. Puis ils ajoutèrent les rations de nourriture ainsi que des outres d'eau, que les domestiques avaient préparé pour chaque membre du groupe.

Quand tout fut prêt, ils accrochèrent leurs armes et jetèrent leur sac sur leur dos. Connor ne cracha pas sur une cape en fourrure, qu'il enroula autour de ses épaules pour se tenir chaud. Il accrocha ensuite son arc dans son dos.

- J'espère qu'il fera meilleur là-bas, grogna-t-il tandis qu'ils descendaient dans la cour.

- Qui sait ? Mais ne t'en fais pas, tu finiras par t'habituer au climat d'Eredhel. Moi aussi, j'ai eu un peu de mal, au début.

- Hum...

Connor n'en était pas certain, mais il ne répliqua rien. Il avait autre chose à penser qu'aux premières neiges d'automne qui ne tarderaient pas à tomber.

Comme l'avait prédit le jeune homme, tous les soldats étaient rassemblés dans la cour, prêts pour le départ. Le général faisait le tour, s'assurant que rien ne manquait et Aela le contemplait d'un œil amusé. L'herboriste était également là, mais le rouge de ses joues montrait qu'il était arrivé depuis peu. Breris avait pris sept soldats, sélectionnés pour leur efficacité et leur fiabilité. Ils portaient d'ailleurs l'équipement pour monter le camp, sûrement quelques tentes, ce qui serait le bienvenu vu le froid qu'il faisait.

- Tout le monde est là ? demanda la reine.
- Oui Majesté, répondit Breris. Rien ne manque.
- Bien, alors nous pouvons y aller.

Damian arriva en courant avant que la troupe ne parte, essoufflé.

- Un problème ? s'inquiéta Sanya.
- Non Majesté. Je voulais juste vous souhaiter bonne chance. Je veillerai sur le royaume en votre absence.
- Et je vous en remercie. Nous serons bientôt de retour avec Céodred.

Damian s'inclina avant de reculer. Prenant les devants, Breris entraîna tout ce petit monde hors du château, les soldats se déployant déjà autour de la reine.

Tandis qu'ils marchaient dans les plaines pour longer la Barrière, Connor songea de nouveau à ce qui pouvait bien les attendre dans les Royaumes Oubliés. Malgré ses appréhensions, il ressentait une certaine hâte. Sanya, Faran et lui avaient fait quelques recherches auparavant, se rendant dans la grande bibliothèque de Sohen et dans celle privée de la reine pour y trouver des livres, des recueils ou encore des journaux, qui pourraient les préparer à ce qui les attendait. Bien qu'ils aient tourné et retourné les bibliothèques, ils n'avaient rien trouvé de bien concluant, à leur grand regret. Quelques livres traitant de géographie parlaient des Royaumes Oubliés, mais toujours de façon très peu détaillée, donnant cette impression que cette région ne méritait pas qu'on s'y attarde. Et dans les journaux d'historiens ou d'explorateurs conservés, les témoignages semblaient toujours exagérer grandement la réalité. Bref, ils n'avaient rien trouvé de concrets.

Les Royaumes Oubliés étaient présentés comme une région très dangereuse et inhospitalière, personne ne l'avait exploré en profondeur. Les rares qui y étaient allés disaient ne pas être allés bien loin avant de devoir rebrousser chemin. On racontait des choses horribles sur ces territoires : monstres sanguinaires, envoûteuses, peuples cannibales et violents, régions mortelles et autres contes de ce genre... Les histoires s'étaient vite repandues et plus personne n'osait se rendre dans les Royaumes Oubliés, considérant ces terres comme des terres maudites qu'il valait mieux éviter comme la peste. Personne n'avait été assez fou pour s'y rendre depuis et les seuls qui eurent le courage ou la folie de le faire... eh bien qui sait ce qu'il était advenu d'eux ? Peu était revenu pour témoigner de leurs aventures et quand ce miracle avait lieu, les histoires dissuadaient davantage les autres de tenter l'expédition...

De plus, les prêtres s'étaient mis à avertir la population, leur interdisant de s'y rendre, prétextant que ces terres étaient maudites par la désolation et la violence. Des terres où empestait la mort. Tous les croyaient, évidemment. Apparemment, Abel ne voulait pas que son peuple découvre ce qu'il y avait de l'autre côté et Sanya ignorait bien pourquoi, d'ailleurs... L'idée de franchir la Barrière était devenue une idée absurde, si bien que personne ne pouvait vraiment les éclairer sur ce qui les attendait.

Mais Sanya et ses compagnons étaient bien décidés à le faire. Connor surtout, avait particulièrement hâte. Ils voulaient savoir ce qu'il pouvait bien y avoir là-bas. Il doutait que tous ces racontars soient vraiment fondés, pour lui, c'était un moyen d'éviter qu'on ne découvre une vérité fâcheuse.

Alors qu'ils marchaient à vive allure en s'éloignant de plus en plus de la ville, Connor tourna un regard vers son frère. Le seul passage franchissable connu était à environ quatre jours de marches et l'escalade s'annonçait très dure et très dangereuse. Faran appréhendait, même s'il ne s'autorisa aucun commentaire. Bien qu'enrichissant, le voyage risquait d'être long pour lui.

- Dis-toi qu'après, tu ne regretteras pas de l'avoir fait, lança Connor à son frère.
- Quoi donc ?
- Le voyage. Inutile d'être un voyant pour voir qu'il te déprime. Tu tires une tête de six pieds de long.
- Je dois dire que je garde une très mauvaise expérience de l'escalade.

Connor sourit.

- Oui, moi aussi. Ce temps-là me semble très loin, pas toi ? Nous n'étions que deux pauvres paysans, escortant une conseillère à Sohen.
- Loin d'imaginer ce qui nous attendait réellement, termina Faran. Oui, moi aussi j'ai l'impression qu'il s'est écoulé des années. Parfois, notre ancienne vie me manque. J'aimerais pouvoir retourner dans ma petite échoppe et travailler tranquillement, loin de toutes ces intrigues, loin de la guerre. Une vie simple, où je n'ai pas besoin de surveiller constamment mes arrières, où je n'ai pas à m'inquiéter pour ceux que j'aime. Pas toi ?

Connor réfléchit un instant.

- Notre ancienne vie ne me manque pas. Mais j'aimerais tout de même ne pas craindre que la guerre nous emporte. Pourtant, malgré tout ce qui m'est arrivé et si je pouvais, je ne reviendrais pas en arrière. J'aime la confrérie et j'aime Sanya. Pour rien au monde je ne retournerai à mon ancienne existence.
- Je comprends tes motivations.

Ils restèrent longuement silencieux, resserrant leur cape autour de leurs épaules, la tête baissée pour se protéger du vent frais. Décidément, le climat d'Eredhel n'avait rien à voir avec celui de Jahama.

Tandis qu'ils avançaient sur un sentier, les soldats

ouvrants et fermant la marche, Connor laissa Faran discuter avec Il'ika pour se mettre à la hauteur de Sanya.

- Comment comptes-tu lutter, si Baldr nous attaque ? demanda-t-il.
- Arrête donc d'imaginer des ennuis quand tout va bien.
- Je suis prévoyant.
- Pessimiste, répliqua Aela avec un sourire.

Quand le jeune homme planta son regard dans le sien, elle se détourna comme si de rien n'était.

- Sanya, si tu...
- Bon, bon. Je ne sais pas trop comment je pourrais lutter contre lui, mais je suis sûre d'une chose : Baldr ne se déplace pas à la légère et n'envoie pas ses dieux sur terre pour rien. Il préfère utiliser des pions.
- Certes, mais tu n'es pas « rien ». Tu es une grande menace pour lui.
- Oui. Mais j'agis pour Abel, indirectement. Tous deux le savent. Ce qui veut dire qu'en m'éliminant, Baldr aura des ennuis avec mon frère et Abel ne le châtiera pas.
- Tu m'as l'air sûre de toi.

Sanya baissa la voix :

- Tu sembles oublier que j'ai vécu des millénaires avec ces deux idiots. Je connais leur façon d'agir, Connor. J'ai été une déesse, moi aussi, je sais comment nous fonctionnons. Tu peux trouver ça stupide, moi j'appelle ça l'équilibre de nos mondes. Si l'un attaque, l'autre réplique. Équilibre des forces. Ce doit être une chose qu'a inculqué Lysendra dans l'esprit de ses fils, sa façon à elle de préserver l'équilibre des panthéons. Ça fait des millénaires que nous sommes là et sans guerres saintes, aucun panthéon ne peut prendre le dessus car nous sommes de forces égales.
- Oui, c'est vrai. Donc Baldr utilisera des pions pour t'avoir.
- Qu'il essaye donc !

Intriguée, Aela s'approcha :

- Des millénaires ? J'ai un peu de mal à croire qu'avec un physique comme le tien, tu as déjà vécu plus de mille ans. Enfin Sanya, tu n'as même pas tout à fait trente ans !
- Physiquement, oui. Mais j'ai pratiquement trois mille ans Aela.
- Eh bien justement... j'avais une question qui me taraudait depuis un moment. Je peux ?
- Bien sûr.
- Est-ce que les dieux vieillissent ? Enfin physiquement ? Et à votre naissance... enfin comment se passe votre croissance ? Vous changez ?
- Nous naissons bébé, nous connaissons l'enfance, d'une manière semblable à la vôtre, même si cette forme humaine n'est pas ma vraie forme. Mais nous ne vieillissons pas à proprement parler puisque nous sommes immortelles, nous gagnons en sagesse, ce qui est différent. Au final, quand nous arrivons à l'âge adulte, si on peut dire, nous pouvons adopter l'apparence physique d'une personne de n'importe quel âge. Mais nous la choisissons en fonction de notre caractère, de notre essence. Un dieu très sage, très calme, prendrait sûrement l'apparence d'une personne d'âge mûr, tandis qu'un dieu turbulent et malicieux serait un adolescent.
- C'est... compliqué.
- Je sais.
- Tu as donc l'âme d'une jeune femme d'une bonne vingtaine d'année ?
- Oui, même si j'ai plus d'expérience que toutes les jeunes femmes de cet âge. En revanche, j'aurais tendance à me comporter comme elles. J'ai l'âme d'une jeune femme, pas celle d'une vieillarde qui a déjà tout vu et qui sait tout.

Aela rit de bon cœur.
- Pourtant, tu en sais des choses.
- Entre savoir et agir, il y a toute une différence. Même si j'ai beaucoup de sagesse, je me comporte souvent de manière... irréfléchie.

- J'avais cru comprendre.

Sanya sourit.

- Et ta vraie forme ? continua Aela.
- Je suis ne pas de chair et d'os, mais de vent. Ne cherche pas à m'imaginer, tu n'y arriverais pas, la taquina-t-elle. Rassasiée ?
- Oui, je crois. Mais il me reste une dernière question. Comment se forge votre caractère ?
- Il est le reflet de notre pouvoir, de notre âme.
- Votre pouvoir est le reflet de votre âme ? (Aela réfléchit.) Vent et tempêtes... tu ne serais pas du genre, douce, bien que tu puisses te déchaîner d'un seul coup ?
- En quelque sorte oui. J'ai en moi la douceur, mais également une colère quelque peu destructrice. Je peux passer de l'un à l'autre sans crier gare. Tantôt douce et rassurante...
- Tantôt furieuse à tout casser sans réfléchir ? la taquina Connor.

Tous trois rirent de bon cœur.

Ils marchèrent ainsi dans la bonne humeur, suivant un bon rythme, durant quatre jours. L'automne se faisait sentir, le vent froid leur fouettait le visage, le ciel se couvrait et un léger crachin était tombé le troisième jour, presque une neige fine.

Tout en marchant, Aela et Faran, plus têtus que des enfants, bombardés Sanya sur ce qu'elle savait des Royaumes Oubliés et des Anciennes civilisations et lorsqu'elle n'eut plus rien à dire, ils enchaînèrent avec sa vie à Ysthar, le royaume Éternel, qui les fascinait plus que tout. La déesse répondait de bon cœur même si elle veillait à ne pas trop lever la voix. Les soldats ne savaient pas qui elle était et elle tenait à ce qu'il en soit ainsi.

En fin d'après-midi du quatrième jour, ils arrivèrent enfin à destination. Alors que les soldats s'empressaient de monter le camp sur un terrain dégagé bordant les pieds de la

Barrière, Sanya, Connor, Faran et Aela gagnèrent de la hauteur pour avoir un aperçu du chemin.

Bien que « chemin » soit un très grand mot.

C'était plutôt un ridicule sentier qui serpentait sur les flancs abrupts de la Barrière tellement étroit que deux personnes n'auraient pas pu se tenir côte à côte. À beaucoup d'endroit, l'escalade s'imposait pour continuer d'avancer. Au moins, il semblait y avoir assez d'endroit plus ou moins large pour monter le camp.

Faran devint livide. Les montagnes s'élevaient si haut que s'en était vertigineux, plus de cinq mille mètres, au moins et ses flancs étaient qu'abruptes. Des plaques de neiges étaient déjà visibles sur les hauteurs et quelques rares animaux y progressaient. L'ascension s'annonçait longue et éprouvante et l'escalade encore plus difficile. En la contemplant ainsi, le nom de « Barrière » se comprenait mieux. Crée pour être infranchissable. Une sorte de muraille.

Et ce passage était pourtant le plus praticable...

Une terrible montée les attendait, longue et dangereuse et même si la vue devait être superbe avec cette impression de dominer le monde, cela n'ôtait pas ce goût d'inquiétude que ressentait tous ceux qui s'apprêtaient à risquer leur vie en grimpant sur ces flancs.

De plus, Sanya affirmait qu'il allait faire affreusement froid, là-haut...

3

Baldr se prélassait dans son étang privé, Sanya occupant toutes ses pensées.

Apprendre qu'elle s'était enfuie de Castel-noir l'avait réjoui un instant. Cette déesse était trop merveilleuse pour qu'elle disparaisse purement et simplement. Que n'aurait-il pas donné pour l'avoir comme compagne et partager ses nuits ? La déesse l'avait toujours fasciné, pour sa beauté d'une part et sa combativité d'autre part. Elle était une femme douce et pourtant une guerrière impitoyable. La première fois qu'il l'avait vu, c'était lors d'une bataille. Abel venait l'envahir et cette jeune beauté était là. Baldr avait eu un long moment d'inattention en la découvrant, ce qui avait failli lui coûter la vie. Sanya se battait avec grâce et élégance, chacun de ses coups étaient porteur d'une puissance dévastatrice. Et il avait été ébloui par tout son être. Quand la bataille cessa, il avait tout de même demandé à son frère qui était cette nouvelle déesse, il avait même accepté de faire la paix si Abel lui cédait la jeune femme. Ce qu'il avait refusé, bien entendu. Au lieu de ça, il envoyait Sanya chaque fois que des négociations s'imposaient, ce qui mettait Baldr au supplice. Avoir cette femme à sa table, à rêver d'elle jour et nuit tout en sachant qu'elle appartenait à son frère, lui déchirait l'âme. Combien de fois lui avait-il demandé de rester près de lui et combien de fois avait-elle refusé ses avances ? Oh, comme il aimait et détestait cette déesse.

Hélas, en repensant ce qu'elle avait fait, ses doux rêves furent vite rincés. En plus de s'être enfuie, Sanya avait réussi à obtenir une trêve, qu'Eroll serait obligé d'honorer ! Pour retrouver son fils !

Baldr savait que si elle mettait la main sur lui, tout serait fini. Il mettrait un moment avant de réussir à relancer la guerre et d'ici là, qui sait ce que Sanya pouvait accomplir ? Même enchaînée à sa forme humaine, elle était d'une ingéniosité mortelle. Elle représentait une terrible menace et s'il ne pouvait l'avoir, il n'avait pas d'autre choix que de l'éliminer.

Se levant paresseusement, il sortit de l'eau pour s'étendre dans l'herbes et se faire sécher. Puis il enfila ses habits et marcha jusqu'à une somptueuse résidence, au-dessus de laquelle planait un imposant nuage noir. Des éclairs zébraient de temps à autre le ciel.

Fermant les yeux, Baldr usa de sa puissance divine pour sonder les environs et vérifier que celui qu'il cherchait était bien là. Ce dieu ne passait jamais inaperçu, son aura et son âme, étaient bien trop visibles, enveloppées d'une atmosphère électrique qui attirait quiconque le cherchait.

Où qu'il aille, le dieu des orages se faisait toujours repérer.

Baldr le trouva dans son pavillon, assis en tailleur par terre, les yeux clos. L'air autour de lui crépitait.

- Reyw.

La voix sans âge de Baldr résonna longuement dans la pièce, tirant le dieu de sa transe.

- Mon ami vénéré, lança l'autre avec un sourire narquois.

Le dieu fondateur avait appris à ne pas réagir aux pics incessantes de son compagnon.

- J'aurais peut-être besoin de toi.

Reyw ne daigna pas se lever, attendant que son maître parle, un sourire aux lèvres.

- Sanya risque de me poser des soucis.
- Dis-moi si un jour tu as cessé de penser à elle.
- Je ne plaisante pas, répliqua Baldr quelque peu irrité. Elle menace notre opération.
- Comme elle l'a toujours fait. Elle t'a toujours obsédé et terrifié à la fois, depuis la première fois que tu as posé les yeux sur elle. Elle ne quitte plus tes pensées, tu ne rêves que du jour où tu l'arracheras à Abel. Qu'y a-t-il de différent cette fois-ci pour que tu te décides à demander de l'aide, pour que tu te décides à l'éliminer ?

Baldr se massa les tempes. Si Reyw était un des plus anciens dieux, il se croyait vraiment tout permis.

- Sais-tu qu'elle s'est échappée de Castel-noir ?
- J'ai entendu dire. Elle aurait imposé une trêve à l'empire. Astucieux.
- Devine pour quoi faire.
- Profiter de son amant de passage ?
- Trouver Céodred.

Tout sourire se volatilisa du visage du dieu des orages. Soudain, il fut des plus sérieux.

- Le départ de Céodred a joué en ma faveur, expliqua Baldr. J'ai pu faire croire n'importe quoi à Eroll et Corra ne niera jamais sa parole et encore moins la mienne. Si Sanya lave son honneur et ramène le fils de l'empereur, il se pourrait bien qu'il cesse de se battre pour moi. C'est un risque que je ne veux pas prendre.
- Pour une fois, je suis d'accord.
- Il faut l'éliminer. Pas directement, car je ne sais comment pourrais réagir mon frère.
- Elle ne tiendra pas dans les Royaumes Oubliés. Si les bêtes sauvages ne la dévorent pas, les clans s'en chargeront sûrement.

- Peut-être. Peut-être pas. Reyw, je veux que tu t'assures qu'elle meure. Pas de meurtre. Un accident. Personne ne s'en doutera.

Reyw hocha doucement la tête et se dématérialisa.

4

Solidement accrochés les uns aux autres par une corde, la compagnie s'était mise en marche dès le lever du jour. Le sentier était raide, glissant et très dangereux. Certains avaient failli faire des chutes mortelles plus d'une fois, se rattrapant in extremis aux autres.

Le général Breris ouvrait la marche, suivit de trois soldats. Venaient ensuite la reine, Connor, Aela puis Faran et enfin, le reste de la garde fermait la marche. L'après-midi débutait seulement et tous n'en déjà pouvaient plus, morts de fatigue. S'aidant de bâtons, ils respiraient difficilement, les jambes douloureuses, les poumons brûlants.

Sanya avait déduis que l'ascension se ferait en trois jours minimum. Elle ne voulait pas aller trop vite, pour éviter de graves problèmes respiratoires à cause du manque d'oxygène. La reine espérait que personne n'aurait de problèmes mortels.

Ils firent une pause sur une petite corniche pour manger. La vue qu'ils avaient leur donnait quelque peu le vertige : les villages étaient minuscules sous leurs pieds, les gens réduits à des petits points colorés. Et les flancs de la montagne, si pentus, leur promettaient une longue chute mortelle.

Ils s'accordèrent une heure pour souffler et reprendre des forces avant de continuer leur ascension, épuisés, sans jamais s'accorder une seconde d'inattention. Le sentier, toujours aussi escarpé, leur faisait de temps en temps de belles frayeurs quand quelqu'un dérapé au risque de faire une chute mortelle, ou quand une pierre décidait de tomber quand on prenait appuie dessus pour escalader.

Le soir, ils dressèrent le camp là où ils purent. Les soldats montèrent rapidement des tentes très primaires, afin de les protéger du froid. Ils dormirent ainsi, massés les uns contre les autres pour se tenir chaud, emmitouflés dans leur couverture. Se fichant d'avoir de l'intimité ou non, Sanya restait blottie dans les bras de Connor sous leur abri, cachant ses mains sous ses vêtements pour les réchauffer. Aela, bien qu'habituée au froid, se cala contre le dos de Breris sans aucune gêne.

Un deuxième jour s'écoula, long et éprouvant. Le temps n'arrangeait rien, car le vent était de plus en plus glacial et la neige de plus en plus présente. Tous dérapaient sur la glace, tremblaient de froids et même avec leurs moufles, ils avaient les doigts gelés. Un panache blanc sortait de leur bouche à chaque expiration.

Ils étaient déjà à trois mille mètres, à vue de nez et la neige tombait sans arrêt. Le mal des montagnes se faisait sentir, s'aggravant avec l'air froid. Si certains s'adaptaient mieux, présentant des symptômes légers, d'autres peinaient un peu plus. Au moins, ils pouvaient espérer arriver au sommet le lendemain, si tout allait bien.

Ce soir-là, alors qu'ils n'étaient plus très loin du sommet, tous voulurent s'arrêter plus tôt. Les soldats montèrent le camp au plus vite et définissant les tours de garde, ils s'empressèrent de rentrer dans leur abri pour se réchauffer.

Connor et Sanya firent de même, se serrant l'un contre l'autre, leur couverture sur leurs épaules. Ils regrettèrent amèrement de pas avoir de quoi faire des infusions, car la chaleur aurait été la bienvenue. Ils mangèrent froid ; de toute façon, avec le vent et sans un morceau de bois, il était impossible de faire un feu de camp. Ils se couchèrent tôt, comme tout le monde, pressés de dormir et de reposer leurs muscles douloureux.

Connor ne sut depuis combien de temps il dormait quand il ouvrit doucement les yeux. Les pensées embrouillées, il était persuadé que quelque chose l'avait tiré de son sommeil. Avait-il entendu un bruit, ou avait-il rêvé ?

Il écouta un moment, luttant contre la fatigue qui l'assaillait. Une impression étrange le submergeait. Mais le seul bruit qu'il entendait était le gémissement du vent.

Sanya bougea un peu en soupirant et il se décida à se recoucher. Mais quand le bruit retentit de nouveau, toute fatigue s'envola, le laissant en alerte. Il n'avait pas rêvé, il en était convaincu et l'inquiétude qui le tenaillait était trop réelle. Le bruit d'une pierre qui roule et qui vient s'écraser, suivie d'un autre choc mou sur le sol.

Doucement, le jeune homme réveilla sa compagne.

- Quoi ? grogna-t-elle, encore comateuse.

- Je crois que quelque chose ne tourne pas rond. Je vais aller voir.

- Qu'as-tu entendu ?

Visiblement, elle doutait qu'il puisse y avoir un quelconque danger.

- J'ai entendu une pierre s'écraser.

- Il y en a tout le temps... Dors maintenant et laisse-moi dormir surtout.

- Sanya, je sens que quelque chose ne va pas. Je vais voir. Reste éveillée, je t'en supplie.

La jeune femme grogna de nouveau en se couvrant les yeux.

- Dépêche-toi alors, je suis fatiguée.

Connor écarta la toile et sortit à l'air libre. Il fouilla les environs de son regard perçant, capable de transpercer les ténèbres.

Il repéra aussitôt ce qui n'allait pas. Le soldat censé faire le guet gisait par terre. Connor se précipita sur lui, son cœur battant sourdement et en le retournant, il comprit que l'homme était mort. Le haut de son crâne était éclaté comme une coquille et du sang s'étalait tout autour. Une mort des plus étrange. Il n'y avait personne ici, Connor en était convaincu. L'homme n'avait pas été assassiné.

Il repéra alors une pierre, large comme deux têtes d'homme, non loin du cadavre. Sûrement celle qui était tombée. En la contemplant de plus près, Connor découvrit du sang...

Il jeta aussitôt un regard angoissé sur les hauteurs : les pierres semblaient vibrer et plusieurs se détachaient. Un grondement sourd se fit alors entendre. Le Maître des Ombres découvrit alors l'origine de ces tremblements et de ces grondements et il fut glacé d'effroi.

- Sortez-tous ! hurla-t-il. Avalanche ! Sortez, fuyez !

Tous jaillirent de leurs abris en un rien de temps, déjà sur le pied de guerre. Les pierres chutaient toujours de plus en plus et de plus grosses commençaient déjà à s'écraser à leurs pieds. Loin au-dessus d'eux, une montagne de neige dévalait les pentes des montagnes, se dirigeant droit sur eux et la corniche sur laquelle ils se trouvaient ne leur fournissait aucune protection. S'ils restaient là, ils se feraient emporter.

- Quittez la corniche ! cria Breris. Il faut s'écarter de la trajectoire, trouver un abri !

Alors que le grondement de l'avalanche s'amplifiait, ils abandonnèrent leurs affaires pour se ruer sur le sentier. Trébuchant, poussant des petits cris quand une pierre les frôlait, ils s'engagèrent dans le sentier le plus vite possible pour s'éloigner et trouver un abri.

Le sol sous leurs pieds tremblait et des morceaux s'effondraient, la nuit sombre ne les aidait pas à voir où ils mettaient les pieds et la glace glissante sous leurs pieds était une véritable traîtresse.

Connor ouvrait la marche avec sa vision perçante, le cœur battant sourdement. L'avalanche se rapprochait dangereusement, rapide et dévastatrice.

Un frisson le parcourut alors, l'avertissant d'un danger. Il fit volte-face une fraction de seconde avant qu'un morceau de roche ne s'effondre sous les pieds de Sanya. Elle bascula dans le vide avec cri d'horreur !

Il lui saisit le poignet in extremis, mais le choc le cloua au sol.

- Tiens bon Sanya !

Aela se jeta à genou près de lui et attrapant l'autre main de la reine, elle l'aida à la hisser auprès d'eux. Tremblante de tous ses membres, Sanya se contenta de hocher la tête, le front ruisselant de sueur malgré le froid de la nuit.

Derrière eux, l'un des soldats fut percuté par une autre pierre. Il mourut sur le coup et bascula dans le vide.

- Avancez ! tonna Breris, ou nous allons tous y passer !

Ils comprenaient mieux à présent pourquoi personne ne se risquait à escalader la Barrière.

L'avalanche était là, ils voyaient cette montagne de neige qui allaient s'abattre sur eux dans quelques secondes et ils ne pourraient pas l'éviter.

- Plaquez-vous contre les rochers ! hurla Aela.

- Là ! cria soudain Connor. Une grotte !

Courant comme des dératés, ils se jetèrent tête première dans la grotte, se tassant pour que tous puissent s'y abriter. Quelques secondes après, ils virent défiler devant l'entrée de la grotte une cascade de neige qui semblait ne jamais vouloir se terminer. Le grondement était assourdissant.

Aujourd'hui, ils l'avaient vraiment échappé de peu.

5

Prisonniers dans la grotte, tous se relayaient pour creuser et se frayer un passage vers l'extérieur. Une tâche laborieuse qui leur glaçait les doigts, mais il n'y avait pas d'autres issues.

- Je n'avais jamais vu d'avalanche. Je peux barrer ça de ma liste des choses à voir, plaisanta Aela tout en creusant.

- Parce que tu mets des trucs comme ça dans ta liste ? Tu n'es pas un peu givrée sur les bords ? répliqua Connor.

- Sur les bords ? Tu es gentil. Les gens me disent souvent que je suis complètement givrée.

- Eh bien on se demande pourquoi, râla Breris. Vouloir voir une avalanche. Quelle idée...

- J'ai dit que je voulais voir, pas que je voulais me retrouver en plein dedans ! Enfin, bon, ça fera de belles histoires à raconter tout ça !

- Et vantarde en plus...

Connor et Aela éclatèrent de rire. Pour oublier la situation dans laquelle ils se trouvaient, les deux jeunes gens ne cessèrent de plaisanter en creusant.

- Ils se sont bien trouvés ces deux-là, soupira Faran.

Il leur fallut longtemps pour sortir de cette prison, mais quand ce fut fait, ils se précipitèrent dehors, soulagés d'être délivrés.

Mais les complications ne s'arrêtaient pas là. Le sentier était en partie englouti sous la neige, reprendre l'ascension des montagnes fut donc encore plus pénible. Ils tinrent le coup, se soutenant les uns les autres et leur détermination leur permis d'atteindre le sommet dans la journée.

Alors qu'ils attendaient que les autres les rejoignent, Connor et Sanya restèrent sans voix devant le spectacle qui s'étirait sous leurs yeux. Des forêts verdoyantes s'étiraient à perte de vue sous leurs yeux, des lacs, des rivières, des montagnes, des collines et des plaines. Un paysage sauvage et merveilleux qui les attirait irrévocablement. Les Royaumes Oubliés étaient encore plus vastes qu'ils ne s'y attendaient et plus sauvages. Sur leur droite, ils pouvaient voir la Barrière longer les côtes et diminuer jusqu'à n'être qu'un relief parmi d'autre. Bien plus loin, l'océan était visible.

Il n'y avait aucune plaque de neige, les arbres étaient aussi verts qu'en été et le soleil brillait fort.

Aucune ville, aucunes structures n'étaient visibles.

- C'est magnifique, souffla Connor.

Sanya ne put qu'approuver.

- Pourquoi ne pas être passé par l'océan ? demanda-t-il en désignant la zone où la Barrière n'existait plus.

- Cette partie de l'océan ne fait pas partie du domaine des dieux C'est une zone très agitée, avec des courants qui se rencontrent dans tous les sens. De plus il y a beaucoup de récifs et les courants marins envoient les navires dessus pour qu'ils s'y fracassent. C'est trop dangereux.

- En effet.

Alors que les soldats approchaient derrière eux, Connor murmura à l'oreille de sa compagne :

- Si le but d'Abel était d'empêcher quiconque de venir ici ou dans sortir, pourquoi n'a-t-il pas fait la Barrière plus haute ?

- Je l'ignore, Connor.

Breris fut le premier à les rejoindre, rouge, essoufflé, les doigts complètement gelés et les pieds glacés à force de s'enfoncer dans la neige.

- Majesté, à quoi sert une escorte si vous prenez toujours les devants ?

Ses reproches moururent quand il découvrit le paysage qui s'offrait à lui. Quand les autres arrivèrent les uns derrière les autres, ils eurent tous la même réaction. Ils en oublièrent le froid qui leur cinglait le visage et la neige qui les mortifiait.

- Ça en valait vraiment la peine, souffla Faran.
- Et comment trouver la piste du Crépuscule ? railla Breris. Ce territoire est immense, nous ne connaissons rien. Et il n'y a pas une ville !
- Quelle option avons-nous ? répliqua Sanya. Descendons et nous finirons bien par tomber sur quelque chose d'intéressant. Avec toutes les histoires qui se racontent, j'ai peine à imaginer que nous ne croisions personne là-bas.
- Dans ce cas, ne perdons pas de temps. (Il se tourna vers ses hommes.) Dix minutes de pause les gars et vous ouvrez la marche.

Ils repartirent rapidement, entamant la longue descente jusqu'aux Royaumes Oubliés. Il leur fallut moins de temps pour descendre et au fur et à mesure qu'ils perdaient de l'altitude, l'air se réchauffait, la neige fondait et le sentier devenait un peu plus praticable. Quand enfin ils terminèrent leur descente pour se retrouver dans la forêt, le soulagement était tel qu'ils ne purent s'empêcher de se serrer joyeusement dans les bars les uns des autres.

- Eh bien ça, si on m'avait dit un jour que j'aurais la chance de découvrir les Royaumes Oubliés, je ne l'aurais pas cru ! s'écria Aela. Nous y sommes enfin !

Le soir tombait et perchés sur les hauteurs d'une colline, ils admiraient ces territoires inconnus tout en allumant un feu pour faire rôtir la viande fraîchement ramenée par Connor. Les températures étaient chaudes, humides, leurs manteaux ne leur servaient plus à rien.

- Soldats, vous vous relaierez cette nuit, lança le général Breris à brûle-pourpoint. Je veux deux hommes pour chaque tour de garde, en alerte et attentifs à tout ce qui nous entoure. Nous ne savons rien de ces contrées alors soyez vigilants.

Breris et ses hommes témoignaient beaucoup de méfiance pour les Royaumes Oubliés, ce qui était compréhensible. Ils avaient à leur charge la vie de la reine en personne et beaucoup d'histoires terribles circulaient sur ces territoires. Pourtant, depuis qu'ils y étaient, ils n'avaient rien vu d'alarmant, au contraire, tout semblait plus que beau et merveilleux. Difficile d'imaginer que tant d'histoires horribles parlaient de cette région si belle et envoûtante.

Breris avait pesté de devoir dormir au sommet d'une colline, une zone où ils seraient facilement repérables par n'importe qui et l'idée qu'on les ait déjà vu ne lui plaisait pas beaucoup.

Sanya, au contraire, voulait qu'on les remarque. D'après Corra, seuls les habitants pouvaient les aider à trouver la piste du Crépuscule et s'ils ne pouvaient trouver les habitants et bien ces derniers viendraient à eux. Il n'y avait pas d'autres solutions.

Quand la nuit bascula, les soldats prirent leur tour de garde. Alors que Sanya s'endormait, Connor resta longuement éveillé, tous les sens en alerte. Depuis qu'il faisait nuit, les Royaumes Oubliés ne lui paraissaient plus aussi attirants. Même si la fatigue était grande, le sommeil ne venait pas. À côté de lui, les autres dormaient déjà.

Il ne sut combien de temps s'était écoulé quand un cri le fit sursauter.

Un autre plus perçant retentit. Un cri strident à glacer les sangs. Un cri qui annonçait la mort. Connor sentit tous ses poils se hérisser. Il se leva doucement pour rejoindre Breris, qui observait les forêts lointaines d'un œil attentif, caressant son arc.

- Qu'est-ce que c'est ? souffla Connor.
- Je n'en ai pas la moindre idée. Ce doit être un grand prédateur.

D'autres cris retentirent, les uns après les autres, comme si les créatures se parlaient entre elles. Connor ne put s'empêcher de tressaillir. Quoi que ce soit, il n'avait aucune envie de découvrir ce qu'étaient ces bêtes.

- Elles se déplacent en bande, commenta-t-il.
- Oui. Leurs cris étaient plus faibles tout à l'heure.
- Depuis combien de temps ça dure ?
- Une vingtaine de minutes. Elles n'en ont pas après nous. Pour le moment.

Le jeune homme s'assit près de lui, la main sur sa dague. Ils écoutèrent en silence les hurlements stridents qui continuaient de retentir, loin devant eux.

- Ils doivent traquer une proie.

Breris n'eut pas le temps de commenter que les créatures hurlèrent de nouveau à l'unisson. Un cri de victoire annonçant une mort inévitable. S'en suivi alors le cri désespéré d'une autre créature.

- Ils attaquent enfin, lâcha Breris. La pauvre bête ne doit pas avoir une seule chance de s'en sortir.
- Il ne doit pas être bon de traîner la nuit, lança Connor.
- Espérons qu'ils n'y aient pas d'autres créatures de ce genre dans les forêts.

Connor attendit donc que le tour de garde de Breris se termine pour retourner se coucher lui aussi. Les bêtes, après leur festin, avaient poussé d'autres cris stridents avant de se taire. Les deux hommes avaient craint un instant qu'elles ne viennent sur eux, mais plus d'une heure s'était écoulée sans le moindre signe de ces bestioles.

L'enthousiasme de Connor venait d'être rincé. Il savait à présent, que les Royaumes Oubliés étaient véritablement des terres dangereuses qu'il faillait redouter.

Ils continuèrent leur périple dès l'aube, avançant à travers les forêts denses sans vraiment savoir où aller. Breris avait informé les autres des événements de la nuit, ainsi que son envie de se rendre sur place pour trouver quelques indices sur ces prédateurs.

Alors qu'ils marchaient dans la forêt, ils tombèrent sur des arbres sauvagement lacérés. La sève avait coulé et une bonne partie de l'écorce avait été arrachée. Même un ours ne pouvait faire autant de dégâts. Connor s'approcha pour inspecter les profondes marques.

- Je dirais que les griffes de cette bête font environ la taille de ma main.
- Là, regardez, appela un soldat.

Il se tenait au-dessus d'un sol boueux. Une étrange emprunte y avait été laissée. Un ovale, assez petit mais très profond et trois points au-dessus, à une bonne dizaine de centimètre. Connor l'inspecta.

- Regardez. (Il désigna deux autres empreintes, l'une un peu plus haut, l'autre plus bas.) Trois pattes sur ce côté. Comme les insectes.
- On dirait des pattes d'araignée, commenta Aela.
- J'ignore à quoi ressemble ces créatures, mais vu la distance entre les empruntes, je dirais qu'en longueur, elles font entre un et deux mètres.
- Je serais d'avis de continuer, souffla Faran.

Sanya hocha la tête.

- Il a raison. Si nous sommes en territoire de chasse, je veux que nous partions sans tarder. Je ne veux pas me frotter à ces choses. Que tout le monde reste vigilant.

Ils se remirent en route sans tarder, désireux de s'éloigner le plus vite possible d'ici. Les soldats formaient un cercle protecteur, leur arme au poing.

Par chance ils ne rencontrèrent aucun problème, juste des

choses étranges, comme des animaux et des fleurs inconnues, des lieux aussi fascinants que dangereux, d'étranges gravures sur les arbres. Le deuxième soir, ils campèrent au bord d'un étang, dont les nénuphars prenaient une coloration phosphorescente dans la nuit. D'étranges insectes aux couleurs vivent venaient s'y désaltérer. Et ils reprirent leur route dès l'aube, ne sachant toujours pas où aller. Cela devenait désespérant.

Alors qu'ils faisaient une halte dans un endroit assez paisible, Connor en profita pour s'étendre par terre, un peu à l'écart des autres. Profitant du calme, il essaya de sentir l'Onde en lui, mais Sanya ne tarda pas à le rejoindre, deux gâteaux au miel à la main.

- Tiens, ça devrait te donner le sourire, lança-t-elle en lui titillant les côtes.

Connor le prit en souriant malgré lui.

- Je suis inquiet.
- Comme nous tous.

S'asseyant près de lui, elle posa sa tête sur son épaule. Ils restèrent un moment silencieux à savourer leur gâteau au miel, admirant le paysage, quand Sanya poussa un cri de douleur. Elle porta aussitôt sa main à la bouche en bondissant en arrière. Connor eut juste le temps de voir un serpent s'enfuir entre des rochers.

- Sanya, ça va ?

Prenant sa main blessée dans la sienne, il l'examina. La marque des crocs était visible et saignait. Sanya tremblait, blême de terreur. Les autres accouraient déjà.

- Calme-toi Sanya, ça va aller.

Faran arriva en courant, poussant les soldats pour s'approcher de Sanya.

- Que s'est-il passé ?
- Elle a été mordue par un serpent. Je n'en ai jamais vu de semblable.

Faran fit asseoir la jeune femme et examina sa main

tandis que Connor lui frottait le dos de manière réconfortante.

- Je ne peux pas dire si le venin est mortel ou non. Sanya, ta magie te permet-elle de le dire, ou de te soigner ?
- Non, je n'y arrive pas...
- Bon. Je vais désinfecter, puis j'appliquerai quelque chose qui soignait du venin, chez nous. Espérons que ça aura le même effet ici.
- Et sinon ?

Sanya tentait de le cacher, mais elle était rongée par l'inquiétude.

- Ça va s'arranger. Le venin n'est probablement pas mortel, les plantes de Faran te soigneront, j'en suis sûr.
- Mais si ce n'est pas le cas ?
- Nous trouverons des habitants qui pourront te soigner.

Les larmes aux yeux, Sanya enfouit son visage dans le cou du jeune homme.

Faran désinfecta la plaie avec douceur avant de mâcher une feuille et de la presser contre la morsure. Puis il déchira un morceau de sa chemise pour l'enrouler autour de la main de la jeune femme.

- Il vaut mieux qu'elle ne marche pas pendant un moment.
- Nous allons faire une pause, ordonna Breris. Le temps qu'elle se remette.
- Non, nous devons continuer.

Chassant ses larmes, Sanya se redressa, reprenant doucement son aplomb et sa détermination.

- Nous ne pouvons pas nous permettre d'attendre.
- Nous ne sommes pas à une heure près, répliqua Breris. Reposez-vous, nous repartirons ensuite.

Voyant que personne n'était décidée à l'écouter, Sanya capitula et se reposa pendant une heure, s'interdisant de penser aux conséquences du venin si les herbes de Faran ne faisaient pas leur effet.

Quand ils reprirent leur route, son état n'avait pas empiré, pourtant Sanya était persuadée qu'elle n'était pas encore sauvée. Le soir, Faran appliqua de nouveau ses herbes, prit sa température et vérifia si elle ne présentait pas de symptômes. Ne voyant rien de tout ça, il en conclue que la jeune femme était tirée d'affaire.

6

Trois autres jours s'écoulèrent, n'apportant rien de nouveau, juste un peu plus de doute quant à l'idée de trouver Céodred. Aucun peuple n'avait été vu, aucune trace d'eux et rien ne semblait indiquer qu'il y avait des villes ou des villages. Pourtant ils continuaient d'avancer avec détermination à travers forêts et plaines, toujours sur le qui-vive. Chaque soir, ils pouvaient entendre les cris stridents des prédateurs tant redoutés, mais fort heureusement, ceux-ci ne semblaient pas avoir conscience de leur présence. Pas encore.

En revanche, les complications vinrent du côté de Sanya. Le premier matin, elle s'était réveillée avec un peu de fièvre, des maux de tête et des nausées. Faran avait beau lui prodiguer tous les soins possibles, rien ne semblait faire effet et l'état de la jeune femme empirait de jour en jour. Sa plaie était enflée et la brûlait férocement. Des vertiges s'ajoutèrent aux autres symptômes, ainsi que des faiblesses. Malgré l'acharnement de Faran, rien n'aidait la jeune femme, qui luttait un peu plus chaque jour contre la panique.

S'ils ne trouvaient pas rapidement un remède, elle succomberait dans peu de temps.

Connor avait beau la rassurer, il n'était lui-même pas confiant et craignait pour la survie de sa compagne. Sanya faiblissait et il ne pouvait rien faire pour elle.

Quand ils montèrent le camp le troisième soir, non loin d'un lac, le jeune homme jugea bon d'emmener sa compagne se rafraîchir un peu. Épuisée, les muscles douloureux et ayant des difficultés à respirer, Sanya se laissa conduire, même si l'envie de se rouler en boule et de dormir était grande. Connor l'aida à se déshabiller et il entra dans l'eau avec elle. Elle ne dit pas un mot, ne broncha pas quand il entreprit de la laver, se contentant de poser sa tête sur son épaule en se laissant faire, trop fatiguée. Une fois rafraîchie, elle affirma moins sentir l'effet de la fièvre, mais les autres symptômes persistaient. Son compagnon la raccompagna au camp où il lui apporta quelque chose à manger, avant de l'envelopper dans sa couverture pour qu'elle s'endorme.

Une fois plongée dans le sommeil, Faran s'approcha.

- Connor... (Il ne parvenait pas à trouver les mots.) Si nous ne trouvons pas quelqu'un dans les plus brefs délais... elle mourra.

Connor se contenta de hocher la tête, abattu.

- Nous nous reposerons une paire d'heure, lança Breris. Son état est trop critique, nous allons voyager de nuit.

- Avec ces créatures ?

- C'est un risque à prendre. Nous irons à l'opposer d'elles.

Prêt à tout pour sauver sa bien-aimé, Connor approuva. Il prit le premier tout de garde avec Breris, sondant les environs d'un œil attentif. Comme chaque soir, les cris des étranges créatures se firent entendre.

Mais terriblement proches, cette fois-ci.

Breris posa aussitôt la main sur son épée.

- Ça ne sent pas bon.

Ils écoutèrent, essayant de comprendre la signification de ces cris qui semblaient dangereusement proches. Connor, habitué à chasser et à fréquenter toutes sortes d'animaux, comprit le premier ce qui se passait.

- Nous sommes pris en chasse, souffla-t-il.

Breris se décomposa.

- À quelle distance sont-ils ?

Connor écouta un moment.

- Je ne sais pas trop. Cinq cents mètres. Réveillez tout le monde. On file du côté du lac.

- Croyez-vous qu'ils craignent l'eau ?

- Ils viennent de tous les côtés, sauf celui-là. C'est peut-être un piège, mais nous n'avons aucune chance. C'est un risque que je prends.

Breris s'exécuta. En quelques minutes à peine, tous se tenaient prêts, armes en mains, reculant lentement en direction du lac. Sanya se tenait proche de Connor, ruisselante de sueur, son corps douloureux, mais prête à protéger sa vie coûte que coûte.

Des branches craquèrent, les feuilles bruissèrent, des sifflements provenaient des arbres près desquelles ils campaient. Connor fut le premier à les discerner. Il n'eut pas le temps de prononcer un mot que toutes les créatures sortaient de l'ombre

Le jeune homme ne s'était pas trompé, elles ressemblaient bien à des insectes. Un corps recouvert d'une carapace, des petits yeux et des immenses mandibules qui claquaient furieusement. Elles possédaient d'immenses griffes acérées comme des rasoirs, une gueule démesurément grande, six longues pattes hérissées de pointes et un crochet à l'arrière train, aussi épais que la lame d'une épée. Et elles étaient cinq, poussant des cris à glacer les sangs, leurs yeux rouges emplis d'une folie meurtrière. Elles faisaient bien la hauteur d'un homme !

- Maintenez la position et replions-nous sur le lac ! tonna Breris.

Poussant des cris stridents, les créatures se jetèrent sur eux pour les déchiqueter. Les épées s'abattirent, blessant à peine les carapaces. Les bêtes poussaient des cris furieux en répliquant, leurs mandibules claquaient, essayant de déchiqueter leur bras.

Formant un cercle protecteur autour de Sanya et Faran, les soldats se battaient avec hargne pour repousser ces terribles créatures, ignorant leurs blessures, abattant leur épée avec une violence inouïe. Connor les rejoignit et se baissant au dernier moment pour éviter une attaque sauvage, il planta sa dague dans la partie tendre de la créature, sous sa tête. La bête poussa un cri d'agonie avant de s'effondrer de tout son long, du sang noir coulant sur le sol.

Les autres créatures redoublèrent d'acharnement, resserrant leur cercle autour de leurs proies, furieuses de voir qu'on leur résistait de la sorte. Un des soldats fut happé par la jambe et avant que ses compagnons ne puissent intervenir, il disparut dans une masse d'insectes pressés de le dévorer.

Les autres se hâtèrent de rejoindre le lac. Les attaques étaient trop frénétiques, les bêtes trop puissantes et presque impossible à tuer à cause de la dureté de leur carapace.

En découvrant le lac si près, les bêtes eurent un mouvement de crainte et profitant de leur confusion, leurs proies s'empressèrent de détaler, filant entre leurs pattes pour rejoindre l'eau. Se lançant à leur poursuite, elles poussèrent des cris furieux.

Alors que Faran et les premiers soldats entraient dans l'eau, ils découvrirent que les insectes ne les suivaient pas, se contentant de marcher sur la berge en sifflant. Des cris stridents retentirent alors, leurs antennes frémirent et ils se ruèrent de nouveau en arrière... où Connor, Sanya, Aela et deux autres soldats n'avaient pas réussi à s'échapper.

Ils se battaient avec acharnement, essayant de s'enfuir, mais les créatures avaient resserré leur prise sur eux, ne leur laissant aucune échappatoire. Deux nouvelles bêtes s'étaient jointes à la chasse. Elles étaient bien décidées à les dévorer et leurs proies ne pouvaient plus rien faire.

De l'eau jusqu'à la taille, les soldats revinrent sur leurs pas, criant de rage pour attirer l'attention. Rien n'y fit : les créatures avaient flairé le venin chez Sanya et elles préféraient s'attaquer à la proie la plus faible.

Prise de faiblesse, la jeune femme tomba à genoux, le souffle court. Elle fut incapable de lever son arme quand un insecte se jeta sur elle pour la déchiqueter.

Connor se dressa devant elle. Sa dague brilla et évitant de justesse les mandibules qui claquèrent dans le vide, il abattit son arme sous la tête de la bête. Il reçut un terrible coup de griffe dans le bras, qui lui arracha muscles et tendons, mais ignorant la douleur, il abattit son arme une deuxième fois. Cette fois-ci, son adversaire s'écrasa aux pieds de Sanya.

- Nous ne tiendrons pas ! cria-t-il.

Derrière lui, Aela et les autres soldats faisaient leur maximum pour disperser les créatures afin de foncer dans le lac, mais c'était chose impossible.

Ils allaient succomber. Tous.

Une flèche fusa, perçant l'œil d'une créature qui mourut sur le coup. D'autres fusèrent à leur tour, mortellement précises, abattant les créatures unes à unes. Soudain, une fiole se brisa aux pieds de Sanya et la puanteur qui s'en dégagea fit reculer les créatures en gémissant. D'autres fioles éclatèrent, écartant les bêtes.

Soudain, des hommes surgirent devant eux, poussant de terribles cris de guerre, des hachettes, des couteaux ou des lances à la main. Brisant d'autres fioles devant les insectes géants, ils profitèrent de leur confusion et de leur peur pour les attaquer. Ils frappaient toujours au bon endroit, d'un coup sec et précis qui tuait les créatures unes à unes dans des gerbes de sang noir. D'autres flèches continuaient de fuser, toujours aussi mortelles et des fioles explosaient entre les pattes ou sur les carapaces des créatures. Poussant des cris terrifiés, ces dernières finirent par battre en retraite pour s'enfuir dans les bois.

Il y eut un long silence, durant lequel personne n'émit le moindre mot. Leurs étranges sauveurs continuaient d'observer les bois, s'attendant à voir surgir de nouveaux les créatures, mais il n'en fut rien. Connor en profita pour les étudier. Ils n'étaient vêtus que de pagne et tatoués de toutes part. Mates de peau, ils étaient tous puissamment bâtis. Ils portaient toutes sortes de bijoux, des colliers, des bracelets aux chevilles et aux poignets, des épingles dans leur cheveux soigneusement nattés. Leurs couteaux, constata-t-il, étaient faits en pierre ou en os taillé, leurs hachettes fabriquées à partir de silex, tout comme le bout de leurs lances. L'absence de métal ne rendait pas ces armes moins menaçantes. Le jeune homme en eut un long frisson.

- Merci, souffla-t-il.

À ce mot, leurs sauveurs firent volte-face, pointant leurs lances sur eux. Les archers sortirent des fourrés, flèches encochées pour les rassembler sans discuter, tirant brutalement les hommes qui s'étaient réfugiés dans l'eau. Ils les fixaient tous d'un regard peu amène, où brûlait une certaine haine.

L'un des hommes s'avança, sa lance à la main et les contempla un à un, leur adressant quelques paroles dans une langue qui leur était complètement étrangère. Même Sanya ne comprenait pas. L'homme s'impatienta, leur parla de nouveau.

- Nous ne comprenons pas, souffla Connor.

Un murmure horrifié parcourut la foule. Aussitôt, toutes les lances s'approchèrent un peu plus près de leur cœur. L'autre homme leva la main pour les faire reculer, puis ordonna quelque chose à ses compagnons. Aussitôt, Connor et les autres furent désarmés sans même pouvoir s'expliquer. Le jeune homme retint un cri de douleur quand on lui toucha le bras. Les lacérations de la bête étaient très profondes et surtout très douloureuses.

Le chef parla alors à ceux de son peuple, ce qui souleva

un concert de protestation. Il ne tarda pas à ramener le silence et se tourna vers ses captifs. Avec quelques gestes, il leur fit comprendre de les suivre. N'ayant pas d'autres options, les prisonniers s'exécutèrent.

Voilà qu'ils les avaient trouvés, leurs habitants...

Sanya voulut marcher mais s'écroula. Connor se rua sur elle, l'attrapant de son bras valide.

- Sanya, tu m'entends ?!

La jeune femme était livide, ses yeux se fermaient d'eux-mêmes et elle peinait à respirer.

- Sanya, reste avec moi !

Alors qu'un des guerriers tentait de la relever, le jeune homme se mit à crier :

- Il faut l'aider, je vous en prie !

Le chef s'approcha et contempla Sanya un moment. La jeune femme ne semblait pas se rendre compte de sa présence.

- S'il vous plaît, aidez-la ! supplia Connor.

L'homme échangea quelques mots avec son compagnon, puis fit signe aux autres de continuer. Voyant qu'il n'aiderait pas sa compagne, Connor se leva d'un bond pour lui attraper le poignet. Même s'il vit le coup venir, il laissa le couteau se poser sous sa gorge. Plongeant un regard suppliant dans celui de l'homme, il souffla, les yeux pleins de larmes :

- Aidez-la, sauvez-là s'il vous plaît.. Faites ce que vous voulez de nous, mais sauvez-la. Je vous en prie...

Une larme coula sur sa joue et il joignit ses mains comme pour prier.

- Je vous en prie...

L'homme le contempla longuement de son regard sombre, avant de reporter son attention sur Sanya. Allongée par terre, elle respirait faiblement.

- S'il vous plaît...

Sans un regard pour lui, le chef s'accroupit près de la jeune femme et prit son poignet dans sa main. Alors que

Connor prenait place près de sa compagne, il le regarda enlever le bandage, examiner la blessure puis la presser doucement. Il demanda quelque chose à Sanya, mais celle-ci ne comprenait pas un traître mot. Il appuya encore, répétant sa question.

- Je crois qu'il te demande si tu as mal, souffla Connor.

Sanya hocha la tête. Le chef fit un signe à l'un de ses hommes qui s'approcha aussitôt. Le nouveau venu observa la blessure, puis souleva la main de Sanya avant de la lâcher. Son bras retomba sur le sol. Il prit ensuite son pouls, contempla ses yeux et lui fit comprendre qu'il voulait savoir si elle avait des vertiges et des maux de tête. Sanya hocha de nouveau la tête en murmurant un faible oui.

L'homme sortit alors une fleur violette de sa sacoche et la pressa au-dessus de la plaie. Un liquide blanc coula, imprégnant toute la blessure. Il répéta l'opération trois fois avant de refaire le bandage.

Se tournant vers Connor, il lui parla, lui faisant comprendre avec des signes qu'elle était sauvée. Plaçant une main sur son cœur, le jeune s'inclina bien bas pour le remercier. L'homme ne lui prêta que peu d'attention avant de partir.

Le chef cria des ordres brefs et toute la compagnie se remit en route, les prisonniers coincés entre eux, toujours menacés de lances et de flèches. Ne pouvant porter Sanya lui-même à cause de son bras, Connor laissa Breris s'en occuper. Il prit néanmoins la main de sa compagne et la pressa doucement.

- Tu es tirée d'affaire, murmura-t-il. Et les habitants nous ont trouvé.

Pour toute réponse, Sanya pressa ses doigts.

Sans savoir quel sort pouvait bien leur réserver leurs « sauveurs », ils suivirent sans opposer de résistance. La plupart des habitants des Royaumes Oubliés les contemplaient d'un œil froid, comme s'ils n'étaient pour eux qu'une mauvaise chose, tandis que d'autres riaient, visiblement en train de se moquer d'eaux.

Connor ne comprenait pas un mot, mais ne fit pas mine d'être blessé par ce qu'il ne comprenait pas. Le guérisseur revint une vingtaine de minutes plus tard, examina les améliorations de Sanya, hocha la tête, puis il se tourna vers Connor. S'il avait vu que le jeune homme tenait son bras, dont la manche était poisseuse de sang, il fit mine de rien et s'en alla rejoindre la tête du groupe. Faran s'approcha alors pour essayer de s'occuper de son frère, appliquant sur sa blessure de quoi le soulager avant de la bander. Il ne pouvait rien faire de plus dans de telles conditions.

Pendant ce temps, Connor étudia de plus près ces étranges guerriers. Ils portaient tous une panoplie d'armes, arc, couteaux et lance. Sûrement des chasseurs, vu leur façon de marcher et d'observer ce qui les entourait. Quand le chef leur avait fait un signe discret de la main, ils s'étaient tous arrêtés, à l'affût, prêtant l'oreille au moindre bruit.

De véritables traqueurs. Connor se demanda s'ils ne les suivaient pas depuis un moment, où s'ils étaient tombés sur eux par le plus grand des hasards.

Alors que le chef revenait vers eux, Connor se risqua à lui parler.

- Qu'étaient ces créatures ? Les insectes ?

Il mima les mandibules, puis les longues griffes acérées. L'homme mit un moment avant de comprendre.

- Fenyw, dit-il simplement.

Il ajouta quelque chose à ses camarades qui les fit bien rire. Connor ne tiqua pas.

- Ils se fichent de nous ! grogna Aela. Je ne sais pas ce qu'on a de si drôle, mais on les fait bien rire.

- Peut-être que la situation dans laquelle ils nous ont trouvé y est pour quelque chose, tenta Faran.

- Comment ça ?

- Peut-être ne sont-ils pas assez fous pour sortir la nuit,

ou peut-être savent-ils des choses sur ces bêtes, une chose évidente, que nous ignorons.

- Hilarant, en effet...

- Cessez vos chamailleries, gronda Breris. Ne leur donnez pas de raison de croire que nous leur voulons du mal. Nous allons tenter de leur expliquer que nous ne faisons que passer. Je suis sûr que ça ira.

- En attendant, un pas de trop sur le côté et on se retrouve embroché. (Aela poussa violemment une lance un peu trop près à son goût.) Ce ne sont pas des manières de traiter des inconnus.

- Justement, nous ne sommes peut-être pas des inconnus, répliqua Faran. Vous avez vu la tête qu'ils ont fait en entendant notre langue ? La haine qui les a pris ? Je pense que nous ne sommes pas les premiers étrangers qu'ils rencontrent.

Personne n'émit de commentaire. L'hypothèse de Faran se tenait et elle était tout aussi inquiétante que rassurante. Peut-être qu'au village, ou dans la ville, quelqu'un parlerait leur langue.

Il n'y avait plus qu'à espérer que les autres « étrangers » n'avaient pas commis de crimes...

Alors qu'ils marchaient dans les profondeurs de la forêt, ils se retrouvèrent sur un sentier bien aménagé, éclairé par des torches. Ils débarquèrent ensuite dans la ville la plus incroyable qu'il leur eut été donnée de voir.

Les maisons étaient construites sur les branches les plus solides des arbres, sur des plateformes de bois, reliées entre elles par un réseau de passerelles. Elles n'étaient pas bien grandes, faites entièrement de bois et il aurait fallu cinq hommes pour faire le tour du tronc d'un de ces arbres.

Si ces habitations étaient petites, ne comportant sûrement qu'une pièce ou deux, elles compensaient leur taille par leur élégance. Si l'architecture était déjà fascinante, les décorations l'étaient tous autant. Des plantes grimpantes les recouvraient, avec toutes sortes de fleurs plus belles les unes que les autres. Chaque plate-forme faisait office de terrasse, où les habitants entreposaient des plantes, des objets, des outils, ou encore leur linge.

Tout un village entièrement conçu dans les arbres.

Plusieurs escaliers permettaient de monter et aux vues du mécanisme, on devait pouvoir les lever pour empêcher quiconque d'atteindre les hauteurs.

En bas, le sol avait été débroussaillé pour offrir aux habitants une sorte de place, où ils pouvaient se retrouver, faire du commerce et tout un tas d'autres choses.

Ayant voyagé toute la nuit, ils débarquèrent à l'aube et beaucoup de personnes étaient déjà debout, aussi bien sur les passerelles que sur la terre ferme. Tous dévisageaient les inconnus d'un œil inquiet.

Les guerriers amenèrent les prisonniers au centre de la place, où on les força à se tenir tranquille. Sanya, qui avait repris des forces, se tenait debout, appuyée sur l'épaule valide de Connor, observant tout d'un œil attentif. Les soldats, ainsi qu'Aela, étaient sur le qui-vive, prêts à faire face à toutes les situations. Quant à Faran, il était aussi fasciné qu'un enfant pouvait l'être.

Le chef chuchota quelque chose à l'oreille d'un de ses hommes, qui s'engagea dans l'escalier au pas de course pour rejoindre le village. Il revint quelques minutes plus tard, deux autres hommes sur les talons. Le premier était d'un âge mur, ses longs cheveux blanc nattés dans son dos et sa barbe tressée. Il arborait toutes sortes de tatouages sur le visage, le torse, les bras et les jambes et son regard flambait de puissance. Il portait un pagne plus long que les autres, piqué de nombreux bijoux.

Le deuxième homme était plus jeune, pas tout à fait trente ans. Grand, puissamment bâti, ses muscles saillaient sous sa peau à chaque mouvement. Ses cheveux d'un châtain très foncé étaient également noués en tresse et il arborait plusieurs tatouages, l'un s'étirant du pectoral jusqu'à son bras droit et deux autres qui s'étendaient au niveau des côtes, convergent sous le nombril. Un long couteau était accroché à sa ceinture et il avait son arc à l'épaule.

Quand le plus vieux fut à leur niveau, tous les guerriers s'inclinèrent devant lui en murmurant quelque chose. Les faisant relever d'un geste de la main, il commença à leur parler dans sa langue. Le plus jeune, probablement son fils, ne lâchait pas les prisonniers du regard. Il s'arrêta un moment sur Connor et ce dernier jura voir passer un éclair de surprise dans ses yeux.

Le chef se tourna alors vers eux et après les avoir durement toisés, il commença à leur parler. Son fils s'avança.

- Mon père exige de savoir qui vous êtes.

Les prisonniers laissèrent échapper un hoquet de surprise et de soulagement. Si l'homme parlait avec un accent très prononcé, au moins parlait-il leur langue.

Sanya fit un pas vers lui pour prendre la parole.

- Nous ne sommes que de passage, nous ne vous voulons aucun mal.

- Cela ne répond pas à la question.

Sanya se mordilla la lèvre inférieure.

- Nous venons d'au-delà de la Barrière.

Quand le fils eut traduit les paroles, un murmure horrifié parcourut la foule qui s'était rassemblée. Certains tirèrent leurs armes, prêts à tuer ces gens, mais le chef leva une main pour les en dissuader. Plongeant un regard peu amène dans celui de Sanya, il lui parla de nouveau et son fils s'empressa de traduire :

- Les gens du monde des Barbares ne sont pas les bienvenus ici.

- J'ignore ce qu'on a pu vous faire, mais je ne suis pas là pour vous faire du mal.

- Les derniers ont dit la même chose.

- Que s'est-il passé ?
- Nous les avons tués, car ils menaçaient nos coutumes.
- Je n'en veux pas après vos coutumes.
- Alors pourquoi êtes-vous là ?
- Quelqu'un de chez moi est venu se cacher ici. Je suis venu le retrouver, car j'ai besoin de son aide.

L'homme traduit les paroles à son père qui eut un geste dédaigneux.

- S'il s'est caché, c'est pour ne pas être trouvé. Vous n'avez rien à faire là. Laissez les gens d'ici en paix.

Sanya secoua la tête, désespérée :

- S'il vous plaît, c'est une question de vie ou de mort !
- Ce ne sont pas nos affaires. Nous ne voulons pas de vous ici, vous n'apportez que le mal et la souffrance.

Le chef fit un signe de tête et toutes les flèches se braquèrent sur eux. Ils allaient donc les éliminer.

- Pourquoi dites-vous ça ? s'horrifia Sanya. Je n'ai jamais mis les pieds ici. Qui est déjà venu, que vous ont-ils fait ?
- Des hommes, portant de longues toges. Nous les avons accueillis, car ils méritaient l'hospitalité. Mais ils ont commencé à vouloir tout changer ici. À vouloir imposer leurs lois, leurs règles, leurs visions des choses. Ils critiquaient nos façons de faire, notre vie, trouvaient que nous n'étions pas civilisés ! Ils pensaient que si nous ne sommes pas comme eux, c'est que nous sommes des sauvages. Les Barbares ne sont plus les bienvenus ici, qu'ils restent donc chez eux à provoquer souffrance et malheur.
- Les prêtres, souffla Sanya, anéantie.
- Oui.

La jeune femme comprenait mieux à présent pourquoi Abel tenait à ce que la Barrière soit franchissable. Pour que ses prêtres aillent convertir les autres peuples, ceux qui ne croyaient pas en eux. Elle eut soudain très honte.

- Je vous jure que nous ne sommes pas là pour changer vos modes de vies. Nous vous respectons. Nous sommes là pour trouver un homme, qui pourrait m'aider. Qui pourrait faire en sorte que plus jamais ceux qui croient en nos dieux ne viennent vous importuner.

Le fils traduit les paroles à son père.

- Expliquez-vous.
- Vous ne croyez pas en nos dieux, n'est-ce pas ? Abel et Baldr.
- Nous savons qu'ils existent, mais nous ne les vénérons pas.
- Je comprends. Sachez que je vais faire en sorte que les dieux cessent de se battre et d'importuner ceux qui ne veulent pas d'eux.
- Comment ?
- C'est... très compliqué. Mais l'homme que je cherche peut m'aider à ça. Il faut me croire.

Le chef s'approcha et lui parla.

- Mon père dit qu'il ne peut pas vous croire comme ça. Vous serez enfermés, jusqu'à ce qu'il prenne une décision à votre sujet.
- Mais nous n'avons pas de temps à perdre !
- Vos problèmes ne sont pas les nôtres. Vous resterez ici jusqu'à nouvelle ordre. Tentez de fuir et nous vous abattrons, si les Fenyw ne s'en chargent pas pour nous. Nous allons tâcher de voir si vous dites la vérité.

Alors qu'on commençait à les entraîner vers ce qui devait être une prison, le chef s'approcha, étudiant longuement Connor.

- Mon père veut savoir de quel clan tu es et pourquoi tu es ici.
- Je n'ai pas de clan, répondit le jeune homme, surpris. Je ne viens pas d'ici, mais de derrière la Barrière.

Le chef en fut très étonné.

- Est-ce vrai ?
- Oui.
- Pourtant tu ressembles beaucoup à l'un des nôtres.

Le vieil homme s'approcha encore un peu et toucha le bras blessé de Connor. Portant ses doigts poisseux de sang à la bouche, il cracha par terre et se tourna vers son fils.

- Tu viendras avec moi. Je te ferais soigner, puis tu seras conduis avec les tiens.

- Merci.

Sans chercher à dialoguer plus longtemps, les guerriers les poussèrent devant eux.

7

Coincés dans leur prison creusée sous les racines d'un arbre, Sanya et les autres se demandaient bien comme ils allaient pouvoir plaider leur cause. Les positions du clan étaient compréhensibles, les prêtres étaient des abrutis, il n'y avait pas d'autres mots, leur haine était justifiable. Mais pour une fois, ils devaient leur faire confiance.

Ils n'étaient pas trop mal traités, dans l'ensemble, bien nourris, soignés, pas battus ni exploités. Les guérisseurs avaient même recousu les plaies de Connor et lui apportaient tous les jours de quoi apaiser la douleur.

Le chef, nommé Kogaan, ne savait toujours pas quoi faire d'eux. Il hésitait entre les garder comme ouvrier, ou les vendre à des clans qui seraient heureux de les avoir. D'après ce qu'avait compris Connor, plusieurs clans se partageaient les Royaumes Oubliés et certains, conformément aux histoires, étaient heureux d'acheter des prisonniers pour les manger...

Sanya avait bien tenté de s'expliquer, de prouver sa sincérité ; rien n'y faisait. Même lors d'un entretien privé, quand elle avait tout avoué, absolument tout y compris qu'elle était une déesse, le chef ne l'avait pas cru.

- Tu aurais tué les Fenyw et tu ne serais pas prisonnière.
- Je n'ai plus mon pouvoir.
- Peut-être. Mais je ne crois pas que tu sois là pour le bien. Encore une fois, ceux de ton panthéon vont tenter de nous asservir.

Depuis ce jour, tous semblaient craindre Sanya, n'osant pas l'approcher, ce qui lui déchirait le cœur.

Pendant ce temps, ses compagnons et elle travaillaient d'arrache-pied pour reconstruire des maisons abîmées, réparer des passerelles, construire de nouveaux foyers et faire toutes sortes de petits travaux, du matin jusqu'au soir. Les gens leur jetaient des regards dédaigneux, craignant une fois de plus pour leur survie. Les enfants, en revanche, se montraient d'une curiosité intraitable, surtout vis à vis de Connor, qu'ils adoraient bombarder de question même s'il ne comprenait rien. Et si tous ne les portaient pas spécialement dans leur cœur, certains témoignaient de petites attentions envers eux, leur apportant de l'eau et un peu de nourriture quand les travaux étaient trop durs.

Le fils du chef, nommé Reva, les surveillait. Son regard ne témoignait aucune émotion, mais Connor était presque sûr qu'il ne les détestait pas. Pas même Sanya. Il était toujours gentil avec eux, il s'inquiétait pour la santé de la jeune femme qui ne s'était pas entièrement remise du venin et de celle de Connor, dont le bras faisait toujours souffrir. Il venait parfois à eux pour discuter de choses et d'autres, leur parlant de lieux, ou d'animaux que l'on pouvait trouver aux Royaumes Oubliés.

- Les Fenyw sont les plus dangereuses créatures, avait-il expliqué. Des traqueurs impitoyable, capable de tuer plus puissant qu'eux. Ils ne s'arrêtent jamais de tuer, ils ne vivent que pour ça. Il ne fait pas bon de sortir la nuit. C'est pour ça que notre village est bâti dans les arbres. Pour nous protéger. Les guerriers ont beaucoup ris de vous, car même les enfants savent qu'il faut dormir dans les arbres, jamais sur la terre ferme.

Les jours s'écoulèrent ainsi, fatiguant mais riches en informations. Reva acceptait de répondre à leurs questions, même à celles de Sanya, leurs expliquant quelques petites choses sur son clan et les Royaumes Oubliés. C'était un vaste territoire et il ne pouvait prétendre le connaître de fond en comble, loin de là. Des centaines de clans étaient présents un peu partout, certains très connus, d'autres très dangereux, d'autres pacifiques, ou encore un peu querelleurs. Des cannibales, des guerriers, des chasseurs, des pêcheurs, des marchands, des nomades et toutes sortes d'autres clans. Des légendes circulaient également sur certains d'entre eux, qui dateraient d'une époque très lointaine.

Il leur parla de lieux qui attiraient pleins de visiteurs, des lieux où on venait tester son courage, des lieux où des grands chefs venaient mourir, des lieux où de grandes batailles s'étaient déroulées. Des ruines, des forêts maudites remplies de sorcières et de créatures féroces, disait-on, des zones où l'environnement était si hostile que peu ne survivait.

Reva décrivit également d'autres villages qu'il avait visité, l'un bâti dans une immense faille, l'autre entouré d'une solide muraille faite en rondin de bois et encore un autre, creusé dans les profondeurs de la terre. Il leur parla un peu de son propre clan, le clan *toanui* qui signifiait guerrier. Un clan luttant toujours vaillamment contre ses ennemis. Le père de Reva commandait depuis vingt ans, avec autorité mais bonté. Le peuple l'adorait. Reva était d'ailleurs le prochain chef sur la liste et beaucoup l'aimaient déjà.

Le village se nommait *Rahiti* en l'honneur d'une très ancienne légende. Les anciens auraient mis des années à construire ce village et à bout de force et désespérés, il aurait abandonné si le soleil levant n'était pas apparu, porteur d'espoir et de courage. Les constructions, selon la légende, se seraient terminées le jour-même. Les habitants avaient donc décidé de nommer le village ainsi pour remercier le soleil levant. Il ajouta également que pour eux, ces territoires ne s'appelaient pas les « Royaumes Oubliés », mais *Fenuaroa*, une immense terre, la terre de la vie, qui s'étendait selon eux jusqu'à des zones inexplorées.

Il termina sur des traditions plus générales, comme le mariage. Un homme devait courtiser une fille en démontrant sa valeur, son courage, aussi bien à la belle qu'à sa famille. Il devait prouver qu'il aimerait l'élu de son cœur jusqu'à la fin, qu'il la protégerait, qu'il la chérirait, la comblerait et s'occuperait d'elle jusqu'à sa mort. Si l'un ou l'autre des époux maltraitait son conjoint, il était très sévèrement châtié. Mais ces cas étaient très rares, un mariage ne se faisait pas à la légère. Les jeunes gens avaient le droit de fréquenter qui ils voulaient durant le temps qu'ils souhaitaient, avant de s'engager. Avoir plusieurs relations amoureuses n'était pas tabou et faire l'amour sans être marié l'était encore moins. C'était un sujet que l'on parlait d'ailleurs sans aucune gêne.

- Pourquoi avoir honte ? avait répliqué Reva devant l'étonnement d'un des soldats. Ce n'est rien de dramatique, juste une façon de s'aimer, de profiter des sens qu'on nous a donné. Il n'y a rien de mal.

- Tout de même, on est censé se donner ainsi qu'à son mari ou sa femme.

- Pourquoi ? La vie ne commence pas au mariage. Le mariage n'est qu'une façon de dire qu'on a enfin trouvé son âme sœur, rien de plus. Avant de la trouver, il faut parfois chercher, alors autant profiter de nos sens. C'est un don naturel. D'ailleurs, j'ai entendu dire que chez vous, vous avez des bâtiments où des femmes se donnent volontiers à vous si vous les payez. Je trouve vos propos déplacés compte tenu de vos « coutumes ».

Le soldat avait rougi sans rien ajouter. Reva l'avait mouché de belle façon, il ne pouvait l'oublier. Connor songea alors que cet homme avait une vision différente, mais très juste du monde.

- J'aime bien ce peuple, murmura Faran alors qu'ils mangeaient tous dans leur cellule.

- Des sauvages, grogna un des soldats en soulevant la feuille qui faisait office d'assiette.

- Nous sommes plus barbares qu'eux, répliqua Connor. Ils vénèrent la vie, respectent la nature. Ils ne s'entre-déchirent pas comme nous le faisons constamment, à ne vouloir que la guerre et dominer le monde, en croyant êtres mieux que les autres. Leurs croyances sont différentes, pourquoi seraient-elles mauvaises ? Et la dernière fois que j'ai été prisonnier, on ne m'a pas aussi bien traité.

L'homme ne répliqua rien, baissant les yeux sur son assiette.

- S'ils pouvaient nous croire, tout serait tellement mieux, soupira Breris.

- Comment leur en vouloir ? demanda Sanya. Les prêtres leur ont fait tellement de mal. Si seulement j'avais su...

Ils restèrent tous silencieux, méditant sur leur situation. Il'ika, qui ne daignait pas se montrer, sortit en coup de vent de la poche de Faran pour lui chiper un peu de nourriture avant de retourner se cacher.

- Ils ne te feront rien, arrête donc de te cacher, soupira Faran.

Il n'eut droit qu'à un juron.

Quand tous eurent fini de manger, ils s'étendirent dans leur cellule en attendant que l'on vienne les débarrasser des déchets. Aela s'assit près de la grille, se dévissant le cou pour voir le village.

- Je suis du même avis que Faran, j'aime bien ce clan, lança-t-elle, rêveuse. Je le trouve fascinant.

- Rien que ça ? demanda Sanya avec un clin d'œil complice.

- Reva n'est pas mal non plus, on va dire. Je le trouve tout à fait à mon goût.

Sanya éclata de rire.

- Quoi, pourquoi te moques-tu ? C'est vrai, il est quand même très bel homme. Il tombera sous mon charme, tu verras.

La jeune femme ria davantage et Aela ne tarda pas à se joindre à elle. Connor ne put s'empêcher de sourire, lui aussi. Il était celui qui connaissant le mieux Reva, celui-ci venant toujours lui parler, lui montrer des choses et répondre à toutes ses questions. Il sentait l'amitié s'installer progressivement entre eux malgré sa condition de prisonnier. Et il songea que Reva pourrait faire un bon parti pour Aela.

Ce dernier revint une heure plus tard pour leur apporter une bassine d'eau et Connor remarqua qu'il avait son arc à l'épaule.

- Connor, que dirais-tu de visiter le village ?

Le jeune homme resta sans voix devant cette proposition des plus surprenantes. Que Reva lui témoigne beaucoup de sympathie était une chose, qu'il lui fasse confiance au point de l'autoriser à visiter le fief de son clan alors qu'il était simple prisonnier en était une autre !

- Pourquoi une telle offre ? demanda-t-il soupçonneux.

- Tu t'intéresses beaucoup à notre peuple et ses coutumes. J'ai pensé que ça te plairait.

Le jeune homme hocha la tête et Reva le fit sortir de sa prison. Au passage, il jeta un coup d'œil narquois à Aela, qui détourna le regard comme si de rien n'était.

Les deux hommes s'engagèrent dans l'escalier qui menait au réseau de passerelles et encore une fois, Connor ne put qu'admirer la splendeur de ce village. Ils passèrent de plate-forme en plate-forme et si le jeune homme passait son temps à y travailler, il n'avait encore jamais eu le loisir de contempler toutes les beautés du village.

- Tu vois la maison là-bas ?

Il lui désigna une petite cabane suspendue aux grosses branches d'un arbre. D'une forme ronde, l'espace à l'intérieur semblait très réduit. Une toile faisait office de porte et toutes sortes d'objets étaient posés devant la porte.

- Les chasseurs viennent ici pour se purifier après la chasse, expliqua Reva. Nous n'aimons pas tuer, mais il le faut bien. Ce que tu vois devant la porte sont les offrandes que l'on fait à la Nature, en remerciement de ce qu'elle nous a accordé.

- Vous vénérez beaucoup la Nature.

- C'est notre Mère. C'est elle qui nous a donné la vie. Dans votre langage, on dirait que c'est une divinité pour nous. Elle a créé ce monde, pour que toutes ses créations vivent ensemble en harmonie. Ce que nous lui prenons, nous lui rendons sous une autre forme. Pour conserver un juste équilibre des choses. Nous vivons en harmonie avec les autres créatures qui veulent bien de nous, nous n'imposons rien, car nous n'avons pas la prétention de dire que nous sommes meilleurs. Nous sommes justes différents des animaux. Ni mieux, ni pires. Vos peuples ont du mal à comprendre cet équilibre naturel des choses.

- Je sais... Nos croyances sont différentes et je crois qu'elles influent beaucoup trop sur notre façon d'agir.

- Le culte des dieux, les créateurs de l'homme. Un point de vue qui se respecte. Mais pourquoi serions-nous des sauvages si nous ne croyons pas en eux ? Nous sommes juste différents. Est-ce ça la définition de sauvage pour vous ?

- Pour beaucoup, oui. Cette même discrimination existe au sein de nos peuples également. Parce que nous n'étions pas riches, beaucoup nous considéraient comme du bétail, des incultes, des sauvages.

- Riche ? Qu'est-ce que la richesse ?

- C'est quand tu possèdes beaucoup d'argent.

Reva le regarda avec une grande surprise.

- L'argent ?

- Notre monnaie. Nous vivons grâce à ça. Nous payons ce que nous avons besoin, tout se vend et s'achète.

- C'est une drôle de méthode. L'échange est mieux.
- Oui. L'or n'engendre que les guerres.
- Vous vous battez pour de le l'or ?
- Oui.

Sentant que de simples paroles ne pourraient rien arranger, Reva cessa de s'étonner sur ce sujet et passa à autre chose.

- Connais-tu les Anciennes civilisations ? demanda Connor.

Reva frissonna.

- J'en ai entendu parler. Massacrées, m'a-t-on dit.

Voyant qu'il ne voulait pas s'étendre sur le sujet, Connor ne l'interrogea pas davantage.

Tandis qu'il visitait le village, saluant les gens qui s'affaissaient encore à leurs tâches sur les plate-forme, Reva expliqua à Connor l'utilité de certains objets qu'ils rencontraient. Les gens utilisaient tous ce qu'ils trouvaient dans la nature pour en faire des objets ou des vêtements. On se servait de feuilles souples pour confectionner des pagnes, de lianes pour faire des cordes, de plantes pour tresser des paniers ou autres objets, les peaux d'animaux servaient de couverture, leur graisse servait d'huile et on confectionnait toutes sortes d'outils dans leurs os, comme des hameçons, des lames de couteau, des harpons, des aiguilles. Tout servait dans la carcasse d'un animal. Les gens utilisaient également des pierres taillées comme outils ou armes, notamment des silex.

Reva montra alors une fiole, sur le bord d'une fenêtre, contenant un liquide jaune à l'intérieur.

- De l'urine de Mo'ho. Un grand reptile qui vit sur les côtes, près de l'océan, ou encore non loin des lacs. Il adore l'eau et il raffole de Fenyw. Elles craignent cette odeur.

Alors qu'il continuait leur visite, Connor remarqua qu'un homme d'un certain âge s'occupait d'un jeune garçon, sur le palier de sa porte. Le pauvre gamin semblait souffrir au niveau de la jambe. Tout en lui appliquant des herbes mâchées sur la zone endolorie, l'homme ferma les yeux en murmurant des incantations. Une ou deux minutes plus tard, le garçon se relevait, stupéfié de ne plus sentir de douleur.

- Magie ? demanda Connor.
- Plus ou moins, selon vos critères. Il puise son énergie de la Nature. Si ses intentions sont bonnes, Elle lui permet de soigner des blessures, d'aider les plantes ou les animaux. Un pouvoir curatif, pour vous. Cet homme est Cheveyo, notre chamane. Il peut parler aux plantes et aux animaux, voir les choses à l'avance et percer les ténèbres.

Un Maître des Ombres ? songea Connor. Il préféra cependant ne rien demander.

Plus tard, alors que l'homme des clans le raccompagnait, le jeune homme se souvient d'une question qu'il avait en tête depuis un moment.

- Reva, vos prénoms ont-ils une signification ?
- Oui. Le mien signifie firmament, car je suis né sous les étoiles et que ma mère les a regardés pour se donner la force de me mettre au monde. Ton prénom a une signification également.

Surpris, Connor le dévisagea.

- Vraiment ?
- Chez nous, Con'hor signifie la nuit. Ton prénom est issu de ce mot. Es-tu sûr que tu n'as pas de racines ici ?
- Pour tout dire, je n'en sais trop rien...
- Peut-être tes grand-parents, qui sait. Tu nous ressembles Connor. Beaucoup. Pas seulement ta couleur de peau et ta carrure, non. C'est plus... profond. Je n'ai pas de mot pour le définir.

Le jeune homme hocha la tête, bouleversé. Se pouvait-il que ses ancêtres venaient d'ici ?

Il réfléchissait toujours quand Reva la ramena à sa cellule.

- J'espère que mon père vous libérera, dit-il.

- Tu nous crois ?
- Oui. Je te fais confiance et je fais donc confiance à ton amie.
- Merci Reva.

L'homme posa sa main sur son épaule et il lui rendit son étreinte avant de regagner sa cellule. Alors que la plupart dormait déjà, Sanya l'attendait, un sourire aux lèvres. S'allongeant près d'elle, Connor s'empressa de lui apprendre tout ce que Reva lui avait dit.

- Un peuple formidable.
- Tu crois que je pourrais descendre d'eux ?
- Ce n'est pas impossible.

Ils parlèrent encore un moment, mais quand Aela ouvrit un œil pour leur intimer le silence, ils se turent et s'endormirent en souriant.

Ils furent réveillés tôt le lendemain matin par le chef lui-même. Derrière lui venait son fils, la tête baissée, l'air sombre. Il s'avança pour traduire les paroles de son père :

- Le chef a décidé de vous vendre à un clan à la recherche d'ouvriers.

Des cris de protestations éclatèrent dans la cellule, les soldats martelant les murs.

- Votre père ne me croit pas ? soupira Sanya.
- J'ai peur que non...
- N'y a-t-il pas un moyen de régler ce problème ?

Alors que Reva réfléchissait à toute vitesse, Connor se rappela les paroles de son ami, qu'il avait prononcées un jour, au sujet des chef qui se battaient pour régler les problèmes.

- Reva, dis à ton père que je le défie.

Tous se tournèrent vers lui, étonnés. Même Reva n'en revenait pas.

- Es-tu sûr de toi ?
- Traduis pour moi.

L'homme des clans hocha la tête et se tourna vers son père pour lui parler. Le chef écarquilla les yeux avant de plonger un regard intense dans celui du jeune homme.

- Il demande quel est l'enjeu.
- Notre liberté.
- Qu'aurait-il à gagner ?
- Disons qu'il regrettera fortement de m'avoir fait prisonnier. Si je perds, je le laisserais me vendre sans opposer la moindre résistance.

L'ardeur qui se lisait dans le regard de Connor fit comprendre au chef que ce n'était pas un adversaire à prendre à la légère. Il avait quelque chose en lui de spéciale. Il pouvait réellement lui causer beaucoup d'ennuis...

- Il accepte. Vous livrerez combat dans quelques heures, à la manière de mon peuple. Tu n'auras droit qu'aux armes que nous te proposerons et tu te battras en pagne, comme le chef. Ce sera un combat à mort.

Connor tressaillit.

- Ça me va.

Le chef carra les épaules pour défier son adversaire du regard. Connor sentit chez lui une force et une puissance qu'il ne devait pas négliger. Il ne connaissait rien de ces guerriers, ils pouvaient très bien se révéler bien plus féroces que les Maîtres des Ombres.

- Bonne chance, murmura Reva alors que les autres s'en allaient. Mon père n'a jamais perdu un seul combat, ne le prend pas à la légère. Je ne veux pas sa mort, mais je ne veux pas la tienne non plus.
- Je veux juste ma liberté.

Il n'était plus si certain que son idée soit si brillante que ça, mais il n'avait pas d'autres options.

8

On vint chercher Connor dans sa cellule pour le préparer au combat qui l'attendait. Sanya le serra brièvement dans ses bras et il lui rendit son étreinte.
- Sois fort et remporte cette victoire.
- Pour toi, tu sais bien que je ferais n'importe quoi.
Il l'embrassa et se dirigea vers la sortie. Tous lui souhaitèrent bonne chance, Breris et Aela lui tapotèrent l'épaule et Faran lui serra le bras. S'ils craignaient pour sa survie, ils tachaient de ne pas trop le montrer, pour ne pas le déstabiliser.
Escorté par deux hommes bien armés, on le fit monter dans le village jusqu'à une petite cabane. Reva l'attendait là, les bras croisés dans le dos. Il adressa quelques mots aux deux hommes qui hochèrent la tête en partant.
- Tu es prêt ?
- Il le faut bien.
Reva le fit entrer, puis tira un pagne d'une caisse en bois et le tendit au jeune homme.
- Enfile ça et quitte tout le reste.
Connor n'était pas forcément à l'aise à l'idée de combattre dans une tenue qui le rendait aussi vulnérable, mais il n'avait

pas le choix. Retirant tous ces vêtements, il enfila le pagne et bizarrement, il se sentit plutôt bien.

- Il est fait pour les guerrier, ou quand on part à la chasse. Il ne te gênera pas quand tu bougeras et il ne laissera rien voir de tes... attributs.

Connor sourit :

- C'est Sanya qui se sera déçue, s'amusa-t-il.
- C'est le pagne qu'aime le moins les femmes, rigola Reva.

Fouillant dans son coffre, il en sortit un bracelet dont les perles étaient taillées dans des os. Il le glissa au poignet de Connor.

- Selon les traditions, les proches du combattant lui offrent un objet destiné à lui porter chance. Comme tu ne connais personne, je tenais à te l'offrir. Je le portais quand j'ai gagné mon premier combat.
- Merci Reva.
- Survie et nous serons quitte. Mon père n'a pas l'habitude de laisser de chance à ses adversaires.

Il décrocha alors le couteau qu'il avait à la hanche.

- Vous n'aurez le droit qu'à cette arme. Prends le mien. Il ne m'a jamais trahi, je l'ai taillé dans la carapace d'un Fenyw. Plus solide qu'un roc.

En effet, la lame était noire et extrêmement lisse et douce. Très coupante, également.

- Une dernière chose.

Il sortit une sorte de brassière, faite en feuilles souples, qu'il enfila sur le biceps de Connor.

- Pour protéger ta blessure. Les points de suture ne partiront pas facilement et en cas de blessure, la feuille est un désinfectant naturel.

Il prit ensuite un pot contenant une sorte de peinture blanche.

- Comme tu n'as pas de tatouage, je vais te faire des peintures de guerre.

Quand tout fut prêt, Reva accompagna son ami jusqu'à la zone du combat. Le passage des deux hommes souleva des murmures surpris et craintif. Connor, ainsi vêtu et peinturluré, était un guerrier des plus intimidant. Il paraissait plus que redoutable, avec son maintien droit, ses muscles saillants et sa haute carrure. Toute la population s'était rassemblée sur la place, formant un cercle qui délimitait la zone de combat. Tous s'écartaient pour laisser passer Connor, qui ne leur accorda pas un regard, les yeux rivés sur son adversaire.

Au centre du cercle, vêtu de son pagne de guerre et de tous ses bijoux en os, le chef l'attendait de pied ferme, bien droit, le regard brûlant d'une détermination sans faille. Ses tatouages le rendaient effrayant et le rictus mauvais qu'il affichait renforçait cette impression. Un long couteau était attaché à sa hanche.

Du coin de l'œil, Connor remarqua que ses amis avaient été autorisés à voir sa victoire... ou sa mise à mort. Si elle faisait tout pour paraître assurée, Sanya se rongeait les sangs, au bord de la panique. Faran n'était pas mieux. Les autres se tenaient fièrement, prêts à l'encourager comme il se doit.

Reva lui donna une tape sur l'épaule et le laissa entrer dans le cercle. Alors que les deux adversaires venaient se faire face, le chef entama une sorte de danse en criant, sans doute destinée à intimider l'autre. Connor afficha une placidité mortelle et même si cette danse avait de quoi déstabiliser, il n'allait sûrement pas se faire avoir. En guise de menace, il se contenta d'un long regard pour son adversaire, le regard typique des Maîtres des Ombres. Une assurance que rien ne pouvait ébranler.

Reva prit la parole et son peuple l'acclama. Connor ne sut ce qu'il disait, mais il ne semblait pas ravi de prononcer de tels mots.

Quand enfin la « cérémonie » fut achevée, un long silence s'installa et le chef tira son couteau, se mettant en garde. Il tourna lentement autour de Connor, l'examinant attentivement et le jeune homme fit de même, serrant le couteau de Reva dans sa main.

Le fils du chef donna alors le signal et Kogaan chargea. Sa lame fusa, rapide et précise, visant l'estomac de Connor. Ce dernier esquiva souplement avant de répliquer, se forçant à faire le vide et le calme en lui pour entendre l'Onde.

Kogaan commença à le « tester », ne lançant que des séries d'attaques courtes et peu mortelles et Connor joua son jeu, se contentant d'esquiver et de lancer des répliques simples mais précises. Voyant que son adversaire en avait à revendre, Kogaan accéléra le rythme et augmenta le niveau et le jeune homme suivit la cadence, toujours aussi intouchable.

Des encouragements retentirent.

Kogaan ne m'y pas longtemps à se lasser de ce petit jeu. Il lança un coup d'estoc, qui entailla la jambe de Connor quand il se décala et ce dernier sut que le vrai combat commençait.

Les deux hommes s'élancèrent l'un sur l'autre en poussant des cris de guerres, les coups fusèrent, puissants et mortels, tous deux esquivant avec souplesse, bondissant, parant, bloquant le bras de l'adversaire pour retourner sa force contre lui. Si Connor se révélait être un combattant prodigieux, Kogaan l'était tout autant. L'homme parvenait à éviter les coups avec une célérité impressionnante, comme s'il voyait les coups venir à l'avance et frappait avec pas moins de rapidité. Connor dut bien admettre qu'il peinait à éviter tous les coups et il avait déjà récolté des blessures.

L'Onde pulsait chez le guerrier et même s'il ne devait probablement pas s'en rendre compte, les années d'expériences lui avaient permis d'exploiter à fond ses capacités. Un adversaire que Connor aurait du mal à battre, il le savait. De plus, il avait de très bonnes tactiques et ne frappait jamais à la légère.

Aucun ne prenait la main sur l'autre et la fatigue se faisait sentir.

Autour d'eux, les habitants criaient leurs encouragements, frappant des pieds et des mains, agitant leurs armes en l'air ! Du coin de l'œil, Connor vit que Aela et les soldats faisaient de même, criant à gorge déployée.

Saisissant une chance qui s'offrait à lui, il se fendit sur le côté, frappa le chef au niveau des côtes avant de lui faucher la jambe. Déséquilibré, Kogaan chuta par terre, mais réussit à écarter le bras de Connor avant que celui-ci n'atteigne sa gorge. Lui flanquant un terrible coup de pied dans le ventre, il le renversa sur le dos et tenta de la poignarder au cœur.

Ils relouèrent ainsi dans l'herbe, se frappant mutuellement, essayant de se poignarder ou de clouer l'autre au sol. Connor avait la lèvre inférieure éclatée, une profonde coupure au niveau de la pommette et il sentait le goût du sang dans sa bouche. Quand il parvint à se relever, haletant, le chef chargeait déjà.

Connor ne put éviter le coup. La lame entailla profondément son bras blessé, faisant sauter les points de sutures et ouvrant de nouveau la terrible blessure. Alors que le sang coulait tout le long de son bras, Connor se recula, appuyant fermement sur la blessure.

Kogaan affichait un sourire triomphant. Il avait décidé d'en finir.

Essoufflé, rongé par la douleur, Connor eut toutes les peines du monde à bloquer le coup. Alors qu'il écartait le bras armé du chef, il surmonta la douleur et le frappa puissamment au plexus solaire.

Le souffle coupé, Kogaan tituba en arrière.

S'avisant d'une blessure ou niveau de la hanche du vieil homme, que le pagne cachait soigneusement jusque-là, Connor sut ce qui lui restait à faire.

Rassemblant toutes ses forces, il attaqua. Après plusieurs coups échangés, il parvint, non sans mal, à le frapper au niveau de la hanche. L'homme hurla de douleur, soudain livide et Connor décida d'en finir. Lui crochetant la jambe d'un bras, il se baissa et lui enfonça l'épaule dans le ventre pour le soulever et le renverser sur le sol.

Pris au dépourvu, le souffle coupé, Kogaan n'eut pas le temps de répliquer que le couteau de Connor se pressait contre sa gorge.

Le silence se fit aussitôt. Personne n'en revenait. Connor plongea un regard intense dans celui du chef, haletant, avant de retirer son arme. Puis il se leva et se tourna vers les habitants :

- Je ne suis pas venus ici pour vous faire du mal. Je ne suis pas là pour tuer votre chef, changer votre façon de vivre, vous imposer ma volonté. Je veux juste retrouver quelqu'un qui pourrait nous aider à faire cesser les guerres chez nous. Ainsi, mon amie Sanya ici présente, pourrait enfin faire en sorte que les prêtres de chez nous vous fichent la paix. Vous n'aurez plus rien à craindre d'eux, plus aucun malheur de ce type ne s'abattra sur vous, je vous le jure. Je ne suis d'aucun clan, je ne viens pas d'ici, mais j'aime votre peuple. J'aime votre vision des choses, j'aime votre façon de faire et de penser et s'il y en a qui devraient changer, qu'on pourrait considérer comme des sauvages, c'est bien notre peuple. Je vous en supplie, je veux juste que le mal cesse de frapper chez moi, je veux que la guerre cesse et que nous puissions vivre heureux, sans aller importuner les autres. Je veux aider mon peuple à aller mieux.

Reva s'avança et s'empressa de traduire les paroles de son ami. Quand il eut fini, tous baissèrent la tête, honteux d'avoir douté de lui. En épargnant la vie du chef, Connor avait prouvé sa sincérité devant tous. Il avait eu la possibilité de régner ; il ne l'avait pas fait.

Kogaan se releva laborieusement et se planta devant le vainqueur. Un sourire éclata sur ses lèvres et il serra Connor dans ses bras.

- Mon père te remercie de l'avoir épargné. Il dit qu'il est heureux d'avoir rencontré un homme comme toi, un homme plein de courage et de sagesse et il est heureux d'avoir été battu par un homme au potentiel d'un véritable chef. Il dit aussi qu'il te croit, à présent, ton discours la saisit et il ne doute pas de ta sincérité. Il te prie de l'excuser pour ce qu'il a fait. Vos amis et toi êtes libres et serez toujours les bienvenus ici. Vous faites partis du peuple à présent.

Quand le chef s'inclina, imité par tout son peuple, Connor resta sans voix. Un revirement de situation des plus étranges. Le chef parla de nouveau.

- Il dit qu'il serait heureux de te donner son meilleur pisteur, afin qu'il t'aide à retrouver celui que tu cherches.

- J'accepte avec joie.

- Il te fournira des vivres avant votre départ. Dites-lui simplement quand vous désirez partir.

- Nous avons suffisamment traîné. Demain matin serait le mieux.

Reva hocha la tête et son père se frappa la poitrine du poing.

- Nous allons vous dégoter des maisons, pour que vous puissiez vous reposer.

Kogaan cria quelques ordres et la foule se dispersa. Puis il parla longuement avec son fils. Celui-ci hocha la tête.

- Venez, nous avons des maisons libres pour vous. Connor, mon père va t'envoyer un guérisseur pour te soigner. Nous allons vous rapporter toutes vos affaires.

Reva tournait les talons que Sanya et les autres arrivaient déjà. La jeune femme se jeta dans les bras de son amant et le serra fort. Elle ne dit rien, préférant attendre d'être seule avec lui, mais passa son bras sous le sien pour suivre Reva. Connor apprécia ce simple geste et il fut heureux de pouvoir marcher un peu avec elle, de la sentir contre lui et plus encore, sentir la douce odeur de ses cheveux.

Aela lui donna une tape dans le dos en le félicitant, ne

manquant pas d'éloge.

- Bien sûr, tu as encore beaucoup de progrès à faire, conclut-elle avec un sourire narquois.

Breris le félicita également et Faran lui pressa l'épaule, soulagé. Il tremblait encore.

- Tu ne cesseras jamais de me faire peur, mon frère.

Reva les conduisit donc dans leur maison et avant de rentrer dans la sienne avec Sanya, Connor eut le temps de voir qu'Aela s'attardait auprès du jeune homme.

- Viens.

Sanya le tira par le bras et le fit asseoir sur le lit. Une paillasse plus qu'un lit, mais tout aussi confortable. Elle voulut étudier la blessure, mais Connor l'emprisonna dans ses bras et bascula en arrière. Il embrassa ses cheveux, l'empêchant de se dégager.

- Tu n'as pas mal ?
- Ça peut attendre.
- Évidemment.

Quand les baisers de son compagnon se firent plus pressants, elle se décida enfin à répondre à ses ardeurs. Se serrant contre son corps chaud, elle l'embrassa jusqu'à ce que le souffle leur manque. Elle parcourut son torse d'une main.

- C'est fou ce que tu peux être beau avec ça.
- Je pensais que ce n'était pas assez... révélateur pour toi, la taquina-t-il en l'embrassant dans le cou.
- Eh bien, j'avoue que t'avoir nu ne me déplairait pas.

Ils s'interrompirent quand la toile faisant office de porte s'écarta pour laisser passer le guérisseur. Il ne s'offusqua nullement de découvrir les amants dans une telle position, au contraire, il leur adressa un petit sourire.

Il s'occupa du bras de Connor, refaisant des points de sutures, avant d'appliquer des herbes médicinales dessus et de bander le tout. Il lui fit comprendre s'il désirait qu'il s'occupe de ses autres blessures, mais le jeune homme secoua la tête.

Quand il fut parti, Sanya s'adossa au mur.
- Depuis combien de temps sommes-nous là ?
- Je ne compte pas les jours, s'excusa Connor. Mais nous avons encore le temps, rassure-toi.
- Oui, mais si...

Le jeune homme se redressa et appliqua une main sur sa bouche.
- Arrête donc te t'inquiéter, murmura-t-il. Pour une fois, arrête de penser à ça.

Elle voulut répliquer, mais il garda sa main sur sa bouche.
- Tu sais, c'est agréable quand tu te tais un peu, plaisanta-t-il.

Il voulut l'attirer dans ses bras pour l'embrasser, mais elle se déroba, faignant de bouder. Ils se chamaillèrent un moment, avant que Connor ne parvienne à l'attraper. Il la parsema de baiser et elle éclata de rire en cherchant à se dégager.

Quand elle ne peut plus résister à ses avances, elle se plaqua contre lui et l'embrassa avec fougue tout en lui retirant son pagne. Son cœur s'emballa alors.

Ils oublièrent le monde qui les entourait pour ne penser qu'à leur amour débordant.

Plus tard, Sanya se laissa tomber sur la poitrine de son amant. Ils se pressèrent l'un contre l'autre sans se séparer, heureux au-delà des mots.
- Je ne pourrais jamais m'en lasser, soupira Sanya quand elle eut repris son souffle.
- Alors, tu crois toujours que tu aurais pu résister ? demanda Connor, taquin.

Sanya l'embrassa doucement avant de murmurer contre ses lèvres :
- Tu m'énerves, si tu savais.

Il lui frotta le dos.
- Tu m'en vois ravi.

Éprouvant le besoin d'un peu d'intimité, ils restèrent

étendus sur la couchette pendant plus d'une heure, avant de se décider à sortir. Maintenant qu'ils n'étaient plus des prisonniers, Breris, Faran et Aela étaient déjà partis explorer le village. Il'ika avait enfin daigné montrer sa tête et les gens du clan *toanui* avaient poussé des exclamations de surprises et de fascinations. Sentant qu'ils l'appréciaient grandement, la fée avait pris son aise.

Prenant la main de sa compagne, Connor lui fit visiter les lieux, lui expliquant tout ce que Reva lui avait appris. Tout comme lui, Sanya était fascinée et ne le cachait pas.

Le soir venu, Kogaan organisa un grand repas avec tout le clan, où il demanda à Connor de lui décrire son pays. Quand la curiosité des habitants fut rassasiée, ils purent enfin monter se coucher, épuisés. Le chef leur affirma que le lendemain, ils pourraient prendre la route sans encombre, que toutes les provisions seraient prêtes, ainsi que leur guide.

- J'aurais vraiment aimé que Reva nous accompagne, se désola Aela.

- Allez, ce n'est pas perdu d'avance, la réconforta Sanya. Connor peut arranger ça.

Aela se tourna vers son ami.

- Tu aurais tout intérêt, après tout ce que j'ai risqué pour toi !

Connor leva les yeux aux ciels.

- Avance, on verra demain.

9

Le soleil se levait doucement que tous étaient déjà réunis sur la « place » du village pour assister au départ des nouveaux membres du clan. Kogaan se tenait près du groupe, dans son costume traditionnel, murmurant des paroles qui ressemblaient fort à des bénédictions.

Les soldats ayant retrouvé leurs armes et armures, se tenaient bien droits en demi-cercle autour de la reine. Breris, Aela et Faran flanquaient la reine, mais le chef ne semblait avoir d'yeux que pour Connor.

Quand le rituel fut terminé, toute la population s'inclina, leur prodiguant des encouragements dans une langue qu'ils ne comprenaient pas.

- Bon, Reva pourrait se montrer, j'aimerais lui faire des adieux dignes de ce nom, grogna Aela en le cherchant du regard.

Ce dernier ne fut pas long à arriver. Il ne portait plus son pagne, mais un pantalon de toile clair et une paire de chaussures. Son arc et son carquois étaient passés autour de son torse nu et il portait son couteau en carapace de Fenyw à la taille. Il avait également un sac à l'épaule.

Il entama une courte discussion avec son père même si

celui-ci ne semblait pas avoir son mot à dire. Il finit par hocher la tête et Reva se tourna vers Connor.

- Je vous accompagnerai durant votre voyage.

S'il avait entendu le petit soupir de soulagement d'Aela, il ne releva pas. Connor lui donna une tape sur l'épaule.

- Je serais ravi de t'avoir avec nous.

- Falx viendra tout de même. Il a grandi sur les territoires bordant la piste du Crépuscule. Il saura mieux que quiconque nous mener sans encombre.

Un homme se détacha alors des habitants, vêtu pareillement à Reva, bien que moins de puissance émanait de lui.

- Je conduire vous à destination, promit-il en inclinant la tête.

Quand ils furent sûrs qu'il ne manquait rien ni personne, la compagnie remercia Kogaan, lui promettant de leur ramener ses deux hommes en vie après leur mission. Le chef ne parut pas trop inquiet, même s'il prit son fils dans ses bras.

Puis tous se mirent en route, Reva et Falx prenant la tête du groupe. Ils marchaient avec l'assurance de ceux habitués à fendre les forêts denses à longueur de journée et les autres avaient parfois bien du mal à suivre. Ils ne semblaient nullement gênés par les racines, les ronces et quand les sentiers disparaissaient presque sous la végétation, ils avançaient comme si de rien n'était.

Les soldats, vêtus de leur armure, avaient plus de mal que les autres à soutenir le rythme et quand le sentier s'élargit enfin, clair et dégagé, ils soupirèrent de soulagement. Peu après midi, ils déboulèrent enfin sur d'immenses plaines vallonnées de petites collines.

Aela profita du terrain pour se mettre à la hauteur de Reva et engager la conversation. La jeune femme semblait ravie de l'intérêt de son guide pour son clan. Il lui posa aussi beaucoup de question sur son pays, auxquelles la guerrière répondit de bon cœur. Reva fut très surpris par ce qu'il apprenait et bien que ce monde lui semblât un peu fou, il manifesta l'envie de le visiter un jour.

Tandis que ses deux amis discutaient, Connor profita du calme pour étudier leur guide, Falx. L'homme ne parlait pas beaucoup, se contentant d'étudier les environs sans relâche comme s'il cherchait continuellement quelque chose. Un danger ? Un sentier ? Connor aurait été bien incapable de le dire, mais sans savoir vraiment pourquoi, il préférait rester méfiant. Quand l'homme se tourna vers eux, son regard s'attarda sur Sanya, sans lueur quelconque, mais le jeune homme se rapprocha de sa compagne dans un geste protecteur. Geste qui n'échappa à Sanya.

- Ça ne va pas ?
- Très bien, mentit-il. Je veux juste marcher près de toi. L'intimité se fait désirer.
- C'est vrai, soupira-t-elle en passant son bras sous le sien. Il fut un temps où voyager avec une compagnie m'enchantait, aujourd'hui, je me rends compte que la solitude me manque.
- Tu parles pour moi ?
- Non idiot, cette solitude-là me pèserait. Je veux dire que je n'ai jamais cherché à avoir d'intimité avec un homme, alors qu'il y en ait plein autour de moi ne me gênait pas, mais maintenant...
- Pourquoi prendre une telle escorte si elle t'ennuie à ce point ? Je t'aurais protégé, tu le sais.
- D'aucuns dirait que tu n'es pas assez expérimenté pour assurer seul ma sécurité.
- Laisse-les parler.

Sanya sourit, mais elle finit par soupirer.

- La guerre me pèse, Connor, je suis lasse de devoir me battre sans arrêt.
- Elle est récente pourtant.
- Pour toi... je combats depuis des millénaires, ne l'oublie

pas. (Elle chassa l'air de sa main.) Oublie ce que viens dire, la fatigue me fait parler de la sorte.

- Déjà fatiguée ? s'étonna Connor.

Il remarqua alors ce qu'il aurait dû remarquer depuis longtemps : Sanya était pâle.

- Tu vas bien ?
- Quelques douleurs au ventre, rien de grave.
- Que t'arrive-t-il ?

Sanya baissa la voix :

- Ne me dis pas que tu ne connais rien à la constitution d'une femme !

Comprenant où elle voulait en venir, Connor rougit et Sanya éclata de rire.

Quand le soir commença à tomber, Reva ne les fit pas aller plus loin.

- Nous allons nous arrêter, c'est plus sûr.
- Nous pouvoir encore avancer un peu, protesta Falx, mais Reva ne voulut rien entendre.
- Montez dans les arbres, expliqua-t-il.
- Quoi ? Mais pourquoi ? demanda Faran, à qui l'escalade ne plaisait pas du tout.
- J'ai repéré des traces de Fenyw. Il vaut mieux camper ici. Les branches de ses arbres sont très solides, autant en profiter.

N'ayant pas d'autre choix, tous montèrent aux arbres. Les eredheliens furent surpris de la taille des branches ! Sur certaines, ils pouvaient s'asseoir à quatre côte à côte. Ils n'avaient jamais vu de colosses de la sorte.

Connor et Sanya se dégottèrent un endroit assez large pour les accueillir tous deux, un endroit qu'ils n'auraient pas à partager. Les autres se répartirent sur les ramures de l'arbre, à différents niveaux. Déposant leurs affaires, ils s'aménagèrent chacun leur coin pour dormir et manger tranquillement.

Faran vint rejoindre son frère pour manger, Il'ika ne le

quittant évidemment pas d'un pouce. Alors qu'ils étaient tous silencieux, Connor remarqua les yeux brillant de sa jeune amie, chaque fois qu'elle posait le regard sur l'herboriste. Et ce dernier la contemplait avec pas moins de tendresse. Le jeune homme avait remarqué que depuis leur départ d'Ebènel, les deux s'étaient beaucoup rapprochés, ne se passant pratiquement plus l'un de l'autre. Durant le voyage, ils parlaient souvent tous les deux, bien à l'abri dans leur bulle magique. Le jeune homme eut un sourire triste : sa relation avec Sanya ne serait pas des plus simples, mais celle de son frère avec une fée le serait encore moins.

Le soir tomba rapidement, apportant avec lui une petite fraîcheur nocturne. Avant de rejoindre sa branche, Faran s'assura que les points de suture de son frère tenaient toujours et il appliqua quelques onguents sur la blessure. Quand il eut fini, il souhaita une bonne nuit à ses amis et monta se coucher. Alors que Sanya et Connor commençaient à se mettre à l'aise pour dormir, ils entendirent des craquements venant du sol. Rongés par la curiosité, ils se penchèrent tous deux pour observer en contre bas. Ils retinrent difficilement un hoquet de stupeur.

Une bonne dizaine de Fenyw, au moins, se frayait un passage, leurs mandibules claquant sinistrement dans un langage inconnu. Intrigué, Connor descendit souplement sur une branche inférieure malgré les protestations de Sanya et se retrouva aux côtés de Reva. Ce dernier, le dos droit, contemplait les créatures d'un œil froid.

Si les bêtes les avaient remarqués, elles ne leur accordèrent aucun regard, se bornant à avancer, leurs griffes cliquetant sur les cailloux qu'elles rencontraient. L'une leva son horrible tête et ses petits yeux rouges croisèrent ceux de Connor qui tressaillit. Derrière lui, il sentit la main de Sanya agripper sa chemise. La jeune femme venait de le rejoindre et la vision de cette bête aussi féroce qu'effrayante lui donnait des sueurs froides. La bête donna un coup de patte à l'arbre, qui laissa de profondes blessures et la sève suinta. Un coup pareil aurait décapité un humain.

Le Fenyw ne les lâchait pas du regard et les autres levèrent les yeux à leur tour.

- N'ayez crainte, souffla Reva. Elles ne savent pas grimper aux arbres. Nous sommes en sécurité ici. Elles vont probablement rester un moment, mais elles partiront. La faim est trop grande pour qu'elles résistent.

- Ne nous craignons absolument rien ? souffla Sanya.

- Rien du tout. Tant que vous ne descendez pas avant les lueurs de l'aube.

- Elles craignent le soleil ? demanda Connor.

- Oui. Leur constitution est très fragile, malgré leur force et leur férocité. Leur corps ne supporte pas les variations de température. Les lueurs du soleil augmenteraient leur température corporelle, ce qui les tuerait. Ne me demander pas pourquoi, je n'en sais rien. Ce que je sais, c'est que les Fenyw ne peuvent sortir quand l'aube pointe et par conséquence, il n'est pas bon d'explorer les grottes. Ce sont leurs repères favoris et elles sont très territoriales.

Connor et Sanya ne pouvaient se résigner à retourner se coucher avec ces créatures qui tournaient autour de leur arbre, guettant le moindre signe de faiblesse de leur part.

- Nous devoir faire attention, maintenant, expliqua Falx en les rejoignant souplement. Fenyw être créatures fières, qui ne pas supporter qu'on les provoque. Elles risquer de nous pister.

- Nous passerons par des endroits qu'elles ne peuvent franchir. Quand nous aurons franchi les rapides, elles cesseront de nous chasser.

- Fenyw être présentes partout, répliqua l'autre.

- Je sais, grogna Reva. Nous ne quitterons pas les forêts.

Falx ne répondit rien. Perchée au-dessus d'eux, Aela les contemplait, très sérieuse.

- Sont-elles les seules créatures que nous devons

craindre ?

- Oh non, sourit Falx. Territoire être immense avec beaucoup d'autres créatures. Et la piste du Crépuscule être protégée par une zone dangereuse.

- C'est à dire ?

Voyant que son compagnon peinait à trouver les mots, Reva prit la suite :

- Il y a une zone étrange, avant la piste. Une zone où notre esprit est manipulé par une force inconnue. Une zone peuplée de créature peut-être pire que les Fenyw, qui sait. Ceux qui s'y aventure ne le font jamais à la légère et plus d'un n'en est jamais revenu. Un lieu peuplait de mage. D'aucuns disent que la puissance de nos ancêtres hantent encore ces lieux, que leurs esprits y sont toujours présents.

- Malin le gamin. Si mon fils venait à disparaître, ce n'est certainement pas ici que le chercherais.

- Non, concéda Reva.

Alors que la jeune femme disparaissait, sûrement pour réfléchir aux nombreuses aventures qui l'attendaient, se délectant des histoires qu'elle raconterait, Connor osa poser la question qui lui brûlait les lèvres depuis un moment :

- Tu as parlé de tes ancêtres, Reva et de leur magie. Qui sont-ils ?

- Tu poses une question en connaissant déjà la réponse, répliqua l'autre.

- Je veux entendre votre histoire de ta bouche, mon ami.

Reva soupira et jeta un coup d'œil autour de lui. Les soldats n'étaient pas à portée d'oreilles, Aela ne manifestait pas d'attention, Faran dormait à point fermé et Falx retournait déjà à son poste. Connor et Sanya le contemplaient avec insistance.

- Nos ancêtres furent les premiers à vivre sur ces terres. Nous sommes là depuis plus longtemps que vous, plus longtemps que vos dieux. Cette terre existait déjà avant que votre Lysendra ne vienne tout changer. La Nature, notre

Mère, nous avait créé, nous et toutes espèces peuplant ces territoires. Nous vivions dans une belle harmonie, en symbiose. Nous étions un tout, ni plus important, ni plus inférieur qu'une autre espèce. Notre existence était semblable à celle que nous vivons aujourd'hui, sauf qu'à l'époque, nous avions le droit de fouler tous les territoires à notre guise, car personne n'était venue se l'approprier. D'après nos souvenirs ancestraux, c'était une belle époque, une apogée, comme vous diriez.

- Des souvenirs ancestraux ? demanda Sanya.

- Des souvenirs que nous nous transmettons de génération en génération. Certains sont parvenus jusqu'à nous, d'autres ont été effacés, hélas.

» Un jour, votre déesse, Lysendra, prise en amour pour cette planète, a voulu nous aider à conserver ses beautés. Elle nous a fait une offre que nous avons accepté. Elle pensait nous aider en nous envoyant ses deux fils pour préserver cette belle harmonie des cataclysmes qui pouvaient survenir. Nombreux événements comme des éruptions, des météores, des terribles tremblements de terre ou autre, nous avait déjà fait beaucoup souffrir et nous pensions que grâce à ses fils, nous serions protégés. Mais ils se sont imposés, nous empêchant de vivre à notre façon.

» Les dieux sont venus nous voir, ils ont voulu nous imposer leur culte, nous forcer à renier ceux en quoi nous croyions, pour que nous les adorions, eux. Ils disaient être la clé de notre bonheur, que nous avions besoin d'eux pour survivre et atteindre notre apogée. Comme vos prêtres, ils ont voulu supprimer nos modes de vies, refaire notre civilisation à leur façon. À leur image. Nous avons refusé et lutté. Et la guerre a éclaté.

» Les miens moururent par milliers, par centaines de milliers même. Des clans entiers furent massacrés, oubliés. Les nouveaux humains nous ont éliminés pour des terres qui ne leur appartenaient pas, nous chassant car ils se jugeaient supérieurs, sans se soucier que nous fumes les premiers. Nous avons été décimés à cause de croyances. Décimés, massacrés, torturés, à cause d'une simple idée théologique ! Nous étions considérés comme des sauvages, des barbares, à qui il fallait apporter la civilisation, des gens qui avaient besoin de l'aide des plus « intelligents ». On nous considérait comme des bêtes.

» Nous avons compris alors que rien ne pouvait lutter contre les phénomènes naturels, qu'ils étaient nécessaires et nous avions été sots de croire le contraire et d'accepter l'offre de Lysendra. Par peur du cours naturel des choses, nous nous étions perdus nous-même. Par peur de la mort, nous avons signé nous-même notre fin.

» Quand les guerres cessèrent enfin, certains des miens avaient échappé à l'envahisseur. Ils ont vécu dans l'anonymat pendant plusieurs générations, bouillant de rage, de haine et de peur. Ils se sont intégrés à la population comme ils le pouvaient, fondant leur famille, sans jamais renier leurs origines. Une époque bien triste pour ses parias, qui luttaient chaque jour pour ne pas être découvert.

» Puis un jour, les dieux ont su. Ils nous ont débusqués, j'ignore comment. Les prêtres se sont alors mis en chasse, nous traquant, nous débusquant. Une époque horrible, celle-là aussi, des maisons incendiées pour nous forcer à partir, des traques sans relâche, des trahisons et j'en passe, avant de nous bannir loin de chez nous, sur des terres hostiles et inexplorées. Et alors, dans une grondement épouvantable suivi d'un violent tremblement de terre, ce que vous appelez la Barrière est née. Tous n'ont pas été exilés, certains ont réussi une fois de plus à passer à travers les mailles du filet et doivent vivre aujourd'hui dans votre monde, se cachant ou ignorant complètement leur identité. Et des innocents furent bannis, alors qu'ils n'étaient pas des nôtres. Depuis nous vivons ici comme des parias. Les dieux ont tenté de revenir, un jour et de nous asservir, mais le pouvoir de la nature les a repoussés. C'est pourquoi ils préfèrent envoyer des prêtes, car ils ont peur.

- La Nature est leur ennemi juré, je suppose, soupira Sanya. Ils la craignent, voilà pourquoi ils ne viennent plus.

- Alors... d'autres sont toujours vivants ? coupa Connor. Chez nous ?

- Plus que tu ne le crois. Même s'ils ignorent qui ils sont. Je ne serais pas étonné que toi-même, tu sois l'un des nôtres.

Sanya et Connor restèrent longuement silencieux, émus.

- Alors, vous êtes bien les descendants des Anciennes civilisations qui peuplaient jadis ces terres, souffla le jeune homme.

- Oui. Les miens les nomment le peuple *Kementari*. Le peuple de la terre.

Sanya baissa misérablement la tête, des larmes perlant à ses paupières.

- Je suis tellement désolée, Reva...

- Pourquoi ? Vous n'êtes pas responsable.

- Mais j'ai longuement pensé comme Abel et j'en ai honte. J'ai honte des miens, de ce qu'ils ont fait et de ce qu'ils continuent de faire. J'ai honte d'eux et j'ai honte d'avoir été comme eux... Ce qui vous est arrivé est horrible, cela n'aurait jamais dû se produire...

- Encore une fois, ce qui est fait est fait. Vous n'êtes pas responsable, mon peuple ne vous en veut pas, comme le pourrait-il ?

La jeune femme hocha la tête en séchant ses larmes.

- Je jure de réparer les torts. Je jure qu'une fois mon œuvre accompli, une fois les panthéons unis, les prêtres et les peuples de chez moi vous laisseront vivre comme bon vous semble. Je vous permettrai de vivre selon vos coutumes, de revenir parmi nous, de retrouver votre gloire d'antan. Vous n'aurez plus rien à craindre des dieux, des prêtres et des autres peuples. Je le jure.

Reva inclina la tête.

- Et je suis ravi de pouvoir servir cette quête. Néanmoins, ce sont de biens étranges propos dans la bouche d'une déesse.

- J'ai passé beaucoup de temps parmi les humains, je comprends mieux ce qu'ils ressentent. Et je comprends mieux les horreurs que peuvent causer nos religions. J'ai bien l'intention de réparer le mal.

Reva posa une main apaisante sur son épaule.

- Je vous crois. Vous devriez vous reposer à présent.

Sanya hocha la tête et se redressa. Connor avait bien d'autres questions à poser, mais elle lui prit la main, le tirant derrière elle. Il ne protesta pas et monta se coucher avec elle, sentant qu'elle avait besoin de réconfort après ces dures révélations.

Quand elle s'allongea contre lui, il murmura à son oreille :

- Ce qui compte, ce n'est pas qui tu es, mais ce que tu fais et choisis d'être.

Elle eut un sourire reconnaissant et enchaîna :

- Je comprends pourquoi Abel veut tenir ses fidèles à distance des Royaumes Oubliés, pourquoi il ne nous a jamais dit ce qu'il s'est réellement passé avec les Anciennes civilisations. Ils possèdent la vérité. Une vérité qui pourrait lui coûter très cher. Ce n'est pas Lysendra qui a créé cette terre, elle s'est créée d'elle-même. Ces gens l'ont compris et si les autres les croyaient, cela signerait l'arrêt de mort d'Abel.

10

Connor se demandait vaguement si les Royaumes Oubliés ne s'étendaient pas jusqu'à l'autre bout du monde. Alors qu'ils marchaient depuis des jours, il avait toujours l'impression de n'avoir franchi qu'une infime parcelle de cet immense territoire. Au moins, sa blessure était guérie et ne lui faisait plus mal et il n'en gardait qu'une belle cicatrice encore boursouflée.

Reva et Falx semblaient parfaitement savoir où ils allaient, les menant à un bon rythme à destination. Ils savaient toujours identifier la moindre trace et ainsi leur faire éviter quelques ennuis supplémentaires et ils leur dégottaient les meilleurs sentiers. Ils n'hésitaient pas non plus à leur expliquer des petites choses utiles sur leur environnement ; quelle fleur était dangereuse, quelle piste il valait mieux éviter, ce qu'on pouvait cueillir ou non.

Faran écoutait chaque indication avec une très grande attention, notant absolument tout dans son journal le soir venu. Il'ika faisait d'ailleurs une très bonne assistante et ils ne cessaient de bavarder entre eux, d'exprimer leurs opinions et leurs pensées avant de les coucher sur papier. Connor ne les avait jamais vu si heureux et passionnés et cela lui remplissait le cœur de joie.

Aela, quant à elle, passait beaucoup de temps en compagnie de Reva et ce dernier semblait apprécier sa présence. Seuls quelques soldats se montraient de mauvaise humeur, peu fiers de se sentir aussi inutiles. Reva et Falx assuraient la sécurité du groupe entier à eux seuls et aucun homme ne pouvait prétendre leur arriver à la cheville, ce qui les agaçait.

Quand ils avaient rencontré une bande de chevaux sauvages, Faran avait poussé un soupir qui en disait long. Reva lui avait expliqué qu'ils ne dressaient pas les chevaux comme certains autres clans, car les forêts denses ne leur permettaient pas de chevaucher longtemps avant de devoir laisser leur monture en arrière.

Connor entendit soudain le vacarme typique d'une cascade, ce qui le tira de ses pensées et Reva semblait les mener droit dessus. Quelques minutes plus tard, son impression se confirma lorsqu'ils débouchèrent face à une rivière, laquelle était extrêmement agitée et violente. Plus loin, l'eau tombait en une large cascade et si Connor ne pouvait évaluer la hauteur, il se doutait qu'elle était très grande.

Falx lança quelques mots dans sa langue et Reva gronda :

- Le niveau de l'eau a augmenté, beaucoup trop à mon goût.

- Y-a-t-il un pont ? demanda Sanya en s'approchant.

- Non. C'est la rivière *Kihita*, elle nous sépare d'un autre clan. Un clan parfois hostile alors nous avons préféré ne pas leur faciliter la tâche.

Falx se tourna vers Reva pour lui parler. Ce dernier secoua la tête en répliquant de manière sèche et définitive.

- Nous allons remonter un peu la rivière, nous trouverons un passage plus calme.

- Mauvaise idée, grogna Falx. Moi bien connaître les

lieux. Elle être dangereuse absolument partout. Autant ne pas perdre de temps.

- Peut-être, mais on s'éloigne de la cascade.

L'autre n'eut pas le choix que d'obéir et le groupe se remit en marche, remontant la rivière pour trouver un coin plus calme, ou ne serait-ce qu'assez loin de la cascade en cas de chute.

Reva trouva enfin un passage et fit descendre les autres au bord de la rivière. Le courant était toujours aussi puissant, mais de gros rochers émergeaient de l'eau pour leur offrir une sorte de « pont ». Très rudimentaire, mais le jeune homme affirma qu'ils ne trouveraient pas mieux et qu'ils ne pouvaient pas prendre le risque de remonter plus haut. La nuit ne tarderait pas à tomber et ils devaient être de l'autre côté avant la sortie des Fenyw.

Aela n'était pas du tout à son aise, bien qu'elle le dissimulât habilement, ne s'éloignant jamais de Connor. Sa phobie de l'eau la paralysait toujours et le jeune homme se demandait souvent comment faire pour l'aider à surmonter cette peur. Trop fière pour l'avouer, Aela avait toujours prétendu que rien ne l'effrayait et qu'elle n'avait pas besoin d'aide pour affronter ses peurs.

- Falx passera en premier, expliqua Reva. Je fermerai la marche. Reine Sanya, vous devriez marcher derrière Falx, il vous aidera à traverser les rapides.

La jeune femme acquiesça et se tourna vers Aela, murmura si bas que seule la jeune femme put l'entendre :

- Passe derrière moi, je t'aiderai à avancer.

La guerrière hocha la tête, blême de peur.

- Bien, alors en route.

Sautant sur une première pierre, Falx en testa la stabilité, s'assura qu'elle n'était pas trop glissante avant de bondir sur une autre pierre et de faire signe à ses compagnons de l'imiter. Sanya sauta à son tour, les bras écartés pour maintenir son équilibre. L'eau sous ses pieds devait être profonde et le courant était vraiment fort, se fracassant sur les rochers dans une gerbe d'éclaboussure.

Aela arriva derrière elle, s'accrochant à ses épaules pour ne pas tomber. Elle serait les dents, les yeux brillants de peur.

- Tout va bien aller, murmura Sanya.

Elle lui prit le bras et l'entraîna avec elle de roche en roche, guidée par Falx qui avançait avec une agilité remarquable. Derrière elle venait Connor, qui tenait également son frère par le bras pour l'aider à avancer. Plus loin venaient les soldats, que Reva guidait avec professionnalisme, leur prodiguant toutes sortes de conseils pour avancer.

La rivière leur parut alors bien plus large qu'au premier abord et les cailloux ne formaient pas un passage direct jusqu'à la berge, les obligeant à décrire des détours au milieu d'une eau déchaînée. Le bruit était assourdissant et ils étaient déjà tous trempés.

Les rochers étaient d'ailleurs humides et traîtres et plus d'une fois quelques-uns glissèrent, se rattrapant de justesse à leur camarade ou au caillou. Aela était du nombre, ses muscles étaient si raides qu'elle perdait souvent l'équilibre. Sanya la rattrapait en la tirant à elle et la jeune femme craignait qu'une catastrophe ne survienne avant la fin de la traversé.

Ils avaient déjà parcouru les trois quart et la distance restante leur paraissait interminable. Cramponnés les uns aux autres, ils avançaient les dents serrées, espérant ne pas déraper à l'atterrissage.

Alors que Sanya sautait pour rejoindre Falx sur son rocher, ce dernier glissa soudain et se rattrapa à elle par pur réflexe. Percutée par le poids de l'homme, elle perdit l'équilibre en poussant un cri et bascula en arrière. Aela la retint de justesse, cambrée en avant pour l'aider, mais perdit prise à son tour.

Connor voulut se ruer à son secours, mais il était déjà trop tard : la jeune femme tomba à l'eau en hurlant.

- Aela !

Elle émergea de l'eau en toussant, emportée par le courant, complètement désorienté, luttant pour se maintenir hors de l'eau.

Connor voulut se lancer à son secours, mais Reva l'avait déjà devancé. Prenant une grande inspiration, il plongea. Se laissant porter par le courant, il nagea aussi vite qu'il le pouvait, essayant d'éviter les rochers, ne perdant pas de vue la jeune femme qui se noyait. Prenant appui sur les cailloux, il se propulsait encore plus vite, s'interdisant de penser à la cascade qui les attendait. Reva se faisait bousculer comme jamais il ne l'avait été, des trombes d'eau s'abattaient sur lui, il se cognait et s'éraflait aux rochers ! Sa tête tournait, son corps était très douloureux, mais il continua de lutter et de nager vers Aela.

Ne voyant qu'un paysage flou autour d'elle, Aela essayait d'agripper les rochers pour se retenir, mais rien n'arrêtait sa folle course vers la mort. Une trombe d'eau la submergea d'un coup, l'emportant vers le fond. Ses poumons se vidèrent, ses pieds ne rencontrèrent aucun sol pour se propulser vers la surface et elle battit follement des bras pour remonter. Elle ne parvint pas à crever la surface.

La panique la submergea, elle perdit toute notion d'orientation, incapable de différencier le haut du bas et bientôt, seule la douleur qui dévorait son corps et le feu de ses poumons arrivaient encore à capter son attention.

Alors qu'elle perdait connaissance, un bras puissant s'enroula autour de sa taille pour la ramer à la surface. En émergeant de l'eau, elle toussa violemment et reprit bruyamment son souffle. Reva était là, accroché solidement d'une main à un rocher, la tenant serrée contre lui. Aela s'agrippa à son cou, morte de peur.

Elle pensait être tirée d'affaire, mais tous deux furent

soudain engloutis par les flots et Reva lâcha prise. Le jeune homme lutta pour percer la surface, mais le poids d'Aela, solidement accroché à lui, l'entraînait vers le fond.

En sentant le courant de plus en plus puissant, il comprit qu'ils approchaient de la cascade. Alors qu'ils heurtaient un rocher, les bras autour de son cou se desserrèrent et Reva sut qu'Aela avait perdu connaissance, ou du moins, était trop sonnée pour réagir. La serrant par la taille, il parvint à prendre appuie sur un caillou pour remonter.

Le bruit infernal qui lui parvenait aux oreilles lui fit comprendre que la cascade était là. Découvrant d'un arbre, au bord de la rivière, il banda tous ses muscles et au prix d'un effort terrible, se propulsa jusqu'à lui. Sa main se referma sur une branche et il se hissa sur la berge.

Tremblant tellement ses muscles lui faisaient mal, il allongea Aela sur le sol et chercha son souffle. Ne sentant rien, il commença à lui masser la poitrine jusqu'à ce qu'elle finisse par tousser en crachant de l'eau. Elle battit des paupières et commença à trembler violemment.

- Ça va ? s'enquit-il ?

Pour toutes réponses, elle se redressa laborieusement pour se jeter dans ses bras. Luttant pour ne pas s'écrouler par terre, Reva lui rendit doucement son étreinte.

- C'est fini, murmura-t-il. Tout va bien, tu es sauvée.
- Merci... merci pour tout.

Elle resta ainsi dans ses bras jusqu'à ce que leurs compagnons arrivent en courant vers eux. Se jetant à genoux, Sanya prit Aela dans ses bras en gémissant :

- Tu m'as sauvé... Merci...

Puis elle se tourna vers Reva :

- Nous avons une dette envers vous.

Derrière elle, Connor hocha la tête.

- Je n'ai pas fait ça en échange d'un service.

Faran s'approcha et examina longuement les deux jeunes gens, s'attardant sur Aela.

- Rien de cassé, vous avez beaucoup de chance. Aela risque d'être sonnée encore un moment, je ne serais pas surpris qu'elle ait la tête qui tourne en marchant.

Pour démanteler ses paroles, la jeune femme voulut se lever et marcher, mais prise de vertige, elle se serait écraser si Reva ne l'avait pas retenu.

- Comment es-tu tombée ? demanda-t-il soudain.
- J'ai voulu aider Sanya.
- Falx a glissé et s'est rattrapé à moi, expliqua la jeune femme.

Reva lança alors un long regard à Falx, rien ne trahissant la moindre émotion. Connor en eut la chair de poule et il devint soudain inquiet, ne sachant pourquoi. Mais Reva se détourna.

- Allons monter le camp, grogna-t-il en aidant Aela à marcher.

Ils trouvèrent un coin agréable pour se reposer et montèrent le camp. Reva affirma que les Fenyw ne venaient jamais ici, ils pouvaient donc dormir à terre, mais en cas de risques, les arbres étaient tout proches pour les accueillir.

Alors qu'ils montaient le camp et que les soldats formaient un périmètre de sécurité, Reva alla d'adosser à un arbre, à l'écart des autres. Les yeux perdus sur l'horizon à admirer le soleil couchant, il se demandait bien pourquoi la mort d'Aela l'avait tant effrayé. Il avait déjà perdu des hommes et même si c'était une expérience douloureuse, jamais encore il n'avait ressenti une telle angoisse à l'idée de perdre quelqu'un et surtout pas pour une étrangère.

La jeune femme vint finalement le rejoindre et déposa dans ses mains une outre d'infusion bien chaude. Elle resta longuement silencieuse et Reva osa lui jeter un coup d'œil. Ses cheveux auburn encore mouillés se rependaient follement dans son cou et ses yeux verts brillaient d'émotion. Elle laissait la vapeur de son outre lui chauffer le visage, perdue dans ses pensées. Reva dut bien admettre qu'elle était d'une beauté sauvage.

- Connor m'a sauvé la vie, une fois et j'ai juré de toujours être là pour lui, dit-elle enfin. Je ne crois pas avoir manqué à ma parole et j'ai rempli mon contrat. Voilà que je rembourse une dette pour en soulever une autre... (Elle se tourna vers lui.) C'est peut-être parfaitement inutile dans un monde que tu connais mieux que quiconque, mais je jure de t'épauler le jour où tu auras besoin d'aide. Comme on dit chez moi, je te suivrai sans conditions.

Reva hocha la tête, n'ayant pas de mot pour exprimer ses pensées. Il n'était pas fier au point de se croire invulnérable et il savait qu'Aela devait être une guerrière dès plus redoutable. L'avoir comme allié n'était pas à négliger.

Profitant du calme pour satisfaire sa curiosité, il demanda :

- Puis-je jeter un œil à ton épée ?

La jeune femme le contempla avant de tirer l'arme qu'elle portait à la hanche. Reva toucha la lame, surpris de ce matériau qu'il ne connaissait pas. C'était froid et dure, rien à voir avec ses propres couteaux.

- De l'acier, lui expliqua Aela. C'est un métal que nous utilisons pour nos armes. Il est solide et tranchant, mais nécessite beaucoup de soin.

Reva soupesa l'arme, stupéfait. Il toucha le tranchant de la lame et retira vivement son doigt pour le porter à sa bouche.

- C'est une arme si belle et si puissante. Même si je n'aime pas me battre, je sais reconnaître la valeur d'une arme et celle-ci me fascine. Je n'avais jamais rien vu de tel.

Les deux guerriers parlèrent alors longuement de leurs connaissances sur l'armement et tous deux semblaient ravis d'avoir trouvé un partenaire manifestant autant d'intérêt. Reva montra à la jeune femme son propre équipement, tandis qu'elle lui expliquait ce qu'il était coutume d'utiliser en temps de guerre. Elle lui parla également des armures qu'ils fabriquaient chez eux, lui montrant celle qu'elle portait.

Faran les rejoignit quelques temps plus tard pour prendre en note tout ce que disait le jeune homme et de loin, son frère vit nettement Aela rouler de gros yeux. Connor ne put s'empêcher de sourire.

- Qu'est-ce qui te fait rire ? demanda Sanya en se tournant vers lui.

Ils se tenaient de l'autre côté du feu, à l'opposé des autres, pour préserver un peu d'intimité.

- La tête d'Aela.
- Après ce qui lui est arrivé, je ne trouve pas que ce soit le moment de se moquer...
- Mais non, ce n'est pas ça. Faran me reprochait d'être trop « aveugle » aux sentiments des autres, mais il commence à atteindre mon niveau.

Sanya pencha la tête pour observer les trois jeunes gens et sourit à son tour.

- Oui, tu as raison.

Elle bailla et s'allongea par terre. Connor se serra contre son dos et rabattit leur couverture sur eux. Il se perdit un instant dans le doux parfum de ses cheveux, regrettant tous les regards qui l'empêchaient de déposer de doux baisers dans son cou ou sur sa joue en lui murmurant des mots tendres comme il avait l'habitude de faire le soir. Il se contenta de la dévorer des yeux, mais elle le ramena trop tôt à la réalité.

- Le regard de Reva pour Falx ne cesse de me hanter.
- Pourquoi donc ?
- Il semblait... soupçonneux.
- Je crois surtout qu'il sermonnait Falx pour son manque de prudence.

Tous deux n'osaient pas envisager une autre possibilité qui les taraudait. Cela ne pouvait pas être ça, alors ils tachèrent de la rejeter au loin.

- J'ai froid, souffla Sanya avec un sourire.

Et Connor la serra aussitôt contre sa poitrine.

- Je détestais cette sensation avant. Le froid. Finalement, elle a son utilité, avoua le jeune homme.

Avec un sourire, sa compagne pressa ses doigts et s'endormit.

Ils reprirent la route tôt le lendemain matin, s'enfonçant dans des territoires de plus en plus étranges. La végétation, toujours aussi dense, devenait plus... sombre et quelque peu inquiétante. L'humidité augmenta et tous se sentir rapidement poisseux de sueur, les cheveux et les habits trempés. La chaleur était lourde, intenable et ils transpiraient à grosses gouttes qui ruisselaient sur leur front et dans leur dos.

Le sentier sur lequel ils marchaient devint alors de plus en plus boueux, de grosses flaques noires jonchaient le sol et les insectes se faisaient plus nombreux, tous plus désireux les uns que les autres de les attaquer.

Connor sentait des piqûres lui tirailler le cou et les chevilles et l'envie de se gratter devenait une torture. Et quand il marchait dans une de ces flaques noires et visqueuses, il ne voulait pas savoir ce qui bougeait de la sorte sous ses pieds.

- Bienvenu dans les marais, annonça Reva. Un chemin que nous évitons en temps normal, mais vous êtes pressés. Bientôt, l'eau recouvrira tout, nous devrons continuer le voyage à bord de canoës. Ne touchez à aucun animal, certains sont venimeux. Et évitez le plus possible de mettre les pieds dans l'eau. Si vous voyiez des fruits, demandez-moi avant de manger. Pour les insectes, si leurs piqûres sont une torture, elles ne sont pas dangereuses.

Bizarrement, Connor n'éprouva pas beaucoup de satisfaction. L'environnement était trop étrange et hostile pour qu'il puisse relâcher sa vigilance. Aux aguets, il marchait juste derrière Sanya, la tirant par la chemise une fraction de secondes avant qu'elle ne trébuche ou ne mette le pied à l'eau.

- J'ai l'impression d'être une gamine que son père ne cesse de surveiller, le taquina-t-elle. Dois-je te rappeler que je ne suis pas une enfant ?

Connor fit mine de ne rien avoir entendu et s'il lui laissa un peu plus de tranquillité, cela ne l'empêchait pas d'intervenir à certaines occasions.

Le sentier finit par disparaître sous la tourbe et quelques touffes d'herbes hirsutes, mais surtout sous l'eau. Ils pataugeaient à présent dans cette espèce d'eau noire, qui semblait visqueuse et pour le moins dégoûtante. Il y avait encore assez de sol pour qu'ils puissent marcher, mais certaines fois, ils n'avaient pas d'autre choix que de patauger en serrant les dents, s'interdisant de penser à ce qui pouvait bien nager autour d'eux. Reva ne prit même pas la peine de les informer qu'ils ne devaient surtout pas boire, même mort de soif, personne ne s'y serait risqué.

Le lendemain, ils se retrouvèrent sur une berge faite de tourbe et ils purent contempler les marais dans toutes leur splendeur.

L'eau recouvrait tout et filait entre les arbres qui poussaient sur les îlots. Des sortes de roseaux émergeaient par paquet un peu partout. Malgré l'environnement peu favorable, la végétation conservait ses droits et elle était si dense à certains endroits qu'elle formait une voûte, empêchant les rayons de soleil de pénétrer les feuillages. Beaucoup d'arbres étaient parvenus à pousser dans l'eau, formant des sortes de passages peu rassurant. Une légère brume recouvrait les lieux.

Reva les guida jusqu'à une cabane de fortune, construite au bord de l'eau et il fit signe à Falx de l'aider. Ils en ressortir quelques minutes plus tard en tirant un canoë qu'ils déposèrent sur la berge. Se joignant à eux, Connor et les soldats les aidèrent à sortir les cinq autres canoës, puis chacun récupéra une pagaie.

- Nous ne serons que deux par canoë, les informa Reva. Je vous mets par contre en garde, ne vous amusez pas à tomber. L'eau n'est pas profonde, mais elle regorge de piranha et autres poissons carnassiers. Pagayez lentement, sans geste brusque et si des animaux plutôt gros se mouvent sous la coque, restez calme. Ça ira très bien.

Il leur expliqua alors comment manipuler le canoë et tous se repartirent par deux. Faran rejoignit Breris, tandis que Connor et Sanya s'installaient déjà. Reva et Aela firent immédiatement équipe. Rangeant leurs affaires à leur pied, ils commencèrent à mettre les canoës à l'eau.

Allant s'asseoir à l'avant, Sanya fit signe à Connor qu'il pouvait y aller. Le jeune homme poussa le canoë à l'eau avant de grimper dedans et de plusieurs coups de pagaie, il se propulsa dans les marais.

Les deux jeunes gens n'ayant jamais fait ce genre d'activité de leur vie, eurent du mal à trouver leur rythme. Mais ils ne tardèrent pas à prendre la main et parvinrent à suivre le rythme de Reva, même si des difficultés persistaient encore. Mais contrairement à d'autre, ils progressaient avec une très bonne synchronisation.

Au bout de quelques heures, ils avaient les bras douloureux et pour ne rien arranger, la chaleur lourde d'humidité était pesante. Les insectes ne les lâchaient pas et les créatures qui nageaient sous l'eau n'avaient rien de rassurant.

Reva avait pris la tête du groupe, indiquant ainsi la direction à prendre dans ce marais où il était si facile de se perdre. Le canoë de Faran et Breris suivait, puis venait celui de Connor et Sanya. Falx et le reste des soldats fermaient la marche, mais il y avait parfois de gros écart entre les groupes.

Dans l'après-midi, Sanya demanda à Connor s'ils

pouvaient se reposer cinq minutes. Comme ils avaient pris de l'avance sur d'autres, le jeune homme n'y trouva aucune objection et en profita pour soulager ses bras douloureux. Il essuya son front ruisselant de sueur en poussant un long soupir. Ses cheveux lui collaient à la nuque et ses vêtements étaient si poisseux que s'en était désagréable. Il fut bien tenté de retirer au moins ses épaulières mais y renonça. Quant à enlever sa chemise, l'idée ne l'effleura qu'une fraction de seconde : la piqûre d'un insecte venait tout juste de lui rappeler à quoi il s'exposait.

Il vit alors Sanya soulever ses cheveux humides et la devançant, il ouvrit son outre pour lui rafraîchir la nuque. Il y déposa un baiser avant de laisser retomber sa lourde crinière. Avec un sourire, Sanya les noua comme elle le pouvait avant de s'appuyer contre lui, les yeux fermés. Connor remarqua qu'elle avait des cloques sur les mains et le frottement incessant du bois les avait fait rougir. Ses mains n'étaient d'ailleurs pas en meilleur état. Ses épaules et ses bras lui faisaient mal, la chaleur et l'humidité étaient insoutenables.

- Il faut qu'on y retourne, souffla-t-il à contre cœur.
- Je sais.

Ils reprirent leur pagaie et se propulsèrent de nouveau sur l'eau. Reva et Aela ne semblaient pas épuisés et progressaient rapidement pour leur ouvrir le chemin. Ils discutaient allègrement et leurs éclats de rires se faisaient entendre de temps en temps. Reva se tournait parfois vers eux pour les avertir d'une complication ou d'un danger, il leur expliquait également quelques petites choses sur leur environnement pour leur éviter de mettre leur vie en danger inutilement.

Quand la nuit tomba, Reva les fit accoster sur un îlot, car dans une heure, ils ne verraient plus rien. Tirant les canoës sur la berge, ils s'empressèrent de monter le camp et surtout d'allumer un feu. Les cris étranges et les gloussements qui montaient dans l'air avaient de quoi les inquiéter et même si Reva leur affirmait que tout se passerait bien s'ils suivaient ses consignes, les soldats tenaient fermement leurs épées.

Les bruits de la nuit étaient loin d'être rassurants et le sommeil fut long à venir.

11

Reva contemplait ses compagnons endormis autour du feu, perché sur un caillou, les mains sur les genoux. Deux soldats montaient la garde, mais Reva ne mettrait pas sa vie entre leurs mains. Si chez eux ils étaient d'excellents guerriers, ils ne connaissaient rien à ce monde et pourraient facilement laisser passer un danger en croyant que c'était quelque chose de banale. Ils n'avaient pas l'expérience de Reva, qui connaissait chaque cri, chaque bruit de la nature, qui connaissait pratiquement toutes les créatures, leurs habitudes et leurs craintes.

Son regard tomba alors sur Sanya. En l'observant ainsi, profondément endormie dans les bras de Connor, il se demanda comment elle pouvait être une déesse, qui plus est l'une des plus puissants déesses de son panthéon. Reva connaissait un peu la hiérarchie des dieux, il avait écouté attentivement ce que les prêtres venaient leur « apprendre », avant que son peuple ne se décide à les éliminer. Et il savait que Sanya était haut placée. Elle était le bras droit d'Abel, autant admirée que redoutée. Une guerrière prodigieuse. Comment une déesse de son importance pouvait-elle vraiment se retrouver dans une situation pareille ? Réduite à une simple humaine, un corps de mortel.

Enfin, ce qui était fait était fait. Sanya était bannie et peu importe ce qui était advenu depuis des milliers d'années, les faits étaient là. Sanya voulait unir les deux panthéons pour faire cesser les guerres de religion et surtout, permettre aux Anciennes civilisations de vivre en paix là où bon leur semblait. Il avait du mal à imaginer qu'un dieu puisse vouloir les aider alors qu'ils avaient tout fait pour les éliminer, mais il avait confiance en Sanya.

Un bruit attira son attention et avant même de se retourner, il sut que c'était Falx.

- Pourquoi ne dors-tu pas ? demanda-t-il dans sa langue.
- Pour la même raison que toi, répondit l'autre en s'asseyant à côté de lui.

Falx tripotait nerveusement ses bracelets.

- Tu sais Reva, je ne suis pas sûr que nous devrions l'aider.
- Pourquoi ?
- Sanya est une déesse. Vois dans quelle situation nous sommes à cause d'elle. La souffrance que nous avons dû endurer.
- Sanya n'était pas présente. Ce n'est pas elle la responsable de nos malheurs. On l'a tenue dans l'ignorance, elle ignorait ce qu'Abel nous faisait.
- Comment peux-tu croire tout ce qu'elle nous raconte ?
- Pourquoi mentirait-elle ?

Falx soupira comme si son ami n'était qu'un gamin ignorant.

- Tu ne croyais tout de même qu'elle nous révèlerait ses intentions vis à vis de nous ?
- Ce n'est pas après nous qu'elle en a.
- Non. Elle cherche un garçon. Un garçon qui a fuis. Il n'a pas envie d'être trouvé.
- Falx, j'ai écouté l'histoire de Sanya. Ce garçon est pour elle sa seule chance de mettre fin à la guerre qui ravage son

pays. Elle ne veut pas le livrer, elle veut simplement qu'il dise la vérité à son père, pour que celui-ci arrête de l'accuser.

- Qu'elle se débrouille.
- Elle a promis de nous aider.

Falx émit un rire nerveux.

- Tu crois ? Pourquoi le ferait-elle ? Les dieux sont tous les mêmes. Avides de pouvoir et de conquête.
- Pas elle.
- Comment pourrais-tu le savoir ? Moi, je ne lui fais pas confiance, elle se sert de nous, j'en suis sûr. Elle n'a nulle envie de nous aider. Elle reviendra nous asservir à la première occasion. Dès qu'elle aura le pouvoir sur les siens.
- Tu l'accuses des crimes qu'on commit les siens. Parce que les autres sont mauvais et avides de pouvoir, tu la mets sur le même plan sans la connaître. On ne choisit pas sa famille, ni ce qu'on est, mais on peut choisir qui on veut être et ce qu'on veut faire. Et Sanya a choisi de nous aider, de s'élever contre sa famille et elle en a payé le prix. Mais elle ne renonce pas. En ça je la respecte. Je lui accorde ma confiance, parce que je la crois sincère. Tu serais bien mal placé pour rependre de tels accusations, toi aussi. Mon père t'a accepté dans le clan, alors que tes parents avaient commis des atrocités sur les nôtres.
- Je n'étais pas responsable de ça.
- Pas plus que Sanya est responsable des crimes de sa famille.

Falx poussa un long soupir en se levant.

- Si ce garçon s'est enfui, pourquoi le ramener de force vers un lieu qu'il a fuis ?
- Il sera sous la protection de Sanya et jamais elle ne le livrera à son père. Puis-je conter sur ton aide ?

L'homme réfléchit en contemplant la jeune femme. En voyant ses mâchoires serrés, Reva posa la main sur son couteau.

- Je t'aiderai. Je ne lui fais pas confiance, mais je t'aiderai.

Nous verrons si elle est si bien qu'elle prétend l'être.

Et il s'éloigna sans rien ajouter.

Reva ne laissa pas tomber sa vigilance pour autant. Les propos de Falx étaient comme des piques. Pour leur sécurité à tous, il garderait un œil sur lui.

Le lendemain fut aussi éprouvant et fatiguant que la veille. Personne ne parlait, se contentant de pagayer et de surveiller les bêtes qui se mouvaient sous leur canoë. Reva avait beau affirmer que ces créatures n'attaqueraient pas si tout le monde restait calme et ne plongeait pas les mains dans l'eau, Connor ne pouvait s'empêcher de les contempler avec attention.

- Je n'en ai jamais vu autant, souffla-t-il. On dirait qu'ils nous suivent.

Sanya se pencha pour contempler les dos noirs qui se mouvaient près d'eux.

- Cela ne doit pas être très gros.
- Non, mais c'est carnassier.
- Eh bien dans ce cas, ne tombons pas.

Visiblement, elle n'avait pas envie de s'accabler de préoccupations mineures, ni d'imaginer le pire.

Le canoë tangua alors dangereusement.

- Tiens-toi tranquille !
- Mais ce n'est pas moi ! répliqua Sanya.
- Si, tu te penches trop...
- Je te dis que ce n'est pas de ma faute ! coupa-t-elle sèchement.

Le canoë tangua une nouvelle fois, comme si des vagues le secouaient, ou qu'on le poussait pour le renverser.

- La, tu vois que ce n'est pas...

Une nouvelle secousse, plus brutale, retourna presque l'embarcation ! Connor parvint à se pencher de l'autre côté pour éviter de tomber, mais Sanya n'eut pas ce réflexe : elle tomba à l'eau en poussant un cri.

- Sanya !

La jeune femme émergea en poussant un cri.

- Je viens de me faire mordre !

- Dépêche-toi de remonter avant que le sang n'attire le reste ! cria Reva.

Déjà, des formes sombres se précipitaient vers la jeune femme qui tentait péniblement de se hisser sur le canoë. Connor se pencha et attrapa ses épaules. Tirant de toutes ses forces, il tenta de la faire monter mais le canoë tanguait sous ses efforts, menaçant de le faire tomber à son tour.

A moitié échouée sur l'embarcation, Sanya poussa un cri de détresse quand les poissons carnassiers foncèrent sur elle.

Et juste avant que les créatures ne referment leur gueule sur la jeune femme, Connor lui attrapa les jambes sans ménagement et les tira à l'intérieur. Furieux, les piranhas et autres carnivores tournèrent follement autour de l'embarcation, puis se replièrent dans un coin sombre pour attendre la prochaine occasion.

Sanya ne parlait pas depuis plusieurs heures. Il savait que l'énervement plongeait souvent sa compagne dans le mutisme. Et il y avait de quoi ! En quelques jours, elle avait failli mourir plus qu'en plusieurs années. Elle se doutait que Baldr et les siens étaient responsables de tout ça et se savoir aussi impuissante face à eux l'exaspérait. Que n'aurait-elle pas donné pour leur rendre la monnaie de leur pièce à cet instant précis, hélas elle ne le pouvait pas. Elle devait se contenter d'attendre et la patience, même si elle en avait, n'était pas sa plus grande qualité.

Connor était d'autant plus surpris par le mutisme de Reva. Quelque chose semblait le tracasser et pour un homme habitué à vivre dans un environnement si hostile, cela devait être grave. Pourtant il ne s'ouvrit pas à ses amis.

Tous commencèrent à se détendre le troisième jour, alors que la végétation se faisait moins dense et que les rayons du soleil arrivaient de nouveau jusqu'à leur visage. Reva affirma qu'ils seraient enfin sortis des marais le lendemain dans la matinée. Cela avait remonté le moral et surtout ramené la bonne humeur.

Le soir, Falx, qui d'habitude était très réservé, était venu apporter quelques confiseries à Sanya. Un geste qui l'avait autant surprise que ravie. Il s'était assis près d'elle pour discuter, mais sans manifester beaucoup d'intérêt pour Connor qui se trouvait pourtant à côté.

Ce dernier avait d'ailleurs été très surpris quand le lendemain, Falx avait proposé à Sanya de faire équipe avec lui. La jeune femme avait décliné poliment son offre, préférant rester avec Connor.

- Tu as un nouveau prétendant, lui avait lancé son compagnon.

- Et toi un rival.

- Dois-je comprendre que je vais devoir te courtiser à nouveau ?

- Peut-être, avait-elle lancé avec un sourire. Parce que je ne suis pas sûr que l'on puisse parler de cour.

- Vu la situation, j'ai fait comme j'ai pu.

- Je ne te le reproche pas. Nous ne vivons pas une époque où l'on peut se permettre de faire reculer les bonnes choses. Aurais-tu peur de me perdre ?

Si Connor avait éclaté de rire, Sanya n'était pas dupe. Elle s'était penchée en arrière pour l'embrasser.

- Jamais, avait-elle soufflé.

Ils quittèrent enfin les marais vers midi et la première chose qu'ils firent fut de plonger dans une rivière. Ils étaient tous ruisselant de sueur, leurs vêtements poisseux et leurs cheveux humides. La fraîcheur de l'eau leur fit un bien fou et ils en profitèrent pour laver un peu leurs habits.

Quand ils repartirent, ce fut Falx qui prit les devants, les guidant sur des territoires qu'ils connaissaient comme sa poche.

Les forêts succédaient aux plaines, qui laissaient place à des paysages montagneux, des gorges et des vallées. Des troupeaux défilaient dans ce monde sauvage, mais ils n'avaient rencontré aucun clan pour le moment. Ils étaient éparpillés sur un territoire tellement vaste.

Faran, toujours aussi fasciné, transcrivait chaque soir tout ce qu'il découvrait et apprenait avec Il'ika et son livre devenait de jour en jour plus rempli. Pour le charrier, Aela lui demandait souvent s'il aurait assez de place pour tout rédiger. Les soldats, trop soucieux de protéger la reine, ne parlaient pas beaucoup et se mêlaient encore mois en groupe. Seul Breris restait auprès d'eux pour parler et plaisanter.

Reva essayait bien lui aussi de plaisanter un peu avec le groupe, mais il guettait sans cesse les environs, peu enclin à confier sa sécurité à quelqu'un d'autre. Si Falx était au moins aussi doué que lui, le jeune homme préférait ne pas relâcher sa vigilance.

Ce soir-là, ils montèrent le camp au bord d'une forêt, surplombant d'immenses gorges. Installés près du feu, Reva s'amusa à leur compter des légendes que l'on racontait généralement aux enfants pour leur faire peur, ainsi que quelques légendes que les habitants jugeaient vrais.

Ils s'endormirent avec toutes ces histoires en tête.

Viens.

Faran battit des paupières, ne comprenant pas trop ce qui lui arrivait.

Viens. Je suis là.

Le jeune homme se redressa sur un coude, persuadé que cette voix venait de ces rêves et raisonnait encore dans son esprit. Il'ika dormait sur sa couverture, les deux soldats faisant le guet ne réagissaient pas. Reva dormait, pour une fois. Il voulut se recoucher quand la voix retentit de nouveau dans sa tête.

Viens à moi. Je suis là.

- Que... Qu'est-ce que c'est ? souffla-t-il.

Il tourna la tête dans tous les sens, éperdu. Il ne comprenait pas.

Je suis là, tout près. Rejoins-moi.

- Qui êtes-vous ?

Tu le sais, mon chéri. Viens.

Faran s'assit en se massant les tempes. Cette voix... Où l'avait-il déjà entendu ?

- Je... je ne peux pas. Je ne dois pas m'éloigner.

Tu le peux, mon chéri. Je te couvrirai.

Le jeune homme hésita.

S'il te plaît. Laisse-moi te voir de mes yeux, te toucher de mes mains, après tant d'années passées sans toi. Tu m'as manqué. Viens à moi.

- Maman ?

Oui mon cœur. Viens, je t'en prie.

Faran eut beau se concentrer, c'était comme si une force l'empêchait de se méfier. Sa mère ! Elle l'attendait ! Sa véritable mère et il allait enfin pouvoir la rencontrer. Sans même réveiller Il'ika, il s'esquiva sans un bruit.

12

- Mais enfin, comment est-ce possible ?!

Sanya serra l'avant-bras de Connor pour lui intimer l'ordre de se calmer. Furieux, ce dernier ne réagit même pas.

- Que faisiez-vous ?! Comment se fait-il que vous n'ayez rien vu ?! Mon frère a disparu et vous n'avez rien remarqué, absolument rien !

Breris intervint, empêchant Connor de sortir de ses gonds.

- Expliquez-vous soldats, que s'est-il passé ?
- Mais rien, général... Nous montions la garde et... il était là !
- Vous voyiez bien qu'il n'est plus là ! s'emporta Connor.

Sanya le tira en arrière pour laisser aux soldats une chance de s'expliquer. Reva et Falx regardaient d'un œil attentif, les bras croisés sur la poitrine.

- Il n'y a pas eu de bruit, rien, tenta d'expliquer l'un des hommes. Nous avons fait notre tour de garde s'en rien entendre, je vous le jure. Pas un bruit de pas. Faran était présent lorsque nous avons pris notre garde et je suis certain qu'il était là il n'y a même pas une heure.

- Et que s'est-il passé il y a une heure ?
- Rien, je vous le jure. Il n'y a pas eu un bruit. Nous avons écouté, nous n'avons pas cessé d'observer, s'il était parti, nous nous en serions rendu compte. Je vous jure, il était là, sous sa couverture. C'est comme si...
- Un enchantement, souffla le deuxième. Même sous la torture, je pourrais affirmer qu'il était là il y a quelques minutes seulement.
- Et pourtant, il a dû partir bien avant.
- Je vous jure que nous n'avons rien entendu.
- Je vous crois, soldats.

Breris se tourna vers Connor.

- Je suis navré pour Faran, mais je sais que mes hommes ne mentent pas et qu'ils n'ont pas failli à leur tâche. Il s'est passé autre chose. De la magie peut-être.
- C'est insensé !
- Non Connor, au contraire. Cela explique tout, murmura Sanya.
- Pourquoi Faran se serait-il levé en pleine nuit pour s'enfoncer dans la forêt ? Errer seul dans un lieu dangereux n'est pas du tout son genre !
- Connor, ces territoires être peuplés de choses étranges. Il pouvoir être arriver n'importe quoi. Comment, pourquoi, on s'en fiche à présent, il falloir partir à sa recherche.
- Je trouve ça étrange que ses traces soient intactes après le mal qu'on s'est donné pour ne pas attirer les soupçons, murmura Reva. Je n'aime pas ça. J'ai entendu de nombreuses histoires étranges sur ces lieux.
- Nous n'avons pas le choix et je ne laisserai pas mon frère en arrière.

Déterminé, il n'attendit pas confirmation pour empaqueter ses affaires et Sanya n'eut pas d'autre choix que de le suivre. Reva et Aela se joignirent à eux sans hésitation et les autres, voyant que rien ne les ferait changer d'avis, capitulèrent.

Ils suivirent donc les traces laissées par Faran et même si ça puait le piège, ils ne voyaient pas ce qu'ils pouvaient faire d'autre. Alors qu'ils commençaient à descendre dans la vallée, Falx leur parla d'une ancienne légende, que les peuples du coin se racontaient de génération en génération. L'histoire d'une femme, fille d'un puissant chef, plus belle que la lune et plus rayonnante que le soleil. Elle pratiquait une magie étrange, disait-on, mais jamais pour le mal, uniquement pour aider. Elle épousa un jeune guerrier et tomba enceinte l'année suivante. Mais la guerre frappa rudement et l'époux de la jeune femme mourut sans qu'elle ne puisse rien faire. Quand son clan fut attaqué sauvagement en pleine nuit, elle s'enfuit dans la forêt, mais ses ennemis la retrouvèrent. Nul ne savait exactement ce qu'on lui avait fait, mais on racontait qu'à la suite de cette épisode malheureux, elle avait perdu son enfant, seule chose qui lui rappelait son mari. Elle était entrée dans une colère noire, destructrice et après avoir massacré le clan ennemi durant la lune de Sang, elle s'était enfuie dans la vallée pour ne plus jamais se montrer. Mais on disait que des choses étranges s'y tramaient depuis des centaines d'années et beaucoup de personnes disparaissaient mystérieusement, avant de resurgir pour la plupart une dizaine d'années plus tard sous la forme d'un cadavre. On racontait que la vengeance de cette femme était à l'œuvre.

Connor ne croyait pas beaucoup aux légendes et aux superstitions, mais depuis qu'il avait découvert que les légendes des Anciennes civilisations étaient fondées, il commençait à croire qu'il y avait peut-être une part de vérité de ce récit. Et à chaque pas, il craignait que les traces de Faran disparaissent pour laisser place à son cadavre.

Il'ika se rongeait également les sangs et volait en avant du groupe, soucieuse que d'une chose : retrouver son ami. Peu lui importait de se faire surprendre ou de tomber sur un être malveillant ; Faran occupait toutes ses pensées.

Alors qu'ils marchaient au fond de la vallée, ils commencèrent à découvrir des choses étranges, des symboles gravés sur les arbres ou sur les rochers et ni Reva ni Falx n'en trouvaient la signification. L'atmosphère commençait à s'alourdir et la forêt apparaissait presque effrayante, menaçante. Comme un avertissement.

Si certains soldats étaient retissant, ne désirant pas compromettre la mission pour trouver Faran, Connor leur en fut gré de ne rien dire. La colère et la peur bouillonnaient trop fort en lui pour qu'on puisse oser parler d'abandonner son frère.

Les traces de Faran étaient toujours visibles, on aurait dit qu'il n'avait rien fait pour être discret, ce qui ne collait pas avec la façon dont il s'était éclipsé. On cherchait à les attirer quelque part, cela ne faisait aucun doute et Faran était l'appât.

Les traces s'arrêtèrent à l'entrée d'une grotte, comme si le jeune homme s'était soudainement volatilisé. Même Il'ika n'osa pas entrer, flairant quelque chose de louche et surtout de dangereux.

- Je propose que nous campions dehors, lança Reva. Nous explorerons la grotte de journée, c'est préférable. On monte dans les arbres.

Comme il était coutume de le faire en territoire Fenyw, ils montèrent le camp dans les branches épaisses des géants, non loin de la grotte pour pouvoir l'observer. Bien que ce ne fut pas son tour de garde, Connor resta éveillé, le dos appuyé contre le tronc de l'arbre. Sanya vint s'abriter dans ses bras et contempla en silence l'entrée de la grotte, s'attendant à tout instant à voir surgir quelque chose. C'était trop calme à son goût, trop étrange, mais elle ne s'autorisa aucun commentaire. La tête appuyée contre la poitrine de Connor, elle pouvait ressentir sa rage, sa douleur et sa peur dans chaque battement de cœur et posant une main sur sa poitrine, elle tenta de lui insuffler un peu de réconfort.

Connor répondit en la serrant un peu plus contre lui et en déposant un baiser sur ses cheveux. Si la magie de sa compagne était faible, il l'avait cependant senti en lui et il la remercia en silence pour sa douce intention. Il parvint finalement à s'endormir et Sanya y était pour quelque chose.

Réveil-toi.

Connor battit des paupières, cherchant à s'orienter. Le voile de fatigue qui l'obstruait l'empêchait de réfléchir et de comprendre.

Oui, réveil-toi maintenant.

Le jeune homme tourna la tête vers Sanya, mais celle-ci dormait profondément. Reva, qui montait encore la garde, ne semblait pas entendre cette voix.

Viens Connor, viens à moi.

Vous retenez mon frère prisonnier.

Il est avec moi et il va bien. Viens, cette histoire ne peut se régler qu'entre nous. Je ne te veux pas de mal et il est inutile de mêler tes amis. Je ne voudrais pas qu'il leur arrive malheur.

Je ne t'obéirai sûrement pas.

As-tu vraiment le choix ?

Que me voulez-vous ?

Tu le sauras, si tu viens. Je ne te ferais aucun mal, ni à toi ni à ton frère. Viens à moi, que l'on parle en face à face. Laisse tes amis et il ne leur sera fait aucun mal. Des forces plus grandes que tu ne l'imagines sont à l'œuvre, inutile de résister. Viens.

Connor sentit toute volonté l'abandonner. S'il y avait moyen d'épargner ses amis, il le ferait.

Je couvrirai ton départ, comme je l'ai fait pour ton frère. Marche jusqu'à la grotte sans te retourner et nul ne te verra, t'entendra, pas même l'homme qui monte la garde.

Déposant un baiser sur le front de Sanya, Connor se libéra de ses bras sans la réveiller et il commença sa descente sans un regard en l'air, serrant les dents. Il s'attendait à tout instant à entendre Reva l'appeler, mais comme l'avait promis la voix, il ne le vit ni l'entendit.

Ne regardant pas en arrière, il continua sa route jusqu'à la grotte et marqua une pause avant d'entrer. Il n'aimait pas du tout ce qui était en train de se dérouler et plonger dans cette grotte sombre jusqu'à cette voix ne l'enchantait pas beaucoup. Il ne savait pas ce qui pouvait l'attendre et pire, il ne savait pas quoi faire pour se sortir de là.

Avance sans crainte, car nul mal ne te sera fait.

Prenant une inspiration, Connor entra dans la grotte sans même jeter un coup d'œil à ses amis restés en arrière. Se fiant à sa vision nocturne qui ne lui faisait pas défaut, il avança en silence dans cette gorge ténébreuse, attentif au moindre bruit et à tout ce qui l'entourait. Rien ne semblait vouloir l'empêcher d'avancer, mais sa nuque le picotait et des frissons inhabituels le parcouraient. Il comprit alors que de la magie était à l'œuvre et son inquiétude augmenta. Cette voix, il en était convaincu, appartenait à la femme de légende et elle était une magicienne, sûrement très puissante. Il se souvint alors des histoires d'envoûteuse qui se racontaient sur les Royaumes Oubliés et il songea un instant qu'il en vivait effectivement une.

Il déboucha alors dans un lieu des plus étranges et en même temps des plus fascinants. La grotte formait une immense voûte, avec un trou au sommet en forme de cercle pour laisser passer la lueur des lunes et des étoiles. On aurait dit que cette voûte avait été conçue pour protéger une nature trop faible pour survivre en extérieur. L'herbe avait poussé, ainsi que des arbres et des arbustes et quelques animaux avaient élu domicile. Un étang se trouvait également là, reflet parfait des étoiles qui scintillaient de mille feux.

Connor chercha aussitôt Faran du regard, une main sur le pommeau de sa dague, mais il ne découvrit qu'une femme, assise les pieds dans l'eau, coiffant ses longs cheveux aussi noirs que la nuit. Sans un bruit, il s'approcha d'elle, prêt à tirer sa dague au moindre mouvement.

- Je sais que tu es là, souffla-t-elle d'une voix douce et envoûtante.

Connor s'immobilisa à quelques pas derrière elle.

- Ne crains rien de moi.

Elle se leva doucement pour se tourner vers lui avec une lenteur désinvolte. Connor fut frappé par tant de sensualité.

- Enfin mon amour, nous revoilà réunis.

Quand il rencontra le regard bleu de cette femme, il crut que le monde autour de lui venait de s'arrêter. Plus rien n'avait de sens et il en oublia tout, jusqu'à son nom. Et lorsqu'elle se hissa sur la pointe des pieds pour l'embrasser, il ne réagit pas. Il fut même surpris de voir qu'il lui rendait son baiser avec une tendre ardeur, frissonnant de désir. Ses mains remontaient jusqu'à la poitrine de la femme, qui se serait contre lui, quand une voix retentit, très loin :

- Connor !

Le jeune homme battit des paupières et recula laborieusement ses lèvres de celles de la jeune femme. Faran se dirigeait à grand pas vers elle, le regard peu amène.

- Écarte-toi d'elle, c'est une envoûteuse !

Le sort qui emprisonnait le jeune homme se brisa et il se recula hâtivement. En posant les yeux sur la jeune femme, il ne la trouva plus aussi désirable qu'avant et bien que très belle, elle semblait irréelle. Elle affichait un sourire victorieux qu'il n'aimait pas beaucoup.

- Tu n'aurais pas dû venir, gronda Faran. Vous ! Laissez mon frère !

- Rien ne sert de s'énerver, souffla-t-elle d'une voix mélodieuse et les deux hommes se calmèrent. Je ne vous veux aucun mal.

- Vous avez intérêt à vous expliquer et très vite, souffla Connor.

- Je te veux toi, murmura la jeune femme.

Elle s'approcha, attrapa doucement les vêtements de Connor pour se coller à lui et il ne put se libérer de son étreinte.

- Qui êtes-vous ?
- Je suis Sériel, ancienne enchanteresse de mon clan avant que le destin ne s'acharne sur moi et ne m'arrache tout ce que j'ai.

Une lueur nouvelle s'alluma dans son regard. De la haine, mais également de la folie.

- Vous êtes la femme dont parle les légendes ?
- Oui, je suis bien cette femme.
- Que s'est-il passé ?
- Ce qu'il advient toujours, lorsque la guerre se déclare. J'ai été traquée, battue, violée, laissée pour morte ! Ma fille, ma toute petite, est morte avant même d'avoir vu le jour et mon mari, cet homme si bon et si doux a été massacré par des barbares ! Voilà ce qui s'est passé ! Je réclame vengeance et tous les descendants de ce clan maudit mourront de ma main je le jure ! Je ne vis plus que pour ça !
- Mais... quel âge avez-vous ?

Sériel était devenue une furie emplie de haine et de folie.

- L'âge ? L'âge n'est rien ! Je suis éternelle, mes pouvoirs sont sans limite et ceux qui m'ont fait du mal mourront !
- Qui êtes-vous vraiment ? souffla Connor, de plus en plus horrifié.
- Celle qui vengera son peuple !
- Mais quel est le rapport avec moi ?

La colère de Sériel sombra aussitôt et il ne resta plus qu'une jeune femme douce devant lui. En apparence du moins, car Connor pouvait sentir toute la violence qu'abritait son cœur. Un changement subite des plus troublants. Elle tendit la main et toucha la joue de Connor.

- Oh mon doux, mon amour, tu ne te rappelles plus. Tu es mon mari, bien sûr. L'homme que j'attends depuis des siècles.

Elle voulut l'embrasser mais il s'écarta.
- Votre mari est mort, depuis très longtemps.
- L'âme est immortelle. Celle de mon mari est revenue, ici, dans ce corps. On m'a promis que tu reviendrais à moi et tu es là.
- On ?

Connor trouvait les événements de plus en plus étranges et incompréhensibles.
- Oui. L'homme avec qui j'ai passé un marché. Il m'a juré que l'âme de mon cher époux résidait dans ton corps et il m'a promis que si j'acceptais de l'aider, il te mènerait à moi pour que je retrouve mon mari. Il a tenu parole ! Comme je suis heureuse !
- Enfin, quel marché ? De quoi parlez-vous, je veux comprendre ! Que devez-vous faire en échange ?
- Tuer Sanya.

Les genoux de Connor tremblèrent si violemment qu'il manqua de s'écrouler. Il avait l'impression qu'on venait de lui planter une dague dans le cœur. Faran se précipita vers lui pour le soutenir.
- C'est un marché comme un autre et tuer ne me fait plus peur depuis longtemps. J'y prend même un certain plaisir. De plus, Sanya avait l'intention de me voler mon mari, en te gardant jalousement. Je ne la laisserai pas faire.
- Qui vous a dit tout ça ?
- Un dieu que j'ai connu jadis.
- Baldr ?
- Non. Ni Abel. Il se nomme Reyw et je lui fais confiance. Mon mari sommeille en toi. J'ai eu mon lot de souffrance, aujourd'hui, j'entends bien garder ce qui m'a été offert il y a si longtemps.
- Je ne suis pas votre mari.
-Si, tu l'es.

Alors que la colère montait de nouveau en elle, elle se radoucit instantanément.

- Mon chéri... Je t'attends depuis si longtemps, tu sais. Nous allons enfin vivre la vie que nous avions toujours rêvés.

- Je ne resterais pas. Ce Reyw vous a menti. Mon cœur appartient à Sanya, votre mari ne sommeille pas en moi. Je vais partir, avec mon frère. Je suis désolé de ce qui vous ait arrivé, mais je refuse d'être fait prisonnier.

- Prisonnier ? (Elle sembla horrifiée à cette idée.) Mais pas du tout ! Connor, je ne suis pas voyante, mais mon pouvoir me sert parfois à voir des choses. Je connais ta destiné, tout comme je connais les horreurs qui t'attendent et que tu ne pourras pas éviter.

Connor se pétrifia.

- Des choses horribles vont survenir. Tu vas tout perdre. Ta bien-aimée, tes amis et même ton frère. Ta quête est vaine, tu ne peux pas rivaliser avec Baldr. Le malheur va s'abattre et tu souffriras comme jamais tu n'as souffert. Tout ton monde s'effondrera autour de toi, ta déesse s'éteindra sans que tu ne puisses rien faire. Ta quête est vouée à l'échec et tu es voué à souffrir.

Connor sentit sa vue se brouiller, il tremblait, les yeux brillants.

- C'est faux...

- Si tu décides de rester ici, je pourrais te protéger. Tu seras là, avec moi, heureux et tu échapperas à ton destin. Tu échapperas à tout, car plus rien ne t'atteindra. Laisse ton fardeau derrière-toi et rejoins-moi. Je te promets une douce et agréable vie à mes côtés sans que tu n'ais jamais à t'en faire pour l'avenir du monde.

- Jamais. Je refuse.

Une flamme de colère brilla dans le regard de l'envoûteuse.

- Soit. Tu ne me laisses pas le choix. Je ne perdrai pas mon mari une seconde fois. Tu vas rester ici jusqu'à ce que je le fasse sortir de ton corps.

- En me tuant.
- Oui. C'est toi qui l'a voulu ainsi, ne t'en prend qu'à toi-même. Rassure-toi, tu seras avec Sanya. Elle vient ici, je la sens et j'entends bien honorer mon marché.

Plus que la détresse, Sanya était entrée dans une colère noire en découvrant au matin la disparition de Connor. Qui que ce soit, celui qui avait osé s'en prendre à lui aller payer le prix fort. Reva était devenu rouge de confusion, lui qui avait veillé pratiquement toute la nuit et n'avait rien vu, mais Sanya ne lui en tenait pas rigueur. Une magie étrange était à l'œuvre, elle le sentait de plus en plus alors qu'ils s'enfonçaient déjà dans la grotte. Cette magie avait même quelque chose de familier et la méfiance de Sanya augmenta.

Cela ne devait pas être une simple envoûteuse dont parlait les légendes, qui maîtrisait un pouvoir comme celui-là.

Ils avancèrent dans l'obscurité de cette immense gueule et les courant d'air étaient comme l'haleine fétide d'une créature qui n'attendait que de refermer ses crocs sur eux. Les soldats étaient tendus, en alerte, l'épée dégainée et formant un cercle protecteur autour de leur reine. Le général Breris ouvrait la marche avec Reva et Aela marchait aux côtés de Sanya pour une protection rapprochée. Falx n'était pas bien loin non plus. Il venait souvent près de la jeune femme, pour lui demander de ses nouvelles et ses petites intentions ne manquaient pas d'attirer la curiosité de la reine, même si elle avait autre chose à penser en ce moment.

Car plus elle s'enfonçait dans la grotte, plus elle pouvait sentir la magie de son ennemi tout autour d'elle. Une magie étrangement familière, mais malgré tous ses efforts, elle n'arrivait pas à remettre de nom ou de visage. Elle se doutait que ça ne devait pas être un ami...

- Attendez !

Tous s'arrêtèrent pour la contempler.

- Je sens des choses étranges. Comme des sortilèges. Laissez-moi passer devant, je saurai déceler les pièges.

Étant la seule magicienne du groupe, personne ne la contesta et la jeune femme prit les devants, fermant pratiquement les yeux pour mieux utiliser ses sens magiques. Elle sentit alors une main se poser sur son épaule pour la guider et elle comprit que c'était Falx. Si ce geste l'aurait agacé en temps normal, elle était trop occupée pour s'en offusquer. Elle n'aimait pas ce qui se déroulait autour d'elle, ce n'était pas le moment de penser à autre chose.

Elle sentit alors quelque chose, mais la conscience qu'elle avait de ce danger disparut subitement, comme si quelqu'un l'avait gommé avant qu'elle n'ait le temps d'analyser. Sanya ouvrit les yeux, surprise, mais ne vit rien. Pourtant, un long frisson lui parcourait l'échine, tout son être tentait de l'avertir d'un danger, mais ses sens magiques ne décelaient absolument rien.

La jeune femme resta pantoise un moment avant de reprendre sa route pour échapper aux regards interrogateurs de ses compagnons. Falx la suivait toujours, la main sur son épaule et bientôt, ce simple contact parut prendre des dimensions extravagantes, à tel point elle ne fut capable que de se concentrer dessus. Elle tenta de chasser ses pensées de sa conscience, mais sa perception semblait se faire de plus en plus floue, comme si une chose étrange la brouiller. La main de Falx pesait lourd sur son épaule, elle avait le souffle court, comme si ses poumons refusaient de s'ouvrir en grand.

Alors qu'elle avançait, elle se rendit compte qu'elle n'avait plus la volonté de s'arrêter et bien qu'elle commença à paniquer, elle fut incapable d'ouvrir la bouche, d'avertir les autres. Elle ne put même pas se retourner vers Falx.

Un danger était là et elle fonçait droit dessus en parfaite aveugle.

Elle voulut appeler Falx, lui demandait de retirer sa main, mais elle n'y arriva pas. Elle était prise au piège.

Non, pas encore ! Je suis une déesse ! Une déesse !

Bouillonnant de rage, elle serra les poings et comme elle l'avait déjà fait jadis, elle laissa irradier sa magie tout autour d'elle, laissant libre à une fureur trop longtemps refoulée.

Une déesse, elle était déesse et rien ni personne ne la manipulerait de la sorte !

Sa volonté fut la plus forte et le sort qui l'empêchait d'agir se désintégra. Aussitôt, elle fut soulagée d'un poids terrible.

Et là, elle découvrit qu'elle avait le nez sur un champ protecteur, mortel pour quiconque le touchait. Il n'était détectable que par magie et si la jeune femme ne s'était pas libérée à temps, elle serait déjà réduite en poussières depuis longtemps.

Si elle n'avait plus sa puissance d'autant, Sanya avait toujours une solide connaissance en sortilège en tout genre. Elle laissa ses sens magiques parcourir la protection et trouva finalement un défaut dans le sort. La jeune femme envoya alors un filament de magie dans cette faille, augmenta la pression et s'ensuivit alors une terrible détonation qui renversa tout le monde.

Un peu sonnée par l'onde de choc, Sanya ne put s'empêcher de sourire. Un simple mortel, même avec plus de puissance que lui, ne pouvait pas égaler ses connaissances et sa technique. Elle savait trouver les failles de chaque sort. Nul besoin de puissance.

- Enfin, que s'est-il passé ? gronda Breris en se relevant. J'ai cru avoir reçu une décharge dans tout le corps !

- Navré, je ne voulais pas vous toucher. (Sanya se redressa tant bien que mal.) J'étais sous l'emprise d'un sortilège, qui bloquait ma perception magique. Devant nous se tenait un champ protecteur mortel. Si je ne m'étais pas délivrée à temps, nous serions morts.

Tous fixèrent l'endroit où se tenait le champ de force, sans rien déceler. Falx se massait la tête, très surpris. Incapable d'oublier la sensation que lui avait prodiguée la main de Falx, Sanya préféra se faire guider par Aela, en qui elle avait davantage confiance.

De la lumière apparut enfin devant eux et malgré l'aspect dangereux et irréfléchie d'une telle action, Sanya s'y précipita en toute hâte. Le groupe débarqua alors dans une immense salle naturelle, protégée par une voûte de rocher et la nature s'était installée dans ce petit coin à l'abri du monde extérieur. Le son de l'eau était apaisant et Sanya eut du mal à croire qu'un endroit pareil pouvait accueillir un être qui avait tenté de lui arracher Faran et Connor.

La jeune femme les trouva du regard et tous les soldats tirèrent leurs armes, se massant autour d'elle tandis qu'elle se précipitait vers eux. Ils n'avaient pas l'air blessés, mais quelque chose devait les empêcher de quitter cet endroit, si bien qu'ils se tenaient appuyés à un rocher, à la sortie de la grotte bien en vue. Quand il la vit, Connor avertit Sanya de reculer, mais la reine refusa de l'écouter. Lui prenant les mains, elle s'assura que tout allait bien.

Le jeune homme n'eut pas le temps de répondre qu'une voix douce mais arrogante se fit entendre derrière eux.

- Sanya ! Ma vieille amie, cela faisait des années !

Sanya se raidit en reconnaissant cette voix avant même de voir le visage de l'enchanteresse et elle se tourna avec une lenteur désinvolte, se campant fermement devant Connor. D'un geste de la main, elle fit signe à ses compagnons de reculer et elle s'avança seule à la rencontre de Sériel, qui souriait de toutes ses dents.

Connor prit alors conscience de toute la folie qui habitait vraiment cette étrange femme, tantôt douce et aimante, tantôt venimeuse et malicieuse.

- Dès siècles, même, reprit Sériel, sans un regard pour les autres.

- Je ne pensais pas te revoir un jour.

- Comme personne. Qui voudrait me voir ? Qui s'inquiéterait pour moi ?

- Beaucoup plus de gens, si tu renonçais à ta folie.

Les yeux de Sériel s'enflammèrent, mais Sanya ne recula pas.

- Je ne suis pas ici pour parler avec toi, Sanya. Je vais t'enfermer et quand j'en aurais fini avec Connor, tu mourras.

- Sériel, ne fais pas ça.

- Je vais me gêner.

Ses yeux se voilèrent et Sanya entendit le bruit métallique d'épée que l'on tire de son fourreau. Elle n'eut pas besoin de se retourner pour savoir ce qui se passer. Sériel utilisait ses pouvoirs pour envoûter ses compagnons et tous la menaçaient à présents de leurs armes. Elle sentit Il'ika se réfugier contre son cou et elle fut ravie que son amie ne soit pas prise par le mauvais sort. Même Reva et Falx avait tiré leur couteau.

- Je voulais te tue sur le coup Sanya, mais tu es plus robuste que je ne pensais. Alors tu vas me suivre sans encombre et je ne ferais aucun mal à tes deux amis. (Elle désigna Connor et Faran.) Quant à eux, s'ils tentent de fuir ou de m'attaquer, je te fais exécuter. Me suis-je fait comprendre ?

Sanya hocha la tête. Les mâchoires serrées, Connor et Faran firent de même. Ils savaient qu'ils ne pouvaient plus rien faire et ils ne voulaient que du mal soit fait à la jeune femme.

- Parfait.

Sériel passa devant eux en faisant signe à ses pantins d'amener les prisonniers, ce qu'ils firent sans broncher, complètement possédés. Sanya eut beau leur parler, ils ne semblaient même pas l'entendre.

L'enchanteresse les mena dans une autre grotte, ou des alcôves avaient été aménagés pour accueillir des prisonniers. Visiblement, Sériel était habituée à recevoir de la visite. Elle fit jeter Connor dans la première cellule avant de refermer sur lui une lourde porte en bois, puis elle fit de même avec

Faran. Elle se tourna ensuite vers Sanya et la contempla longuement. Un instant, la jeune femme crut que Sériel allait changer d'avis, mais il n'en fut rien. Ouvrant une troisième alcôve, elle la jeta sans ménagement à l'intérieur avec Il'ika.

Quand la porte se fut refermée sur elle, Sanya l'entendit emprisonner ses compagnons et quand leurs protestations lui parvinrent, elle comprit qu'elle les avait libérés de son sortilège. Et le silence se fit.

Il'ika tremblait contre son cou, apeurée et Sanya tenta de la rassurer. S'asseyant dans un coin de la cellule, elle remonta les genoux contre sa poitrine et contempla la fée.

- On va s'en sortir, tu vas voir. Je connais Sériel, je trouverais un moyen de la raisonner.

Il'ika hocha la tête et même si elle doutait de leur chance, Sanya était son dernier espoir.

*

Connor avait vite renoncé à enfoncer la porte. Elle était bien trop lourde, son épaule était à présent douloureuse. Faisant les cents pas dans sa cellule, il cherchait un moyen de sortir de là, mais rien ne lui vint à l'esprit. Sériel était persuadée que l'âme de son mari sommeillait en lui et à moins de lui prouver le contraire, il allait rapidement se faire tuer pour rien du tout.

Sériel lui avait apporté un repas, sans doute appétissant et une épaisse couverture, mais le jeune homme refusait d'y toucher. Elle lui avait également confisqué toutes ses armes, même les couteaux dissimulés un peu partout dans ses vêtements. Il ne lui restait rien. De toute façon, il ne pouvait pas lutter contre la magie.

Une sensation de calme le prit soudain et il n'eut plus envie de lutter. Il voulut serrer les poings en comprenant ce qu'il se passait, mais il n'en fut rien. La porte s'ouvrir et Sériel entra, vêtue d'une robe légère au large décolleté.

- Viens avec moi, souffla-t-elle.

Connor aurait bien voulu lutter, peut-être même la frapper pour sortir d'ici, mais il ne le put. Sériel usait de sa magie sur lui et toutes envies meurtrières avaient disparu. Sans pouvoir résister, il suivit docilement l'enchanteresse, hurlant de rage intérieurement. Si cette femme lui avait ordonné de tuer Sanya, il aurait été incapable de lutter.

Ils quittèrent la grotte qui servait de prison et se dirigèrent vers l'étang qui reflétait à présent la nuit et les étoiles. Le paysage aurait pu être magnifique, l'atmosphère romantique si le danger n'avait pas été aussi grand.

Une fois au bord du lac, Sériel testa l'eau du pied. Satisfaite, elle laissa tomber sa robe sur l'herbe pour se retrouver nue devant Connor. Le jeune homme rougit, mais ne put détourner le regard. Sériel y veillait. Elle entra doucement dans l'eau, provoquant des ondes tout autour d'elle et se tourna quand sa poitrine fut immergée.

- Allons Connor, viens donc me rejoindre.

Le jeune homme résista, mais la puissance de l'enchanteresse était plus forte. Il fut lui-même horrifié de voir son armure et ses vêtements tomber par terre et quand il entra dans l'eau, il se sentit pris au piège. En quelques mouvements de brasse, Sériel fut dans ses bras.

- Pourquoi me résistes-tu ? Vois tout ce que je peux t'apporter.

- Votre mari ne vit pas en moi et mon cœur appartient à Sanya.

- Une femme qui ne t'apportera que du malheur. Moi, je te donnerai de la joie et du bonheur, si tu me donnes ma chance.

- Je suis vraiment navré de ce qui vous est arrivé, sincèrement, mais ce n'est pas une raison pour vous en prendre à nous. Votre mari ne vit pas en moi. Relâchez-moi.

- Il en est hors de question. (Elle lui mordilla l'oreille.) J'ai besoin d'amour. De ton amour.

- Je ne pourrais jamais vous donner cet amour, car je ne suis pas votre mari.

- Tu te trompes. Pourquoi t'obstines-tu ? Si tu refuses de coopérer, je devrais te tuer pour libérer l'âme de mon mari.

- Alors faites-le.

- Ne préfères-tu pas rester en vie ?

- Je suis curieux de savoir pourquoi vous cherchez à me faire changer d'avis. Il vous suffit de me tuer et retrouver votre mari. Pourquoi ne le faites-vous pas ? De quoi avez-vous peur ? De vous être trompée et de tuer un innocent ?

- Je n'ai pas peur de tuer.

- Alors pourquoi vouloir me faire changer d'avis ?

Sériel planta son regard dans le sien.

- Vos âmes ont fusionné. Ce corps est donc également le sien. Si je te tue, mon cher époux n'aura plus de corps pour vivre. Il ne sera qu'une âme vagabonde et même s'il sera près de moi, je préfère sentir la chaleur de son corps contre le mien.

Et elle se pressa contre Connor pour lui faire sentir un désir inassouvi depuis longtemps. Elle l'embrassa et il ne put se dérober. Elle noua ses jambes autour de ses hanches, haletante, les muscles raidis et Connor eut le souffle coupé quand elle colla son visage sur ses seins. Ses mains agrippaient ses cheveux, elle ondulait contre lui, persuadée de pouvoir lui voler son cœur.

- Si tu acceptes de rester, de vivre auprès de moi, nous serions tous les deux combler, souffla-t-elle. Tu ne seras pas malheureux, car en te laissant faire, l'âme de mon mari ressortira davantage, elle s'affirmera.

Elle parsemant son corps de baiser sensuelle. Le jeune homme voulut se dégager, horrifié, mais ses membres ne lui répondaient plus. Sériel provoquait des sensations en lui dont il ne voulait pas, mais il était incapable de lui résister. Le prenant par les hanches, elle voulut l'attirer en elle, mais le plaisir qu'elle éprouvait lui fit relâcher prise sur son pouvoir. Connor l'écarta aussitôt violemment.

- Ça suffit ! Vous voulez me faire disparaître !
- Non. Ce seront les émotions de mon mari qui domineront. Et ces émotions ne seront que bonheur. Tu seras toujours là, en quelque sorte, mais heureux. Tu ne peux pas comprendre.
- Si, je comprends très bien. Vous voulez que j'accepte de laisser mon âme mourir à petit feu pour que celle de votre mari prenne le dessus sur moi. Certes, mes émotions ne seront plus que celles de votre mari, mais je ne serais plus moi, je n'existerais plus. Uniquement à travers de votre mari. Je ne veux pas de ça. Plutôt mourir.
- Tu n'as pas conscience de la chance que je t'offre, Connor.
- J'ai conscience de l'enfer que sera ma vie si je reste. J'aime Sanya, jamais je ne l'abandonnerai. Vous ne pourrez jamais rien y changer, je refuse de rester là pour vous faire plaisir. Votre mari ne vit pas en moi !

Le regard de Sériel s'enflamma, avant de se radoucir aussitôt.

- Je te ferais changer d'avis, crois-moi. Quand tu n'auras plus Sanya, tu te tourneras vers moi. Je m'en assurai. Quand elle ne sera plus là, tu n'auras que moi.

*

Sanya était rongée par l'inquiétude. Elle ne savait pas combien de temps s'était écoulé depuis sa capture et elle craignait à chaque instant que Sériel ne vienne la tuer. Elle ne comprenait toujours pas pourquoi Sériel la maintenait envie. Pour avoir un moyen de pression sur Connor ?

Il'ika restait blottie contre son cou et toutes deux n'avaient pas voulu toucher au repas qui leur avait été apporté. Sériel ne tarderait à venir la voir et ce ne serait pas pour lui apporter de bonnes nouvelles.

La fatigue se faisant sentir, Sanya se coucha dans un coin de sa cellule. Les murs, trop épais, ne lui permettaient pas de parler avec ses compagnons et elle craignait qu'il ne leur soit arrivé quelque chose. Elle n'avait aucune nouvelle de Connor, Sériel ne daignait pas lui adresser la parole et la jeune femme redoutait qu'elle l'ait tué. Cette simple pensée fut comme un coup de poignard dans son cœur.

La porte s'ouvrit alors qu'elle commençait à s'endormir et Sériel entra en silence avant de refermer derrière elle. Sanya se redressa péniblement. L'enchanteresse ne pipa mot, se bornant à fixer la jeune femme de son regard intense. Sanya sentit alors le contact si particulier de la magie de Sériel, elle sentit sont pouvoir s'enrouler autour d'elle et entendit des paroles résonner dans sa tête : dis à Connor que c'est mieux pour lui. Convainque le de s'abandonner à moi.

Sanya soupira. Sa capture n'avait donc pour unique but que de faire chanter Connor. Elle espérait sans doute quand les manipulant tous les deux en même temps et en les confrontant, elle pourrait insinuer la haine dans le corps de son amant. Les enchanteresses étaient capables de retourner les gens contre leurs proches, si elles parvenaient à créer une faille dans leurs sentiments. Faille qu'elle aurait voulu obtenir par le biais de Sanya. Ensuite, Sériel la tuerait dès qu'elle aurait obtenu ce qu'elle désirait, ou dès qu'elle verrait que la jeune femme ne coopérerait pas.

L'ancienne déesse n'eut pas besoin de beaucoup forcer. Même sous sa forme humaine, son esprit restait celui d'une déesse et ce genre de sortilège n'avait pas d'emprise sur lui.

Sériel recula et fronça les sourcils.

- Je me suis donc leurrée en pensant que tu me serais utile. J'ai retardé ta mort pour rien, finalement. Bien, il est temps pour toi de mourir alors, laissa-t-elle tomber.

- Oh Sériel, je t'en prie, renonce à cette folie !

- Ma folie ? Tu ne peux pas comprendre, toi qui possède tout ! Personne ne me comprend !

- Je t'ai compris, moi. Mais tu es seule responsable de ce qui t'est arrivé.

- Tu crois que je suis responsable de la mort de ma fille et de mon mari ?!

- Je ne parlais pas de ça et tu le sais. Ces morts furent des tragédies, je te l'accorde, mais de là à tuer des innocents sous prétexte qu'ils descendent de la génération de ses tueurs ? Tu vas loin, trop loin Sériel. Ta folie, ta violence t'ont aveuglé.

- Aurions-nous une déesse de la sagesse ? ricana Sériel.

- Ne tournons pas autour du pot. À quoi rime tout ceci ? Que veux-tu exactement de moi ?

- Ce que je mérite ! Je veux retrouver mon mari !

- Je ne vois pas où tu veux en venir.

- Moi je crois que tu sais. Connor abrite l'âme de mon cher et tendre ! Je le sais ! Maintenant que l'ai retrouvé, je ne te le rendrai pas, pas pour que tu me l'enlèves à jamais !

- La paranoïa te monte à la tête. Qui te dit que l'âme de ton mari réside vraiment dans ce corps ?

- Une connaissance, en qui je fais parfaitement confiance, me la dit.

- Qui ?

- Celui qui m'a promis de m'aider à retrouver mon mari si je te tuais.

- Qui ?!

- Reyw.

Cette annonce jeta un froid. Reyw, dieu des orages, l'un des fidèles de Baldr. Craignant que la jeune femme réussisse à salir son nom, Baldr avait envoyé de fichu dieu ici afin d'organiser sa mort !

- Tu savais qu'il tenterait quelque chose. C'était inévitable, s'amusa Sériel.

- Je m'y attendais en effet. Je suis cependant surprise que tu ais pu croire à de telles absurdités. Si Reyw veut ma peau et bien soit. Qu'il vienne me tuer de ses mains. N'oublie pas que je suis une déesse, moi aussi et je sais que l'âme de ton mari ne réside pas dans le corps de Connor. Reyw te ment.

- Pourquoi le ferait-il ?

- Car tu es manipulable. Grâce à ta folie meurtrière, il n'aurait pas besoin de se salir les mains de mon sang. Il peut jeter ce meurtre sur les épaules d'un autre et ainsi, Baldr n'aurait pas à craindre de représailles d'Abel. Tout ceci est organisé depuis le début, Reyw se fiche bien de toi, tout ce qu'il veut, c'est ma mort. Il se sert de toi afin qu'Abel et les siens ne puissent pas s'en prendre à lui. Tu ne comprends pas ! Il te fait porter le chapeau pour que si quelqu'un doit être châtié, ce soit toi !

Sériel réfléchissait. Sanya eut pitié d'elle, une pauvre femme aveuglée par sa folie, qui l'empêchait de voir la réalité des choses.

- Sériel, regarde la vérité en face. Reyw te manipule. Les âmes des morts ne retournent pas dans les corps des vivants. Ton mari et ta fille sont partis pour un autre monde.

- Ils ne sont pas à Ysthar !

- Je sais. Mais ce n'est pas le seul royaume accueillant les morts. Les peuples d'ici ne vont pas à Ysthar, je te rappelle. J'ignore où ils sont véritablement, mais je sais une chose. Bientôt, je livrerai une guerre aux dieux et alors j'ai bien l'intention de contacter Lysendra. Elle viendra à moi, j'en suis sûre. Elle saura. Elle saura où trouver ta fille et ton mari et je promets de tout faire pour vous réunir. Si en échange tu nous laisses partir et que tu laisses Connor tranquille. Cesse de t'aveugler comme tu le fais. La vengeance ne les ramènera pas et garder Connor capturé ne t'aidera pas.

- Et si tu échoues ?

- Si j'échoue, c'est que je serais morte. Tu auras ta vengeance.

- Et j'aurais Connor.

- Il ne cédera pas plus qu'aujourd'hui. Et quand bien même il le ferait, tu te rendrais vite compte que ton mari n'est pas en lui. Laisse-moi partir et je ferais tout ce qui est en mon pouvoir pour te réunir à ta famille. Pour que tu trouves la paix. C'est tout ce qui importe, non ? Que tu sois avec eux ! Laisse-moi t'aider. Après ça, tu seras en paix.

Sériel baissa la tête et toute colère, toute folie disparue de son regard.

- Ils me manquent.

Levant la main, elle fit apparaître devant elle le visage d'une jeune fille, resplendissante de beauté.

- Ma fille aurait dû ressembler à ça ! Elle aurait dû vivre, grandir, rire, j'aurais dû la bercer en lui racontant de belles histoires, j'aurais dû la câliner et l'embrasser, la voir s'épanouir, la voir heureuse ! Au lieu de ça, j'ai enterré ma fille ! Un tout petit bébé qui n'avait même pas eu le temps de prendre sa première bouffée d'air ! Elle qui aurait dû être si belle pourrit à présent sous la terre ! Je l'ai vu mourir ! Mon enfant !

Sériel pleurait de rage et de douleur, le menton tremblant et Sanya sentit ses propres larmes lui monter aux yeux.

- Sériel, je compatis à ta douleur, sincèrement. Tu ne mérites pas ça. Laisse-moi t'aider. Laisse-moi trouver le moyen de t'unir à ta famille. Et alors, tu trouveras cette paix bien méritée. Je le sais. Quand j'aurais repris les choses bien en mains et si tu le souhaites, tu seras de nouveau la bienvenue à Ysthar. Tu seras avec ta fille et ton mari, tu vivras cette vie que tu as tant rêvé.

Contre toute attente, Sériel éclata en sanglot dans les bras de Sanya qui lui tapota doucement le dos. Mais aussi vite que c'était venu, elle s'écarta, affichant de nouveau son regard malicieux.

- Je te laisse la vie, Sanya, car j'ai décidé de te faire confiance. Que Reyw se débrouille, pour le moment. Mais tu as intérêt à tenir parole, où la mort ne sera pas un refuge pour toi.

Sanya hocha la tête.

- L'homme que tu cherches, Céodred. Il est caché dans la

forêt, après la piste du Crépuscule. Quand tu auras dévoilé ce qui ne se voit pas, tu le trouveras. Mais avant, tu traverseras une zone malsaine, dangereuse. Et méfie-toi. Quelqu'un te trahira, Reyw se manifestera bientôt.

Sanya savait qu'il était inutile de demander des informations supplémentaires. Elle hocha la tête, plongea son regard gris dans celui de la jeune femme pour évaluer sa sincérité. Sériel ne mentait pas.

- Dépêche-toi de partir.

Prenant Il'ika avec elle, Sanya quitta la cellule. L'enchanteresse libéra ses amis et avant que ces derniers n'aient eu le temps de tenter quoi que ce soit, la jeune femme les apaisa.

- Sériel nous laisse partir. Ne vous inquiétez pas, je m'occupe de tout.

Ses compagnons la regardaient avec surprise, visiblement méfiant. Cependant, quand Sériel leur rendit leurs armes, leur vigilance retomba légèrement. Sanya leur en fut reconnaissante. Connor fut ensuite libéré et la jeune femme fut soulagée de voir qu'il allait bien. En échangeant un regard avec elle, son compagnon comprit qu'il s'était passé quelque chose entre Sériel et elle, mais il ne dit rien pour le moment.

- N'oublie pas notre marché, Sanya, grinça Sériel. Je saurais te retrouver si tu me trahis.

- La prochaine fois que nous nous verrons, tu me remercieras.

Pressée de partir, Sanya entraîna ses compagnons loin d'ici. Sériel les suivit du regard, un sourire aux lèvres.

13

Ils marchaient en silence depuis déjà un long moment et personne n'avait fait de commentaire sur ce qui venait de se passer. Sanya avançait en tête, forçant les autres à suivre son rythme et elle semblait peu décidée à revenir sur les événements. Il était clair qu'elle n'expliquerait ce qu'il s'était passé entre elle et Sériel, ses compagnons abandonnèrent toute idée de l'interroger.

Profitant d'un moment de calme où les oreilles ne traînaient pas trop, Connor s'approcha d'elle et lui prit la main.

- Tu ne veux vraiment rien me dire ?

La jeune femme sourit.

- Pour toi, je ferais une exception. J'ai passé un marché avec Sériel. À première vue, il semble dangereux, mais ce n'est pas le cas. Sériel est un peu... folle, mais je lui fais confiance. Je lui ai promis de la réunir à sa famille, si elle me laissait vivre et refusait d'aider Reyw. Elle n'est pas méchante, elle est juste blessée, elle a besoin de son mari et sa fille. Je lui ai fait comprendre que l'âme de son époux n'est pas en toi et que si elle me donne ma chance, je pourrais les retrouver.

- Tu penses y parvenir ?

- Oui.

- Alors ce que tu as fait est une bonne chose. Cette femme mérite de trouver la paix. D'ailleurs, comment la connais-tu ?

- Tu l'auras compris, c'est l'enchanteresse dont nous parlait Falx, celle des légendes. Durant une guerre, son mari fut tué et elle fut sauvagement battue, violée, laissée pour morte. Elle a perdu son enfant. Ça aurait dû être une fille. Depuis, elle a perdu une part de sa raison, elle est entrée dans une folie meurtrière, décidée à massacrer tous les descendants du clan responsable de ses malheurs. Elle s'y est tenue durant de longues années. Sache également que bien que vivant ici, elle est la fille d'Abel lui-même. À sa mort, il a accepté de l'élever au rang de déesse. Malheureusement, la folie et l'envie de vengeance ne l'avaient pas quitté. Sériel était douce, gentille, si timide et d'un seul coup, elle devenait violente, sauvage, meurtrière. Elle a commencé à être crainte à Ysthar, car elle n'avait pas abandonné son désir de tuer âme qui vive et certains dieux prirent peur. Abel a donc été contraint de la bannir. Sériel est donc retournée sur terre, mais on peut dire qu'elle n'est pas... un être humain à part entière, puisqu'elle est morte avant de devenir déesse. C'est un être étrange, dangereux, immortel et pourtant mortel. Elle vit sans vivre.

- Un mort-vivant ?

Sanya éclata de rire.

- Non, tout de même pas ! Enfin, pas au sens où tu l'entends. C'est étrange, même pour nous. Son âme devrait appartenir au royaume des morts, mais vu qu'elle a été élevé au rang de déesse, puis bannie, elle n'appartient à aucun monde. Voilà, c'est ça. Elle dérive entre deux mondes, les vivants et les morts. La faire revenir au panthéon lui apporterait une existence, une vie, si on peut dire. Et retrouver ses proches lui apporterait la paix. Malgré ses crises de folies, je l'aimais et j'avais pitié. Voilà pourquoi je veux l'aider. (Elle lui sourit.) Cependant il n'aurait pas fallu qu'elle joue avec toi plus longtemps.

- Justement Sanya... Je voulais te parler de choses qu'elle m'a dites, avant que tu n'arrives.

- Que son mari vivait en toi ? Sache que c'est faux. C'est une invention de Reyw, pour qu'elle accepte de me tuer, rien de plus.

- Non, ce n'est pas ça. Elle m'a dit des choses... troublantes. Que j'allais tout perdre, toi, mes amis, mon frère. Que ma quête était vaine, que je ne pouvais pas rivaliser avec Baldr. Le malheur va s'abattre et je souffrirais comme jamais je n'ai souffert. Tout mon monde s'effondrera autour de moi, tu t'éteindras sans que je ne puisse rien faire. Ceux sont ses mots.

Sanya resta longuement silencieuse, les yeux plongés dans le vide, le front plissé.

- L'avenir est incertain..., souffla-t-elle. Rien n'est sûr.

- Et si elle avait raison ? Si notre combat ne menait à rien, juste à notre mort ?

- Tu voudrais abandonner ?

- Non. Mais me battre en sachant que je perdrais tout, au bout du compte, ne me réjouis pas...

Sanya pressa sa main.

- S'il y a bien une chose que je peux affirmer, c'est qu'il ne faut jamais se fier à l'avenir. Il est incertain, changeant. Beaucoup de chose peuvent changer d'un seul coup, l'avenir n'est pas prédéfini. Sache-le et rappelle-t'en. Il y a des multiples chemins et même le dieu du temps Tahi, ne peut prédire ce qui se passera pour une personne. Nous allons combattre ensemble, faire ce que nous avons à faire, réfléchir, agir avec précision et stratégie et nous réussirons. N'en doute pas et ne te laisse jamais emporter par des propos comme ceux-là. Ils ne signifient rien, ne mènent à rien.

Crois-en mon expérience.

- Je te crois. Je doutais qu'elle puisse ainsi prédire ce qui allait m'arriver, mais c"était néanmoins troublant.

- Je te comprends. Et ton frère, comment il va ?

- Un peu remué. Il m'a raconté que Sériel avait pris la voix de sa mère durant la nuit, pour le faire venir. Tu sais, je t'avais dit qu'il est persuadé que nous n'avons pas la même mère, il pensait enfin découvrir la vérité.

- Oui, je m'en souviens.

- Il est déçu, je crois, mais tellement soulagé. Il ne pensait pas sortir de ce traquenard, pour tout dire. Il avait le moral bien bas, alors que nous vous attendions. Nous savions que vous viendriez, pourtant nous doutions que tu pourrais faire quoique ce soit pour nous.

- La magie. Sériel est une envoûteuse. Elle sait comment imprégner quelqu'un d'une émotion en particulier. Elle peut te rendre triste, ou au contraire joyeux, colérique ou calme, confiant ou abattu. Elle est experte dans cet art. Elle sait parfaitement manipuler les esprits, vous en avez la preuve.

- Oh oui. Je ne voulais pas partir, cette nuit-là, pourtant j'étais persuadé que je le devais, sans trop savoir pourquoi.

- Estime-toi heureux. Tu serais parti de ton plein de gré, crois-moi, tu n'aurais pas fini de m'entendre.

Connor lui sourit avant de se pencher pour embrasser ses cheveux.

- Regarde Faran et Il'ika et dis-moi ce que tu en penses, glissa-t-il alors à son oreille.

En se retournant, Sanya remarqua que Faran tenait Il'ika dans ses mains, à l'écart des autres et parlait avec elle à voix basse. Son regard exprimait une tendresse touchante et celui d'Il'ika était débordant d'amour.

- Elle a eu très peur, tu sais. Elle croyait ne jamais le revoir, elle était terrorisée. Quand tu as disparu à ton tour, elle était désespérée. Elle l'aime Connor, je n'en doute pas. Et ton frère aussi. L'amour est une chose étrange qui peut prendre bien des aspects. Ils s'aiment et je pense depuis déjà longtemps.

- Tu confirmes ce que je pensais depuis longtemps. Je les ai toujours trouvés touchants et pourtant... c'est une histoire triste.

- Tout dépend de ce qu'ils attendent l'un de l'autre.

Ils marchèrent longuement en direction du nord. Falx avait repris la tête du groupe et les menait jusqu'à destination. Les lieux lui étaient de plus en plus familiers et ils racontaient toutes sortes d'histoires et de légendes qui les peuplaient. Connor avait d'ailleurs remarqué qu'il s'adressait surtout à Sanya, restant toujours près d'elle pour lui demander si ça allait, ou si elle avait besoin de quelque chose. Le jeune homme ne savait pas trop pourquoi son ventre se tordait à chaque fois que Falx s'approchait de Sanya, mais il craignait que ce soit la jalousie.

Refusant de se laisser aller à de tels sentiments, il avait rejoint Reva et Aela pour discuter avec eux et oublier ses préoccupations. Pourtant Reva n'était pas des plus loquaces, il semblait guetter continuellement quelque chose... ou surveiller. Aela avait beau le distraire, il répondait toujours de manière évasive et Connor commençait à croire que quelque chose n'allait vraiment pas. Tous deux l'avaient senti, même s'ils n'en parlaient pas pour l'instant.

Le soir, Connor s'isola pour reprendre ses entraînements et assis contre un arbre, les yeux fermés, il se concentra pour écouter l'Onde. Mais malgré tous ses efforts, il ne parvint à rien, juste à gagner en frustration. Et ses inquiétudes le rongeaient, l'empêchant de se concentrer. Il persévéra néanmoins, n'étant pas prêt à abandonner de la sorte. Il était bien décidé à devenir un Maître des Ombres et pour épauler Sanya, il se devait d'être au maximum de ses capacités.

Le plus grand Maître des Ombres. Ces mots revenaient sans cesse le hanter. Se pouvait-il vraiment qu'il soit l'homme de la prophétie, l'homme destiné à apporter la connaissance et à sauver la confrérie, l'homme dont l'Onde était celle de Nahele, le plus puissant Maître des Ombres, alors qu'il n'arrivait à rien ? Connor avait parfois l'impression qu'on le surestimait, qu'on misait trop sur lui et ce poids sur ses épaules devenait plus lourd à chaque échec. Il ne voulait pas être responsable de la destruction de la confrérie.

Quelqu'un s'assit en face de lui. En ouvrant un œil, il découvrit Aela en tailleur devant lui.

- Tu te concentres trop pour pas grand-chose, murmura-t-elle. Je ne prétends pas être experte, mais on m'a toujours appris à ne jamais chercher quelque chose d'invisible, mais plutôt ses conséquences.

- Je ne vois en quoi ça pourrait m'aider.

- Tu te focalises sur l'Onde elle-même. Ce n'est pas une bonne chose. Détourne ton attention d'elle, ne te focalise pas. Pense à un état d'esprit plutôt, ou quelque chose que l'Onde affecte. Ne pense pas, ne cherche pas, laisse venir à toi. Comment veux-tu chercher quelque chose que tu ne connais pas ?

- Je l'ai déjà ressenti.

- Pas avec précision, si je ne me trompe. Tu l'as ressenti de façon fugace, sans trop savoir ce qu'était l'Onde. Tu n'as pas eu le temps de l'analyser.

- Et comment trouver ce qu'on ne connaît pas ?

- Tu sais ce qu'elle affecte. Ton esprit. Tes perceptions. Cherche par ici, concentre-toi sur autre chose qu'elle. Laisse-là venir à toi. Quand tu sauras comment l'appeler, quand tu connaîtras sa nature, tu pourras avoir recours à elle autant que tu le voudras.

- Tu m'as l'air de connaître beaucoup de chose.

- Peut-être. Je ne te ressors juste que ce que tu as bien voulu me dire. Ne cherche pas avec ta tête. Regarde, tu as bien conscience de Sanya dans ton cœur ? Tes sentiments, tu les penses avec ton cœur, pas ta tête ?

- Darek me dit la même chose...

- Alors commence avec ça. Imprègne-toi des sentiments de Sanya, puis concentre-toi sur tes perceptions, sur ce que tu sens, essaye de... je ne sais pas, anticiper, comme tu le fais inconsciemment. Essaye de comprendre comment tu fais. Tu verras bien ce que ça donne.

- Merci. Tu n'es pas avec Reva ? la taquina-t-il.

- Il n'est pas très bavard en ce moment. Il semble méfiant, mais je ne sais pas de quoi. Il surveille sans cesse quelque chose.

- J'ai moi aussi cette impression de danger.

- Vraiment ? Je ne sens rien. Vous formez une belle paire, vous devriez peut-être en parler.

- Je verrais. Je n'ai pas trop envie de soulever des soupçons inutiles pour le moment, je préfère analyser un peu ce que je sens avant.

- Je te comprends. Dis-moi si tu as du nouveau. Je serais vigilante aussi.

Quand Aela fut repartie après lui avoir donné une tape sur l'épaule, le jeune homme ferma les yeux et laissa son esprit divaguer. Il pensa longuement à Sanya, s'imprégnant de ses sentiments comme lui avait suggérer Aela, avant d'étendre son esprit à tout ce qui l'entourait, essayant d'anticiper ce qui pouvait se passer. Il ne chercha pas à sentir l'Onde, mais à l'attirer à lui. L'attirer pour ensuite la comprendre, la connaître et pouvoir ne faire qu'un avec elle.

Alors qu'il pensait approcher de son but, le craquement d'une branche lui fit perdre le fil et il ouvrit brusquement les yeux, tiré de sa transe. Il battit un instant des paupières et son regard tomba sur Falx qui le contemplait étrangement. Presque froidement. Sans un mot, il se détourna et quitta le champ de vision du jeune homme.

Connor se rendit alors compte que son cœur tambourinait dans sa poitrine et il prit une grande inspiration pour se calmer. Pourquoi Falx le regarderait-il avec mépris ? Que pouvait-il bien lui avoir fait ?

Chassant ses pensées pour le moment, il tenta de reprendre ses esprits et de continuer son travail, mais l'inquiétude le rongeait. Plus il cherchait à se détendre et plus son ventre se nouait.

Il décida alors de penser à Sanya, le remède le plus efficace, selon lui. Se replongeant dans tous leurs souvenirs, il parvint à oublier Falx et à se détendre, mais bientôt, la tendresse pour sa compagne l'envahit tellement qu'il ne put faire autrement que de se lever et la rejoindre.

En arrivant au campement, il constata que Faran et Il'ika se tenaient toujours un peu à l'écart pour discuter. Aela essayait tant bien que mal d'égayer Reva, tandis que Breris, ses soldats et la reine étaient regroupés autour du feu. Connor maîtrisa un flot de rage inattendu en découvrant que Falx était là, éblouissant l'assemblée de ses récits, assis extrêmement proche de Sanya. Il se tournait sans cesse vers elle pour lui sourire et sa main essayait doucement de rencontrer la sienne.

Connor se dirigea à grand pas vers eux, s'assit près de Sanya et passant un bras autour de ses épaules, il l'attira à lui pour l'éloigner de Falx. La jeune femme se cala dans ses bras et posa sa tête sur son épaule, sans gêne pour tous les soldats qui détournaient les yeux.

- Je vois clair dans ton jeu, souffla-t-elle alors à son oreille avec un sourire.

Il se pencha vers elle pour qu'elle-seule puisse l'entendre.

- Il m'inquiète Sanya. Tout à l'heure encore, il m'a jeté un regard froid, alors que je n'avais rien fait. Et il est trop proche de toi, alors qu'il ne semblait pas vraiment emballer par le voyage. Il a changé du tout au tout, pour se rapprocher dangereusement de toi.

- « Dangereusement » est peut-être un peu excessif.
- Non. J'ai un drôle de sentiment, depuis quelques temps.
- Sur lui ?

- Je crois bien.
Sanya redressa la tête pour le contempler, tout sourire :
- Ne serais-tu pas juste jaloux ?
- Je l'ai cru...
- Viens.
Le tirant par les mains, elle quitta le cercle de soldats, entraînant Connor là où ils pourraient parler sans personne pour les écouter. Ils s'assirent dans l'herbe, le dos appuyés contre un arbre et Sanya passa ses bras autour du coup de son amant.
- Tu crois vraiment que tu peux me perdre ?
- Non, enfin... Sanya, je ne plaisante pas, Falx m'inquiète. Pourquoi tant de mépris pour moi, je ne lui ai rien fait ! Et toi ? Pourquoi ce rapprochement soudain, alors que depuis le début, il ne s'intéresse pas à toi ? Il semblait même te détester.
- Je ne sais pas Connor, tu sais, les sentiments, la timidité. Ce n'est parfois pas très compréhensible, de là à insinuer qu'il est dangereux.
- Reva est inquiet, lui aussi.
- À propos de Falx ?
- Je ne sais pas. Je veux être sûr de ce que j'avance avant de lui en parler. C'est tout de même son ami, je ne me risquerais pas à l'accuser à tort et à travers. Mais sois prudente Sanya, il se passe des choses étranges. Sériel dit que Reyw veut ta mort et que tu seras bientôt trahi. Je ne serais pas étonné que Falx ne soit pas vraiment notre ami.
- Attendons d'être sûrs, pour porter de tels jugements, approuva la jeune femme. Mais je n'avais jamais vu les choses ainsi. Falx ne me paraît pas dangereux. Tu vas peut-être chercher des explications trop loin. Il s'est peut-être rendu compte que notre quête n'est pas veine, du coup, il montre plus d'enthousiasme. Et peut-être qu'il te lance ces regards noirs parce que tu le contemples étrangement depuis quelques temps.

- Peut-être. Écoute, je ne sais pas vraiment déchiffrer les émotions des gens, mais quand il s'agit de toi et de ta sécurité, je te garantis que je sais repérer le danger.

- Il faut être fou amoureux, pour sentir de telles choses, souffla Sanya en approchant son visage de celui de son amant.

- Fou amoureux à en mourir.

Et il inclina la tête pour l'embrasser.

Puis quand la fatigue se fit sentir, ils retournèrent près du feu pour s'emmitoufler dans leur couverture et s'endormir.

Connor se réveilla en sursaut alors qu'il faisait encore nuit noire et que tout le monde dormait. Deux soldats montaient la garde plus loin et ne semblaient pas alertés. Au moins, le danger de ses songes n'étaient pas réels. Le jeune homme passa une main sur son front et constata qu'il était ruisselant de sueur. Sa poitrine se soulevait et s'abaissait violemment et pourtant, il avait du mal à se rappeler ce qui l'avait mis dans un tel état. Ses cauchemars lui échappaient chaque fois qu'il tentait de se les rappeler. Sanya avait encore le bras posé sur sa poitrine et il se recoucha pour ne pas la réveiller. Elle se serra contre lui et il parvint à retrouver un peu son calme.

Mais alors qu'il fermait les yeux pour essayer de se rendormir, il sentit un regard lourd peser sur sa nuque. Falx était assis de l'autre côté du feu et bien que ce ne soit pas son tour de garde, il était bien réveillé et avait les yeux braqués sur lui. Un regard froid, peu amène. Le jeune homme lui rendit son regard avec pas moins d'insistance, jusqu'à ce que Falx se lève enfin pour se dégourdir les jambes. Il le contempla longuement, s'assurant qu'il ne tenterait rien et il ne sut exactement combien de temps il resta immobile à le surveiller. Mais quand Reva se réveilla enfin pour prendre son tour de garde et qu'il jeta un coup d'œil à Falx, Connor sut qu'il pouvait lâcher sa vigilance.

Pourtant, il dormit d'un sommeil léger.

Ils reprirent la route sous la pluie et l'orage grondait au loin. Reva affirmait qu'il ne fallait pas s'en plaindre, l'orage allait apporter de la fraîcheur car la chaleur était insoutenable. Il fallait juste espérer trouver un abri avant qu'il n'éclate au-dessus de leur tête, car les averses étaient courtes, mais on se retrouvait trempé de la tête aux pieds en quelques secondes.

Et en effet, quand l'orage fut là, Connor songea qu'il n'avait jamais rien vu d'aussi impressionnant et magnifique. Les éclairs déchiraient le ciel dans un fracas assourdissant et leurs multiples branches les faisaient ressembler à d'immenses arbres jaunes électriques. Certains étaient même bleus. La pluie tombait en rafale et le groupe avait dû s'abriter dans une sorte de terrier trouvé juste à temps. Au moins, il faisait plus frais, ce qui était bien plus agréable et quand l'orage cessa enfin, les rayons du soleil ne tardèrent pas à percer les nuages.

- Ça me rappelle la tempête qu'a essuyé Eredhel, il y a dix ans, lança Aela.
- Oui, moi aussi, sourit Sanya, même si l'ampleur était beaucoup plus fort. Pour une fois j'avoue avoir eu peur de l'orage.

Alors qu'ils se remettaient en route, Connor s'immobilisa, persuadé d'avoir entendu quelque chose.

- Ça va ? demanda Breris en s'arrêtant près de lui.
- Je crois avoir entendu des jappements.
- Des jappements ?

Connor leva la main pour le faire taire. Oui, il venait bien d'entendre des petits couinements. Sans se soucier des autres qui avançaient, il s'élança dans la forêt.

- Attendez ! cria le général, mais le jeune homme ne l'écouta pas.

Ce n'était pas un homme ou une femme qui avait poussé

ses couinements, mais un animal, probablement un petit. Peu importe ce que diraient les autres, le jeune homme aimait trop la nature pour laisser un animal dans une situation difficile alors qu'il pouvait l'aider. Surtout un bébé.

Il entendit derrière lui le pas précipité de Breris, mais il ne l'attendit pas, écoutant les appels à l'aide de l'animal pour le localiser. Il faillit bien ne pas le voir et découvrit sa présence qu'en voyant des débris de bois bouger à côté de lui. Le jeune homme se précipita à son aide et retira les branches jusqu'à découvrir des touffes de pelage blanc.

Et là, il découvrit un tout jeune louveteau qui se débattait pour sortir de cette prison. En découvrant Connor, il eut un mouvement de recul en couinant de peur.

- Doucement, tout va bien, souffla Connor en approchant sa main.

Le louveteau recula un peu plus, avant de finir par venir sentir la main de Connor.

- Viens, je ne te ferais pas de mal.

Il sentit alors une petite langue chaude lui laper la main et il ne put s'empêcher de rire.

- Voilà !

Avec beaucoup de douceur, il souleva le louveteau qui remua la queue, tendant le cou pour lui lécher le visage. Connor le prit contre lui et caressa sa fourrure soyeuse, éclatant de rire chaque fois que la langue râpeuse lui lapait le visage. L'animal avait un pelage doux et soyeux, d'un gris nuancé. Un super loup en puissance.

Enfin, louve !

Breris arriva, surpris et inquiet, mais ne se détendit pas en découvrant le louveteau jouant joyeusement dans les bras de Connor.

- Reposez-le, si la mère nous voit, elle nous tuera.

- Breris, je crois que la mère ne viendra pas. Regardez, c'est le reste d'une tanière. Je crois qu'ils se sont fait attaquer, celui-là doit être le seul survivant. Fouillez les alentours, vous devriez retrouver le cadavre de la mère, je n'en doute pas.

- Qu'est-ce qui vous fait dire ça ?
- Les traces de pas sur le sol et les griffures sur les arbres. Un félin.

En observant mieux, le général découvrit que Connor avait raison. Tandis qu'il inspectait les environs, Connor câlina le petit loup qui lui tétait déjà les doigts.

- Ne t'inquiètes pas ma toute belle, ça va aller. Je vais m'occuper de toi.
- Il n'en est pas question.

Connor se tourna pour découvrir que le reste du groupe l'avait rejoint, Reva en tête. L'homme des clans s'approcha et jeta un coup d'œil critique au petit animal.

- Tu ne peux pas le garder Connor.
- Et pourquoi ? Elle n'a plus personne.
- Justement. Elle ne survivra pas. Personne ne lui apprendra à chasser, elle mourra.
- C'est pour ça que je veux la garder.
- Ce n'est pas un chien Connor, c'est un loup. Si tu la garde, elle s'habituera aux humains, elle n'aura plus peur des villages, des gens, des troupeaux et plus tard, ne sachant pas chasser, elle fera des ravages. Je ne prendrai pas ce risque.

Il tira son couteau et désigna le loup.

- Je vais le faire. Rien ne sert de la faire agoniser plus longtemps.

Connor se dressa d'un bon, le louveteau serré contre sa poitrine.

- Je ne le permettrai pas. Regarde-la ! Que veux-tu qu'elle face ?
- Un loup, ça grandit Connor. Tu le sais, tu connais la nature, alors ne joue pas au gamin.
- Je lui donnerai sa chance. Je la nourrirai, je ferai en sorte qu'elle ne s'attaque pas aux villages.
- Tu ne peux pas.

Le jeune homme lui lança un sourire énigmatique.

- Si je le peux. Reva, dans mon royaume, je suis un Maître des Ombres. J'ai un pouvoir, que les autres n'ont pas. Je peux me lier aux animaux, je peux leur parler, je peux les comprendre. Je l'ai déjà fait et cette liaison entre nous me permettra de lui enseigner ce qui lui manque. De lui apprendre ce qu'elle pourra faire, ou ne pas faire. Je saurai en prendre soin Reva, je te le promets.

L'homme hésita, perplexe.

- Reva, souffla Sanya. Connor dit vrai. Je l'ai déjà vu faire. Il sera capable d'instaurer un lien avec ce loup et ils se comprendront.

Reva soupira.

- Bien. Dans ce cas, appelle-la Kalena. Dans ma langue, cela veut dire « fortunée ». Et cette jeune louve l'est grandement. Sans toi, elle serait morte.

Un large sourire éclata sur le visage de Connor, qui remercia silencieusement son ami. Puis Sanya s'approcha et doucement, approcha la main du louveteau. Kalena la sentit, méfiante et finit par lui laper joyeusement la main en remuant la queue.

- Elle est adorable. Il y a donc une nouvelle femme dans ta vie, plaisanta-t-elle.

Connor se pencha à son oreille :

- Ne t'en fait pas, tu restes ma préférée.

Sanya lui donna un coup de coude amical dans les côtes, avant que Connor ne lui mette le louveteau dans les bras. La jeune femme éclata de rire quand Kalena voulut lui lécher le visage et elle la serra tendrement contre elle.

- Elle t'aime déjà, constata Connor.

- J'ai ton odeur, c'est pour ça. Et puis si elle veut qu'on te partage, il va bien falloir qu'elle s'habitue à moi !

Alors qu'ils la câlinaient encore, Breris revint, l'air grave.

- J'ai retrouvé la mère... ce qui reste.

Connor hocha la tête.

- Reva, peut-on faire une pause ? Pas longue, juste le temps que je la nourrisse un peu. Elle a l'air affamé.

Le jeune homme hocha la tête et tous se dispersèrent pour reposer leurs jambes. Aela s'empressa de rejoindre Reva, bien évidemment. Ces deux-là ne se quittaient pratiquement plus et leur amitié grandissait au fur et à mesure que les jours s'écoulaient.

- Tu sais ce qu'on peut faire ? demanda Sanya en s'asseyant près de son amant.

- À cet âge, elle est sevrée. Elle devra par contre se contenter de nos restes de chasse.

Ouvrant son sac, il fouilla un l'intérieur. Curieuse, Kalena fourra son museau dedans et battit la queue en poussant des couinements.

- Doucement, ça vient !

Sanya attrapa alors la petite louve et la cala sur ses genoux pour qu'elle cesse de déranger Connor. Kalena résista un moment, puis se coucha et lui téta les doigts. Connor trouva enfin un peu de viande cru qu'il avait enveloppé. Il en coupa des petits bouts qu'il tendit au jeune loup, qui les mâchonna avec empressement.

- Ne va pas t'étrangler, s'amusa-t-il en la caressant.

Quand elle fut rassasiée, Connor tendit son outre d'eau à Sanya.

- Vas-y. Je veux qu'elle s'habitue à toi autant qu'à moi.

Rayonnante, la jeune femme donna à boire à Kalena, qui eut bientôt les babines dégoulinantes d'eau. Elle lapait joyeusement sans se soucier de l'eau qu'elle faisait couler sur les cuisses de Sanya. Quand elle eut fini, elle couina de joie et courut autour d'eux pour jouer.

Sous les regards amusés de leurs compagnons, les deux jeunes gens la poussèrent dans l'herbes, la faisant courir dans tous les sens, levant les pieds à chaque fois que la petite louve venait leur mordiller les bottes. Aela vint les rejoindre, tendant la main pour caresser cette boule de poils, mais

Kalena eut un mouvement de recul, avant de renifler la main avec précaution. Elle accepta de se faire caresser, mais retourna vite vers Connor qui éclata de rire.

Encore craintive, la jeune louve n'osa pas s'approcher du reste du groupe, même si elle les contemplait avec une grande attention, poussant des petits aboiements à leur adresse.

Falx se leva alors en s'étirant :
- Ce être l'heure d'y aller.

Kalena couina, la queue entre les jambes et se cacha dans les bras de Connor. Ce dernier jeta un long regard à l'homme des clans, qui le lui rendit avec mépris avant de se détourner pour reprendre la route.

Les heures s'écoulèrent et Connor constata que Falx l'inquiétait de plus en plus. Il n'avait pas cessé de lui tourner des regards froids, peu amicaux et cela l'inquiétait. Qu'avait-il fait qui lui vaille cette haine ? De plus, Kalena se montrait très craintive, apeurée même, face à lui. Non qu'elle appréciât beaucoup le reste du groupe, mais elle commençait à s'approcher pour venir les sentir. Mais jamais encore elle ne s'était approchée de Falx, l'évitant comme la peste. Elle n'avait même pas osé se balader dans les jambes de Sanya, comme elle le faisait souvent, quand celle-ci s'était approchée de Falx pour discuter.

Quand le soir arriva, Connor s'isola un moment, prenant Kalena avec lui. La jeune louve se reposait dans ses bras depuis un moment, pas encore apte à marcher aussi longtemps que lui. Il s'assit au pied d'un arbre et l'installa sur ses genoux, plantant son regard dans le sien.

Se rappelant la façon dont il s'était lié avec le serpent, le jeune homme tenta l'expérience avec son amie. Alors qu'il pensait toucher son esprit, elle se désintéressa de lui pour lui sauter sur les pieds et lui mordiller les bottes. Connor ne put s'empêcher de sourire. Il retenta l'expérience, mais n'obtient pas de grand succès. S'il arrivait à toucher son esprit, comprendre son amie s'avérait difficile, d'autant plus qu'elle se fichait comme d'une guigne de ce qu'il essayait de faire.

- Je crois que tu es trop jeune pour ça, s'amusa Connor alors qu'elle roulait sur le côté. On verra quand tu seras plus grande.

Il joua un moment avec elle jusqu'à ce qu'elle soit calmée, puis il reprit ses propres entraînements pour sentir l'Onde en lui. La calme de la forêt semblait vouloir l'aider et il s'abandonna à cette douce quiétude pour oublier toutes ses préoccupations.

Il fut néanmoins dérangé par le craquement d'une branche, mais le cri de ravissement de Kalena lui apprit que ce n'était que Sanya.

- Tu as encore du travail à faire pour me surprendre, lança-t-il avec un sourire, les yeux toujours clos.

- On dirait bien. Tu veux que je repasse plus tard ?

- Non, reste.

Elle s'assit à côté de lui et prit la louve sur ses jambes pour la câliner.

- J'aimerais bien qu'on soit seuls de temps en temps, souffla pensivement Connor.

Sanya lui jeta un regard narquois.

- Tu te languis de moi ?

Pour toute réponse, il l'attira à lui pour l'embrasser. Mais leur baiser fut interrompu quand Kalena colla son museau entre eux, essayant de lécher.

- Pire qu'un gamin, s'amusa Connor en la faisant rouler par terre.

La jeune louve lui attrapa alors les doigts pour les téter.

- Allez viens, lança Sanya. Je crois que nous avons tous faim.

14

- Nous allons passer par *Kiona*, je suis sûr que ça vous plaira, lança Reva.
- C'est une ville ? demanda Faran.
- Non. Mais vous verrez bien.

Il leur adressa un sourire complice qui ne manqua pas de piquer leur curiosité. L'herboriste trépignait d'impatience, son livre de voyage était déjà bien rempli de toutes sortes de récits et de dessins, mais il lui restait de la place et cette surprise serait la bienvenue. Il relisait ses notes avec Il'ika, cette dernière apportant quelques petites modifications. Tous deux étaient aux anges.

Bizarrement, même Kalena semblait se réjouir, courant follement autour de Connor. Ce dernier ne pouvait s'empêcher de rire et Reva dut bien admettre que cette petite louve méritait de vivre.

Seuls les soldats ne semblaient pas spécialement ravis de la destination. Ils avaient une mission à accomplir et n'appréciaient visiblement aucun retard, malgré les encouragements de Breris. Aela ne cachait pas son agacement vis à vis de ces râleurs et elle était d'ailleurs venus voir Sanya pour s'entretenir en privée.

- La prochaine fois, je pense qu'il serait peut-être préférable de les laisser. Nous avons la meilleure escorte possible.

Elle tourna un regard tendre vers Reva qui menait le groupe avec entrain. Sanya ne put s'empêcher d'éclater de rire.

- En effet, mais nous ignorions que nous aurions un si bon guide pour nous protéger.

- Franchement, Connor, Breris et moi aurions fait l'affaire.

- C'est bon à savoir pour la prochaine fois. Mais j'avoue que leur manque d'intérêt et leur désir de tout faire dans les règles me tapent un peu sur les nerfs.

- On est deux, alors.

Les deux femmes parlèrent encore un moment, puis les voyant glousser, Connor se douta que la conversation avait dérivé sur tout autre chose.

- Nous y sommes ! s'écria ce dernier alors qu'ils arrivaient au sommet d'une colline.

Ce qu'ils virent leur coupa le souffle. En contre bas s'étendaient d'immenses ruines. La végétation avait repris ses droits, le lichen, les hautes herbes, les arbres et les arbustes étaient partout présents, mais pas assez dense pour cacher les beautés de ces vestiges. Ce n'était pas une ville, mais plutôt une sorte d'ancien palais, ou quelque chose comme ça. Peut-être un temple. Impossible de le dire à cette distance. Dans tous les cas, le bâtiment avait dû être merveilleux, impressionnant et somptueux. Les pierres qui le constituaient, prenaient une teinte dorée malgré leur grand âge.

- Venez.

Reva descendit la colline d'un pas rapide, imité par ses compagnons qui brûlaient d'impatience de découvrir ces ruines. Pour une fois, même les soldats avaient cessé de bougonner, impressionnés par ce qu'ils venaient de découvrir. Alors qu'ils arrivaient à hauteur du premier mur, un long frisson leur parcourut le dos. Se retrouver face à des ruines ayant probablement appartenu aux Anciennes civilisations, disparues des millénaires plus tôt, était troublant. Un témoignage qui surgissait face à eux pour leur rappeler la véracité des légendes.

Ils s'arrêtèrent devant ce qui semblait être une immense arche. D'ailleurs, il y avait encore quelques restes de statues, mais la végétation les recouvrait presque entièrement. Leur faisant un signe de tête, Reva les guida à l'intérieur, dans ce qui devaient être des couloirs et des pièces. Il restait encore quelques dalles, même si elles gisaient pour la plupart sous l'herbe. Les toits s'étaient effondrés depuis longtemps, laissant par terre des cubes de roches.

Ils s'arrêtèrent devant un mur, haut de trois mètres, qui contrairement aux restes du bâtiment, était relativement en bon état. On avait retiré toute la végétation qui tentait de le noyer et il semblait même qu'on l'avait dépoussiéré.

Mais ce qui capta toute leur attention étaient les gravures qui le recouvraient. On y voyait des hommes, qui tentaient de lutter contre des créatures, immenses, mi-homme mi-monstre. Ces créatures étaient représentées haut dans le ciel, avec des armes très sophistiquées, comme si elles étaient des divinités. Leurs adversaires en revanche, ne portaient que des armes et tenus rudimentaires, pourtant ils semblaient puissants, une lumière semblait même briller autour d'eux. Ils étaient immenses, eux aussi, mais peut-être était-ce dû au contraste avec les gens à l'arrière-plan, qui tentaient de fuir le combat. Tout, dans leur posture, la façon dont ils étaient sculptés, les faisaient apparaître comme des héros, de grands guerriers, des égaux de ces épouvantables créatures.

Connor était fasciné, incapable de s'arracher à cette contemplation. À côté de lui, Faran et Il'ika s'empressaient de griffonner des dessins. Il sentit alors Sanya se reculer d'un pas et en se tournant vers elle, il découvrit qu'elle avait la tête baissée, honteuse. Il comprit alors ce que représentaient ces créatures mi-homme mi-monstre.

- Bienvenu dans la grande salle, lança Reva.

Il tomba alors à genoux et murmura une sorte de prière dans sa langue. Falx l'imita, même s'il ne semblait pas y mettre autant de volonté. Connor contempla alors les lieux et y reconnut effectivement une salle qui s'étirait en longueur. Les vestiges de colonnes formaient un passage jusqu'au mur. Il vit également ce qui avait dû être des marches. Une salle si splendide n'était aujourd'hui qu'un talus de pierres.

Quant Reva et Falx eurent fini, Connor s'approcha de son ami.

- Où est-ce que nous sommes ? Que représente cette scène ?

L'homme des clans se redressa, son regard empli de fierté et de tristesse.

- Ceci est le sanctuaire de *Kiona*, bâti peu après l'extermination des Anciennes civilisations sur votre territoire. Les survivants, les plus avisés, sont revenus ici, ce qui les a probablement sauvés du massacre. Ils ont construit ce sanctuaire en souvenir de ce qui s'est passé. Pour ne pas oublier le terrible combat qu'ont mené nos *ashaisha,* nos protecteurs, dans votre langue.

- Qui étaient-ils ?

- Des élus, des guerriers choisis par notre Mère, à qui elle a offert une bénédiction pour qu'ils puissent lutter contre les dieux eux-mêmes et sauver nos peuples.

- Comment pouvaient-ils lutter contre les dieux ?

- Je l'ignore, les histoires se perdent avec le temps, je le crains. Tout ce que nous nous rappelons, c'est qu'eux seuls avaient le pouvoir de s'opposer aux dieux. Et ils l'ont fait. Ils se sont battus pour nous sauver, hélas, ça n'a pas été suffisant. Ils ont tous péris, de la main des dieux ou celle de l'homme. Et nos ancêtres ont été tué. Peut-être que les *ashaisha* ont échoué, mais nous avons continué de les vénérer avec le temps. Ce sanctuaire est né de cet amour, pour que jamais on n'oublie ce qu'ils ont enduré pour nous sauver. Plus tard, alors que les survivants s'étaient réfugiés ici, les plus grands guerriers de chaque clan avaient coutumes de venir à *Kiona* et de prier notre Mère, dans l'espoir qu'elle leur offre sa bénédiction afin qu'ils puissent continuer la lutte. Pourtant, aucun d'eux ne reçut jamais cette bénédiction et les gens commencèrent à se lasser de *Kiona*. Quand les montagnes sont sorties de terre pour nous séparer du reste du monde, nos ancêtres ont compris que la partie était finie pour cette fois. On nous isolait, nous parquait comme des animaux. Alors les gens, ayant perdu espoir, ont cessé de venir à *Kiona* et le sanctuaire est tombé dans l'oubli.

» Rares sont les clans qui gardent espoir. Le mien en fait partie et nous venons toujours ici, pour montrer qu'on n'oublie pas et qu'on y croit encore. Car nous pensons que notre Mère continue de nous aider, mais que sa bénédiction ne s'est pas manifestée comme nos ancêtres l'espéraient. Un jour, j'en suis sûr, nous gagnerons ce combat, un jour, on nous rendra notre vie.

Sanya s'approcha du mur, l'air absente et toucha les dieux du bout des doigts. Reva la contemplait avec une grande attention, attendant visiblement qu'elle parle.

- Ce jour est arrivé, souffla-t-elle enfin. Avec ou sans bénédiction, nous allons mettre fin à la tyrannie des dieux. Vous serez alors libres de vivre où bon vous semble, de croire en qui vous voulez. J'ai honte de ce que je suis et de ce que j'ai pu faire et penser, de ce qu'ont fait Abel et Baldr, mais quelqu'un m'a dit un jour que l'important n'est pas qui on est, mais ce qu'on fait et ce qu'on choisit d'être.

Elle tourna un regard reconnaissant vers Connor, puis planta son regard gris dans celui de Reva.

- Ma loyauté et celle de mon peuple vous est à jamais acquise, Dame Sanya, murmura-t-il. Nous nous battrons pour vous.

- Je vous remercie, mais j'espère que ça ne sera pas nécessaire.

Alors qu'elle continuait de contempler le mur, Reva se tourna vers les autres.

- Si vous voulez explorer un peu, vous pouvez, mais ne touchez à rien. Ne traînez pas trop non plus.

Faran et Il'ika ne se firent pas prier et disparurent presque aussitôt. Voyant que Connor trépignait d'impatience, Sanya lui fit signe de partir sans elle et ce dernier ne protesta pas. Une fois seule, Sanya se dirigea vers Reva.

- J'ai quelque chose de spéciale à vous demander.
- Je vous écoute.
- Vous ne connaîtriez pas un lieu étrange, un lieu crains car il dégagerait une puissante magie ? Ou quelque-chose comme ça.

Reva réfléchit.

- Les seuls lieux crains sont ceux habités par de féroces créatures. Dites-moi précisément ce que vous cherchez.

Sanya vérifia que personne ne l'épiait et se pencha vers lui.

- Un artefact très ancien, qui renferme le pouvoir qu'on m'a volé. Il se trouve sur terre, quelque part, mais j'ignore où. Comme les dieux l'ignorent aussi, j'ai pensé qu'il se trouvait dans un lieu qui bloquait leur pouvoir et quel meilleur endroit qu'ici, territoires qui leur font peur ?

- Bien raisonné. Je suis vraiment désolé, mais je ne vois pas où il pourrait être. Il n'y a pas vraiment d'endroits légendaires, que les gens évitent. Vous savez, nos légendes se basent sur la Nature, des histoires de personnes extraordinaires, ou des créatures. Mais jamais vraiment sur des... faits que nous ne comprenons pas. Je ne veux pas vous démoraliser, mais je crois que ce lieu ne fait pas forcément parler de lui. Peut-être n'a-t-il rien de particulier, ce qui le rend insignifiant. Et personne ne songe à venir.

- Vous avez raison... mais comment le trouver dans ce cas ?

- Vous devriez savoir mieux que quiconque que le temps a un rôle important à jouer. Un jour, vous trouverez quelqu'un qui sait, ou un indice qui vous mettre sur la piste. Le moment venu, je suis sûr que vous saurez.

- Je ne suis pas sûre. La seule qui l'avait découvert a été assassinée. Ses notes ont été détruites. Par les dieux eux-mêmes. Connor pense qu'ils étaient dans l'incapacité de les comprendre, alors ils les ont détruites, ou cachées. Ils ont dû vouloir voler mon pouvoir, mais comme ce n'est pas le cas, nous avons supposé qu'ils n'ont rien compris.

- C'est fort possible. Mais si quelqu'un a trouvé, vous le pouvez aussi. Essayez de réfléchir comme cette personne, peut-être que la solution de viendra.

- J'essaie déjà, mais ça ne donne rien. J'ai cherché ce que nous avions en commun, des lectures, des livres où elles auraient pu laisser une trace, des personnes ; et je n'ai toujours rien.

- N'y a-t-il pas des dieux qui pourraient vous venir en aide ?

- Mon frère n'était pas là.

- Un autre ?

- Fal, peut-être, déesse du feu. Mais elle est aussi dévouée à Abel que je l'étais. La faire changer de camps ne sera pas facile.

- Elle est pourtant votre seule piste. Elle était présente. Tout le monde peut changer de camps. C'est votre seule piste pour le moment, faire parler cette déesse. Vous trouverez forcément quelque chose.

- J'en doute. Elle déteste les humains.

- Pour quelle raison ?

- Une affaire personnelle, je suis désolée.

- J'ai foi en vous. Elle est peut-être la solution. Réfléchissez-y.

- Merci de vos conseilles Reva.

Sanya s'en alla explorer le sanctuaire, veillant à s'éloigner de ses compagnons. Elle avait besoin d'être un peu seule, pour réfléchir. Elle se sentait... mal à l'aise dans cet endroit et c'était à elle seule d'affronter cette réalité. Elle ne cessait de réfléchir à tout ce qu'avait dit Reva. Fal pouvait peut-être l'aider, si elle arrivait à lui faire voir la vérité. Chose difficile, mais pas impossible. Il fallait s'accrocher à cette solution et continuer les recherches. Rien n'était perdu. Et si elle ne retrouvait pas le Quilyo, elle pouvait toujours vaincre Eroll. Même si elle perdait la guerre, Connor et elle pourraient toujours s'enfuir pour poursuivre leurs recherches.

Elle fut tirée de ses pensées en sentant quelqu'un approcher derrière elle. Un frisson glacé lui parcourut le dos et un réflexe la poussa à mettre la main sur son épée en faisant volteface.

- Ce n'être que moi.

Falx approchait, les mains en évidence. Sanya ne sut pourquoi, mais il lui semblait que ses armes se trouvaient bien proches de ses mains et tous ses muscles, que mettaient en valeur son pagne, lui paraissaient menaçant.

- Désolée, j'étais perdue dans mes pensées. J'avais besoin de solitude.

- Vous avoir tracas ?

- Non, tout va bien. Avoir des gens sur mon dos à longueur de journée me tape un peu sur les nerfs. J'ai besoin de tranquillité, de temps en temps.

Une manière polie de lui signifier que sa présence était de trop. Or il s'approcha d'elle, un sourire réconfortant aux lèvres. Sanya fronça les sourcils et tout son corps se tendit. Fallait-il être plus clair ? Elle songea alors que les intuitions de Connor n'étaient peut-être pas fausses.

- Je ne vouloir que discuter, expliqua l'homme des clans.

- Et moi j'ai juste besoin de réfléchir un peu à certaine chose.

- Alors, moi laisser vous.

Il semblait un peu attristé par ce rejet. Sanya s'en voulut de son agressivité soudaine, pourtant elle était soulagée. Mais la crainte ne s'était pas évaporée. Sans plus attendre, elle tourna les talons et s'enfonça dans une sorte de tunnel. Des gravas de colonnes et de toits s'étaient effondrés pour former une voûte sombre.

Elle n'avait fait que quelques pas que les murs commencèrent à gronder, de la poussière lui tomba sur le visage. En faisant volteface, plusieurs blocs de pierre s'écroulèrent à ses pieds, l'obligeant à bondir en arrière pour ne pas se faire écraser.

- Qu'est-ce que...
- Sanya ! Vous courir ! hurla Falx.

Il voulut se précipiter à son aide, mais une partie de la voûte s'effondra devant lui, l'empêchant de continuer sa course. Le grondement qui s'en suivit fut si terrifiant que Sanya resta paralysée quelques secondes. La pierre qui faillit lui percuter la tête la tira de sa torpeur et elle détala à toute vitesse pour sortir de ce tunnel. Elle voyait le bout, pourtant il lui semblait horriblement loin et elle n'avait qu'une crainte, que sa seule sortie soit bouchée. Elle serait alors enterrée vivante.

Si elle n'était pas écrasée.

Elle courut comme jamais elle n'avait couru, l'adrénaline pulsant dans tout son corps. Elle bondissait, jetant des coups d'œil partout autour d'elle pour éviter de se faire écraser. Elle trébucha alors et s'écroula de tout son long. Devant, des blocs de pierre commençaient à barrer la sortir.

Donnant toute son énergie pour les derniers mètres, elle prit son élan et bondit, s'effondra de tout son long juste avant que la voûte ne s'écroule entièrement derrière elle. Elle poussa un long soupir de soulagement.

Alors qu'elle peinait à se relever, deux mains puissantes la saisirent par les épaules pour la remettre debout.

- Qu'est-il arrivé ? souffla Connor.
- Je... je ne sais pas. Je marchais et tout a vibré, d'un seul coup. Je n'ai rien touché.

Elle tremblait encore, le cœur battant sourdement et elle avait les yeux humides. Connor l'attira contre lui pour la rassurer. Des pas précipités se firent entendre et Reva apparut, alarmé par tout ce vacarme.

- Que c'est-t-il passé ici ?
- Il y avait une sorte tunnel pour aller jusqu'ici et il s'est effondré.

Reva avait l'air sincèrement surpris.

- Je ne comprends pas, la voûte tenait depuis des centaines d'années et... Sanya, s'est-il passé quelque-chose avant ?
- Non, je parlais juste avec...

Elle se décomposa.

- Falx, termina Connor.

Elle hocha la tête. Le jeune homme se tourna vers Reva.

- Écoute, je ne voulais pas t'en parler avant d'être sûr, mais je crois que Falx ne tourne pas rond. J'ai un drôle de sentiment à son propos.
- Je sais. J'ai le même. Il est étrange, pas comme avant. Je me méfie de plus en plus de lui.
- Et il est toujours avec Sanya à chaque fois qu'il lui arrive quelque chose.
- J'ai fait la même observation. De plus, dans les marais, il m'a tenu un discours disant que vous n'étiez pas dignes de confiance et qu'il fallait qu'on vous abandonne. Je lui ai soutenu que non et le lendemain, il commençait à se lier avec Sanya. Il va falloir l'avoir à l'œil et Sanya, surtout ne restez jamais seule avec lui.
- Il n'y a pas de risques. J'ai eu une étrange impression de danger, quand j'étais avec lui tout à l'heure.
- De toute façon je ne te lâche pas d'une semelle, affirma Connor.

- Et moi je vais tâcher de trouver ce qui cloche avec lui. Ne faites rien d'inhabituel, ça vaudra mieux.

Ils retournèrent en silence dans la grande salle pour attendre le retour de leurs compagnons. Le général Breris et ses soldats ne furent pas long. Alertés par le bruit, ils voulaient tout savoir. Sanya leur expliqua qu'un toit s'était écroulé, mais personne n'avait été blessé. Puis, s'assurant qu'elle n'était pas épiée, elle les informa de la situation. Étant ses gardes rapprochés, ils devaient savoir ce qui pouvait arriver. Les soldats hochèrent vigoureusement la tête et Breris lui promit qu'il garderait un œil sur Falx.

Aela revint quelques minutes plus tard et poussa un soupir discret en voyant que Reva n'était pas seul. Connor lui tapota l'épaule.

- Quel dommage, hein ?
- Cesse de ma charrier. J'aimerais t'y voir, si tout le monde s'accaparait Sanya.
- Oh, tu voudrais l'avoir pour toi toute seule. C'est mignon.
- Rigole, rigole...
- Tu l'aimes vraiment ?

Le ton sincère de son ami obligea Aela à ravaler sa pic.

- Oui. Au début je pensais que c'était juste passager, une envie d'une petite intimité, si tu vois ce que je veux dire. Je n'ai jamais aimé quelqu'un de la sorte, je pensais que l'amour n'était pas pour moi. Et puis finalement, j'ai compris que je ne pourrais pas me passer de lui.
- Lui en as-tu parlé ?
- Comment veux-tu que j'aborde des sujets aussi personnels alors qu'on est entouré de monde ?
- Tu trouveras un moment, j'en suis sûre.

Ils attendaient toujours Faran, qui devaient encore prendre toutes sortes de notes. Ce dernier revint finalement une dizaine de minutes plus tard, parlant à Il'ika avec une grande conviction. En découvrant que tout le monde les attendait, ils s'empressèrent de s'excuser, rouges de confusion.

Quand ils furent près, Reva déclara qu'il était tant de partir.

15

Connor et Reva virent l'emprunte très récente et s'empressèrent de l'examiner. Kalena vint aussitôt la sentir elle-aussi et elle couina en se réfugiant entre les jambes de Connor.
- Des smilodons, souffla Reva. On ferait mieux de déguerpir avant de...
Plusieurs rugissements retentirent non loin autour d'eux et un frisson glacé les parcourut. Derrières les rochers qui parsemaient la plaine, des fauves surgirent en silence, babines retroussées sur leurs crocs. Leurs deux canines supérieures, immenses, étaient impressionnantes. Ils étaient bien plus grands que des tigres normaux, pratiquement la taille de Sanya et la tête d'un homme aurait pu entièrement rentrer dans leur gueule sans la moindre difficulté. Ils approchaient d'une démarche dangereuse, en éventail, de façon à coincer leurs proies et ils semblaient de plus en plus gros au fur et à mesure qu'ils se rapprochaient.
Les soldats tirèrent leurs armes pour former un cercle protecteur autour de la reine et Aela vint les rejoindre. Connor cacha Kalena dans son sac avant de faire de même.

- Nous allons reculer doucement jusqu'à la falaise derrière-nous, souffla Reva.
- Qu'ils approchent seulement ! railla Breris.
- Nous ne tiendrons pas. Les smilodons sont les créatures les plus dangereuses après les Fenyw. Il y en a d'autres cachés, vous pouvez me croire. Ils nous tomberont dessus quand on s'y attendra le moins. Nous n'avons aucune chance de tenir face à eux, voyez leur taille.

Breris hocha la tête.
- Mes hommes et moi les retiendrons pendant que vous escaladez.
- Donnez vos arcs, nous les criblerons de flèches pour vous permettre de monter à votre tour.

Dès que les armes eurent changés de main, ils commencèrent à reculer lentement, s'assurant que rien ne surgissait derrière eux. Les smilodons grondaient et leur but devait également être de rabattre leurs proies sur les falaises pour les coincer. Ils ne faisaient pas mine de bondir pour le moment, mais l'impatience et l'exaltation de la chasse se lisaient dans leur regard.

La falaise leur semblait incroyablement loin et les fauves se jetteraient vraisemblablement sur eux dès qu'ils seraient coincés.

Alors qu'ils arrivaient à une dizaine de mettre de la falaise, les smilodons poussèrent en cœur un terrible rugissement et bondir sur eux. En réponse, les soldats hurlèrent en levant leurs armes et le choc des deux camps fut horrifiant.

- Courez ! hurla Reva.

Tandis que les soldats couvraient leurs arrières en assenant de terribles coups d'épée aux créatures, Connor, Sanya, Faran, Aela, Falx et Reva se précipitèrent vers la falaise.

À la tête de ses hommes, Breris se battait avec une de ces terribles bêtes, qui lui donnait du fil à retordre. Pointant sa lame pour le faire reculer, il devait éviter à tout prix les coups de pattes qui lui auraient arraché la tête et la tâche était de plus en plus délicate, d'autant plus que le fauve s'énervait. Breris se jeta à terre pour esquiver à coup et seul le réflexe de lever son épée lui sauva la vie. Le fauve s'empala dessus en rugissant et s'écroula sur l'homme qui bandait tous ses muscles pour le faire rouler sur le côté.

Non loin, ses hommes faisaient face aux mêmes difficultés. Deux félins avaient été abattu et les autres, même grièvement blessés, se battaient avec plus d'acharnement. L'un des soldats avait succombé, la tête arrachée.

Quand les grimpeurs trouvèrent enfin une corniche, assez large pour qu'ils puissent tirer, tous hormis Faran bandèrent leurs arcs. Une volée de flèche fusa et si les pointes acérées ne tuaient ni ne blessaient à tous les coups, elles faisaient douter les félins. Ne perdant pas un instant, ils encochèrent de nouvelles flèches et tirèrent. Les soldats sautèrent sur l'occasion pour filer.

Alors qu'il allait décochait sa flèche, Connor entendit son frère hurler :

- Il'ika !

Suivant le regard alarmé de Faran, il constata qu'un des smilodon, à l'écart, s'acharnait à écraser quelque chose sous ses pattes. Une petite chose brillante... La malheureuse fée avait dû être blessée et peinait à s'envoler. Le félin jouait avec elle et elle ne tiendrait plus très longtemps.

Connor n'eut pas le temps de se retourner que Faran entamait précipitamment sa descente pour venir au secours de sa belle.

- Tiens bon, j'arrive Il'ika !

Il n'avait jamais fait preuve d'autant d'habilité et l'adrénaline décuplait ses forces. Sans attendre davantage, Connor accrocha son arc à son épaule et tendit le sac qui cachait Kalena à Sanya et se lança à sa poursuite.

- Non ! cria Reva, mais aucun des deux ne l'écouta.

Faran toucha le sol avant son frère et ne prêtant aucune attention aux soldats autour de lui qui tentaient de se replier pour sauver leur peau, il courut vers le smilodon qui attaquait Il'ika à l'écart. Il trébucha mais se redressa aussitôt, la peur au ventre. Tirant un petit poignard, que Connor avait tenu à lui donner au début de leur aventure, il poussa un terrible cri de guerre en se jetant sur le dos du fauve.

L'animal, d'abord surpris, poussa un rugissement quand la lame s'enfonça profondément dans son cou. Elle rata malheureusement la carotide et se cabrant dans tous les sens, le félin tenta de faire chuter son agresseur. Faran tint bon, s'accrochant de toutes ses forces au pelage de la bête, essayant de retirer la lame qui était solidement enfoncée dans le cou.

Soudain, il lâcha prise et s'écrasa dans l'herbe, le souffle coupé. Le smilodon, enragé, ouvrit grand la gueule pour lui arracher la tête. Alors qu'elle allait se refermer, un couteau noir s'enfonça dans sa mâchoire et le sang giclât sur le visage de Faran. Connor apparut, l'une de ses dagues à la main et se hissa d'un bond sur le dos de la créature. Resserrant les cuisses sur ses flancs, il brandit sa dague et frappa d'un coup sec et précis. La bête hurla et s'effondra par terre. Connor bondit avant qu'elle ne touche le sol et sans attendre, se rua vers son frère qui récupérait Il'ika dans ses mains.

- Dépêche-toi ! cria-t-il.

Et il le poussa rudement vers la falaise tandis que les autres félins hésitaient à les suivre. Ils n'étaient plus que trois et les flèches qui s'abattaient sur eux les faisaient douter de leur capacité à attraper leurs proies. Leur pelage et leur peau épaisse étaient d'une bonne protection contre les traits meurtriers, mais s'ils s'approchaient trop, c'était leur tête que les archers prenaient pour cible et cela avait valu la mort de plusieurs des leurs.

- Monte !

Derrière son frère, Connor vit que l'un des smilodon avait décidé de tenter sa chance malgré les risques. Il serait là avant qu'il n'ait eu le temps de se mettre hors d'atteinte ! Il donna tout ce qu'il lui restait de force pour se hisser le plus haut possible.

Pourtant il ne fut pas assez rapide.

La bête bondit et Connor comprit instantanément qu'il ne lui échapperait pas. Les crocs allaient se refermer sur ses hanches, mais la créature retomba lourdement au sol, une flèche figée dans l'œil. Sanya était tournée vers lui, prête à intervenir une fois de plus.

Quand ils furent hors d'atteinte, les autres entamèrent leur montée pour rejoindre le sommet et ils ne tardèrent pas à tous se rejoindre. Les soldats étaient affalés par terre, dont deux grièvement blessés. Breris était à bout de force et couvert de sang, mais Connor ne put dire si c'était le sien.

- Connor ! s'écria Sanya en se jetant dans ses bras. Espèce de fou, ne me refais jamais une frayeur pareille !

Kalena, qui sortait enfin de sa cachette, vint également se réfugier près de lui. Pour toute réponse, le jeune homme tourna un regard vers son frère.

Faran était assis par terre, tenant doucement Il'ika dans ses mains. La fée ne semblait pas trop blessée, pourtant elle était sonnée et l'une de ses ailes semblait brisée.

- Il'ika, ma douce Il'ika, souffla le jeune homme. Pardonne-moi j'aurais dû m'assurer que tu suivais.

La jeune femme secoua la tête avec un faible sourire.

- Je n'ai jamais eu aussi peur de toute ma vie. Sans toi, rien n'aurait de sens Il'ika, sache-le. Tu es tout ce que j'aime, tu illumines mes jours et mes nuits, sans toi je ne serais rien. Malgré nos différences, c'est toi que j'aime, toi et seulement toi, pour toujours. Jamais je ne cesserais de t'aimer.

Il avait les larmes aux yeux et plusieurs sentiments se lisaient dans son regard. Personne ne parlait, ne voulant pas casser ce moment d'amour.

Il'ika tendit faiblement une main et toucha sa joue.
- Je... t'aime..., articula-t-elle péniblement.
Connor, Faran et Sanya en restèrent sidérés.
- Je t'aime, répéta Il'ika avec plus d'assurance.
Faran en avait les larmes aux yeux.
- Moi aussi... tellement..., souffla-t-il en la pressant contre sa joue.

Quand le calme retomba enfin, Faran se décida à faire son travail d'herboriste. Tandis que les autres se reposaient, il fabriqua des potions et des onguents pour soigner et soulager les blessés. Aucun n'avait de blessures dangereuses, mais certaines étaient profondes et devaient être très douloureuses. Il commença évidemment par soigner l'aile d'Il'ika, qui rayonnait de joie.

Alors que son frère faisait ce qu'il avait à faire, Connor s'éloigna du groupe, intrigué par quelque chose. Sanya apportant son aider à Faran, personne hormis Kalena ne le vit partir. La jeune louve le suivait comme son ombre, remise des événements qui venaient de survenir et elle glapissait de joie. Pourtant, le regard sérieux et inquiet de Connor lui fit baisser les oreilles.

Ils découvrirent alors un pieu planté dans le sol, à moitié dissimulé dans les broussailles. Du sang sec le maculait, mais le pire restait le crâne fixé au bout. La chair s'était décomposée mais il restait tout de même des lambeaux de peau et quelques touffes hirsutes de cheveux. Connor eut un haut le cœur. Reva s'approcha de lui en silence, tendu lui aussi.

-Qu'est-ce que c'est ?
- Je ne sais pas. Je ne connais pas trop cette région. Je vais chercher Falx, il nous éclairera.

Il revint un instant plus tard avec son compagnon, qui fronça les sourcils devant le spectacle.
- Ils avoir étendu territoires, grommela-t-il.
- Ils ? gronda Reva.

- Clan cannibales.

Reva se tourna vers lui et le foudroya du regard. Il le saisit par les cheveux, lui tordant le cou jusqu'à ce que l'autre gémisse.

- Tu savais qu'ils étaient là et tu nous as laissé foncer droit sur eux ?! Tu n'aurais pas pu nous prévenir ?!

- Mieux valoir eux que smilodons ! répliqua l'autre, les dents serrées. Et puis nous pouvoir sans doute passer sans qu'eux remarque nous.

- Il vaudrait mieux pour toi.

Reva le lâcha brusquement.

- Dis aux autres d'être prudents, mais ne les inquiète pas plus que nécessaire.

Falx hocha la tête, le regard pas commode et tourna les talons.

- Cet homme m'inquiète de plus en plus, soupira l'homme des clans. J'ai l'impression qu'il veut notre mort.

- Nous allons le tenir à l'œil. Il faudrait qu'on se dépêche de traverser ces terres.

- Nous partons dès que les autres pourront se remettre en route.

Connor hocha la tête et les deux hommes retournèrent auprès de leurs compagnons. Les soldats étaient déjà debout, prêts à en découdre de nouveau. Le général Breris, plus sérieusement blessé, contemplait le cadavre d'un de ses hommes en contre bas. Sanya lui toucha le bras puis lui murmura quelque-chose à l'oreille. Il hocha gravement la tête avant de se tourner vers elle et de se frapper la poitrine du poing.

Puis la troupe se remit en marche. Pas un mot ne fut échangé et tous progressaient dans un silence presque pesant. Même Kalena ne disait rien, consciente que la situation n'était pas bonne. Falx ouvrait la marche, il connaissait la région comme sa poche, à ce qu'il disait et bien que Connor répugnait à le faire, il devait lui faire confiance et le suivre.

Ils ne rencontrèrent aucuns soucis durant les heures qui suivirent, pourtant ils ne pouvaient s'empêcher de s'inquiéter, comme si l'inévitable allait survenir. Épuisée, Kalena avait accepté que Connor la glisse dans son sac et elle ne bougeait plus. Il trouva ça étrange, elle qui gesticulait toujours. Il n'eut pas le temps de réfléchir davantage.

Comme ils le craignaient tous, le danger finit par se pointer.

16

Les fourrées qui les entouraient s'écartèrent dans un bruissement de feuilles et plusieurs hommes en jaillir en poussant des cris de guerre ! Tout comme Reva et Falx, ils n'étaient vêtus que de pagne, mais une panoplie incroyable de bijoux les recouvrait. Connor ne mit pas longtemps à comprendre que ces bijoux étaient taillés dans des os et des organes, probablement humains. Un bien horrible trophée. Ils arboraient des peintures de guerre terrifiantes, probablement tracées avec du sang. Glissant la main dans son sac, il caressa rapidement Kalena, espérant qu'elle ne se ferait pas remarquer.

Les cannibales s'approchaient en formant un cercle autour d'eux, pointant lances et flèches pour les dissuader de bouger. Sur un ordre de Breris, aucun des soldats ne tira son épée : si leurs assaillants décidaient de lâcher leurs flèches, ils mourraient tous avant d'avoir poussé un cri.

Ils parlaient fort, apparemment ravis de leur trouvaille et ils contemplaient leurs proies avec une grande attention. Toujours en les menaçants, trois d'entre eux les désarmèrent. Ils restèrent un moment époustouflés devant les épées et quand l'un des hommes se coupa le doigt en touchant le tranchant d'une lame, ils se reculèrent tous d'un bond en posant leur main sur un fétiche accroché à leur pagne.

Ils contemplèrent alors les étrangers avec curiosité.

- *Du froid mordant,* gronda l'homme.

- *Nous ne faisons que passer, nous ne vous voulons aucun mal,* répondit Reva dans sa langue.

- *Ça nous est bien égal,* répliqua l'un des hommes en s'approchant de lui.

Il était aussi grand que Reva, bien que moins musclé. Il le contemplait avec une lueur malicieuse dans le regard.

- *Tes compagnons viennent d'au-delà des montagnes, là où marchent les démons.*

Reva voulut s'expliquer, mais l'homme lui intima brusquement le silence.

- *Ne cherche pas à les défendre, nous savons. Des démons, voilà tout ce qu'ils sont. Ils ne méritent pas notre compassion, eux qui sont venus nous massacrer. Et toi non plus, toi qui ose t'allier à eux.*

- *Ils sont différents. Ils veulent nous aider.*

- *Nous n'avons besoin de personne. Vous êtes entrés sur nos terres, maintenant, vous nous appartenez. Nous allons bientôt célébrer notre Mère, nous allons l'adorer et la vénérer pendant toute une nuit. Vous serez les présents que nous allons lui offrir. Elle sera ravie d'avoir en sa possession ceux qui sont responsables de son malheur.*

- *Ne faites pas ça, vous...*

- *Silence ! Tu n'as aucun droit sur nous.*

Il fit signe à deux de ses hommes, qui s'empressèrent de venir ligoter les prisonniers. Ils récupérèrent également toutes leurs armes et même s'ils semblaient les craindre, ils les conservèrent avec eux. Puis, du bout de leur lance, ils forcèrent les prisonniers à avancer.

- Que vont-ils nous faire ? demanda Sanya.

- Je crains qu'ils veuillent nous offrir en sacrifice, soupira

Reva.

- Quoi ? Dis-leur que nous passons simplement !
- C'est fait. Ils s'en moquent. Pour eux nous sommes des démons. Ils vont nous tuer pour que notre âme rejoigne notre Mère. Une offrande.
- Je refuse de me faire dévorer, griller ou autre à cause de ces foutus prêtres ! cria Aela.

Elle tenta de se libérer à grand coup de coude, mais cela ne lui valut qu'une solide taloche qui lui fit voir des étoiles. Ne pouvant rien faire pour le moment, tous suivirent leurs geôliers sans faire d'histoires. Il fallait réfléchir, trouver une solution et très vite.

Ils marchèrent pendant ce qui leur sembla être des heures et les cannibales refusèrent de leur accorder une minute de repos, les faisant avancer à coup de bâton si nécessaire. Connor gardait les yeux fixés sur l'homme qui portait son sac, priant pour que Kalena ne se fasse pas remarquer. La jeune louve n'avait pas bronché quand on avait brusquement arraché le sac à Connor et elle restait depuis parfaitement silencieuse et immobile. Le jeune homme espérait de tout son cœur qu'elle puisse s'enfuir si les choses devaient mal tourner.

Ils arrivèrent finalement dans un village à la tombée de la nuit. C'était en réalité un campement plus qu'un village, entouré de remparts fait de rondin de bois. Deux gardes ouvrirent la large porte et ils entrèrent dans le campement. Les maisons n'étaient que des tentes formant une allée jusqu'à une place centrale. Des caisses, des paniers, des outils et même des armes étaient entassés un peu partout. Hommes, femmes et enfants circulaient entre les tentes, tous vêtus de bijoux, la peau bariolée de peinture, les cheveux noués en tresse et ne portant que des habits légers allant d'un pantalon en peau à une quasi-nudité. Mais tous les contemplaient avec la même surprise, voir le même sourire vipérin.

On les poussa rudement jusqu'à la place centrale où on les ligota à des piliers sans ménagement. La population se réunissait pour admirer cette trouvaille et tous les dévisageaient avec une grande attention. L'un des guerriers s'empressa d'entrer dans la tente la plus spacieuse et Reva informa ses amis que le chef allait venir les voir. L'homme en ressortit quelques minutes plus tard et contre toute attendre, une jeune fille le talonnait. Cette dernière marchait fièrement, la tête haute et malgré son visage encore juvénile, elle paraissait bien plus mature que les filles de son âge. Comme tous les autres, elles arboraient des bijoux taillés dans des os ou des organes, ainsi que des peintures qui faisait ressentir une certaine malice.

Elle s'approcha des prisonniers d'une démarche féline et les étudia un à un d'un œil critique. Plantant son regard dans celui de Reva, elle lança froidement :

- *Tu es des clans.*

- *Oui.*

- *Et tu t'allies à ces vermines de démons. Que la honte s'abatte sur toi et les tiens. Tu traduiras pour moi.*

Reva hocha la tête sans chercher à discuter davantage.

La jeune fille continua son inspection, s'attardant quelque peu sur Connor, puis revint vers Reva.

- *Ce soir, nous allons faire l'Offrande à notre Mère. S'en suivra une petite fête. Toi et tes amis allaient naturellement y participer.*

Un rire moqueur retentit dans la foule et Reva traduisit à ses amis, qui ne purent s'empêcher de frissonner.

- Explique-leur pourquoi nous sommes ici, supplia Sanya.

Le jeune homme essaya, mais la jeune fille chassa l'air de sa main.

- *Vos excuses ne m'intéressent pas. Je sais qui vous êtes, qui vous envoie et ce que vous faîtes. Gardez votre salive pour votre face à face avec notre Mère. Vous serez notre deuxième sacrifice.*

Reva devint livide. La jeune fille se tourna alors vers Sanya :

- *Elle sera le troisième.*

Quand l'homme des clans eut fini de traduire, elle se tourna vers Connor.

- *Et lui sera le premier. Les autres nous serviront de repas.*

La foule acclama leur chef qui ne pouvait s'empêcher de sourire en contemplant Connor. Reva eut un frisson en traduisant tout à ses amis.

- Quoi ?! s'emporta Aela. Je m'en contre fiche de leurs traditions, je ne servirai pas de dîner ! Qu'ils nous laissent partir, avant que je ne rase ce trou à rat !

- Il faut qu'ils écoutent ce que j'ai à dire ! insista Sanya.

- Il s'en contre-fiche. Je suis...

Avant qu'il ait eu le temps de finir sa phrase, le chef se mit à crier des ordres à toute la population. Tous s'activèrent, sûrement pour terminer les préparatifs de la « fête ». On les ignora malgré leurs protestations et Sanya et Aela eurent beau donner de la voix, personne ne leur prêta attention.

Ils attendirent ainsi plusieurs heures, le corps douloureux, cherchant désespérément un moyen de s'en sortir. Même Il'ika avait été capturée, leurs chances de survie étaient à présent bien minces.

Les préparatifs semblaient être plus ou moins finis, car le chef revint vers eux, cette fois-ci vêtu d'habits plus festifs, mais tout aussi révélateur. Elle s'arrêta devant Connor et le dévisagea longuement. Puis elle fit signe à l'un de ses hommes, qui le détacha sèchement. Le jeune homme n'eut pas le temps de réagir qu'on lui liait déjà les poignets dans le dos.

- Non ! cria Sanya en se débattant. Laissez-le, mais laissez-le ! Vous ne comprenez pas !

La jeune fille eut un sourire carnassier en contemplant la reine, puis elle se tourna vers Reva. Ce dernier traduisit aussitôt.

- Elle dit qu'elle ne va pas le tuer. Pas encore.
- Mais que fait-elle ?
- Elle va le préparer. Et apparemment, nous allons subir la même chose.
- Comment ça ?!
- Je ne sais pas, Sanya...

La jeune femme tourna un regard désespéré vers son compagnon.

- Ça va aller mon amour, souffla-t-il. Garde courage.

Le guerrier le poussa rudement et Connor n'eut d'autre choix que de suivre le chef jusque dans sa tente. Elle le fit entrer, ignorant son regard inquiet et surpris et le suivit à l'intérieur. Ils se retrouvèrent alors complètement seuls.

La tente était haute et spacieuse, de quoi avoir la place d'y mettre un bureau, un lit et d'avoir encore assez d'espace pour faire les cents pas. Le sol était décoré d'un tapis en peau de smilodon et les quelques meubles de rangements contenaient toutes sortes de choses.

La jeune fille se tourna alors vers Connor.

- Winema, lança-t-elle en se tapotant la poitrine.

Le jeune homme ne lui fit pas la joie de répondre ou de réagir. Il était prisonnier, elle allait le préparer pour un sacrifice, son but était sûrement de l'humilier un peu plus et il se jura que ça ne prendrait pas avec lui.

Winema haussa les épaules et se détourna pour fouiller dans un coffre. Les mains liées dans le dos, Connor chercha rapidement un moyen de se libérer, mais il n'eut pas le temps de trouver que la jeune fille revenait déjà vers lui. Avec quelques gestes brusques, elle lui fit comprendre de se déshabiller. Connor planta un regard glacé dans le sien, lui faisant comprendre qu'il ne coopérerait pas.

Winema poussa un soupir. Elle tira de sa ceinture une petite pique en bois qu'elle plongea dans un pot posé sur un meuble. Quand elle la ressortit, elle dégoulinait d'un liquide étrange. Elle s'approcha alors de Connor.

Le jeune homme bondit en arrière quand elle voulut la lui planter dans le bras, mais vive elle aussi, Winema revint à la charge. Connor esquivait souplement, insaisissable, tandis que la jeune fille s'acharnait à le piquer avec son poison.

Alors, deux hommes entrèrent dans la tente et Connor ne put lutter. On le ceintura pour le maintenir immobile et Winema le piqua à la base du cou. Les dents serrées, le jeune homme vit sa vision se brouiller, ses pensées s'emmêlèrent et il sentit l'engourdissement le gagner. Incapable de tenir debout, il s'effondra et des mains solides le tirèrent jusqu'à la couche du chef, où on l'allongea sans ménagement. Puis les deux guerriers le laissèrent seul avec la jeune fille.

Winema s'approcha et commença à le déshabiller. Connor voulut protester, se débattre, mais ses bras, trop faibles, refusaient de bouger. Il n'arrivait pratiquement plus à réfléchir, tout autour de lui, la tente et les meubles semblaient onduler, puis ils commencèrent à tourner follement. Les couleurs changeaient et un mal de crâne commença à lui marteler le front. Connor ferma les yeux, incapable de supporter ses tournis.

Il sentit les mains de Winema se poser sur lui et il frissonna. En ouvrant faiblement les yeux, il vit qu'elle le contemplait avec avidité. Pourtant, à son grand soulagement, elle ne fit rien. Connor n'aurait pas eu à la force de résister, de toute façon.

Elle commença par le laver, puis le raser. Ensuite, tirant des pinceaux et des pots de peintures d'une boîte en bois, Winema traça toutes sortes de formes sur son torse, des lignes, des cercles, des points, qui avaient sûrement une signification que Connor ne voulait pas savoir. Encore aurait-il fallu qu'il puisse comprendre.

Quand elle eut fini, elle le vêtit d'un pagne simple et le laissa allongé sur sa couche, le dévorant avidement du regard. Elle laissa les effets du poison s'estomper avant de relever Connor. Le jeune homme ne se fit pas prier, s'écartant vivement d'elle. Retrouvant enfin sa lucidité, il contempla les peintures qui maculaient sa poitrine et ses bras, cherchant à comprendre ce que ça voulait dire. Bizarrement, il eut l'impression que ça symbolisait sa situation, le sort qui l'attendait.

Sans lui laisser le temps de réfléchir davantage, Winema le poussa devant elle. Ils sortirent de la tente et un long frisson parcourut le jeune homme en découvrant que tous les habitants formaient une allée jusqu'à un autel de pierre. Un couteau reposait dessus. Deux piliers l'encadraient et Sanya et Reva étaient ligotés à chacun des deux. Ils avaient subi le même traitement que Connor. Leur peau était recouverte de peinture et ils ne portaient pratiquement que des haillons. Sanya avait au moins la chance de porter un bandeau qui cachait sa poitrine.

Une sueur froide coula dans le dos de Connor. Les cannibales allaient le sacrifier, l'égorger, puis ce serait au tour de ses amis. Sanya se débattait, tirant sur ses liens, mais rien n'y faisait. Reva semblait s'être résigné.

Les autres prisonniers étaient toujours enchaînés, eux-aussi, mais certains habitants terminaient de monter des broches géantes. Nul doute de ce qui allait arriver aux autres...

Frappant le sol avec un bâton ou tapant dans leurs mains, les gens laissèrent passer Winema jusqu'à l'autel, un son inquiétant montant de leur gorge. Certains chantaient dans leur langue, d'autres jouaient d'instruments de percussion et cela rendait le rituel horrifiant. Tous souriaient et les peintures qu'ils arboraient leur donnaient un air démoniaque.

Son cœur battant sourdement dans sa poitrine, Connor s'avança jusqu'à l'autel, cherchant désespérément un moyen de se tirer de ce faux pas. Il avait les mains liées et il était entouré d'une bonne cinquantaine de personnes. Il n'y avait pratiquement plus d'espoir, pourtant, il refusait d'abandonner.

Le chant et les sons étranges le frappaient avec force, il lui sembla alors que le monde se résumait à ce rituel, il ne voyait et n'entendait que ça. En croisant les regards des gens, il y voyait la mort, il pouvait presque entre sa voix, sentir son étreinte. Il frissonna. Il marchait sans en avoir conscience, emporté par ce tourbillon, comme si le peuple venait de prendre possession de son corps, de son âme.

Quand il fut face à l'autel et à toute la population de cannibales, Winema poussa Connor pour que sa gorge effleure la pierre froide.

- Nous ne sommes pas ceux que vous croyiez ! cria-t-il alors et Reva s'empressa de traduire. Nous combattons également les dieux. Il faut nous croire.

Pris dans leur rituel, les habitants ne prêtèrent aucune attention à ses paroles, continuant de frapper le sol en chantant. Un large sourire fendait le visage de Winema et nul doute que sa seule préoccupation était d'offrir ses ennemis à sa Mère.

Elle leva les mains et le silence tomba.

- *Voici les démons responsables de nos malheurs !* tonna-t-elle et un rugissement de victoire accompagna ses mots. *Aujourd'hui nous les tenons et notre Mère réclame vengeance ! Des milliers d'années que nous vivons parqués derrière les montagnes à cause d'eux ! Des milliers d'années que nous subissons leur soif de pouvoir ! Aujourd'hui enfin, le sang de nos ennemis va couler et notre Mère reprendra ses droits !*

Les gens l'acclamèrent, hurlant vengeance et le fracas qu'ils faisaient étaient assourdissant. Winema désigna alors un vieil homme, non loin d'elle. Il portait toutes sortes de babioles et ses longs cheveux blancs se rependaient jusqu'à sa taille. Un bandeau cachait ses yeux.

- *Le chamane a prédit ce jour, mes amis ! Il a prédit la fin des dieux et notre Mère triomphera. Le seigneur Loup se manifestera et le temps de nos malheurs prendra fin dans leur sang à eux !* (Elle désigna les trois prisonniers avec son couteau.) *Notre Mère sera nourrie et forte et elle nous enverra le seigneur Loup ! Ensemble et aujourd'hui, grâce à lui, nous allons reprendre nos droits et venger nos ancêtres !*

Les gens hurlèrent de joie ! Connor eut un long frisson glacé. Il comprenait ces gens, mais comment leur expliquer qu'ils n'étaient pas ceux qu'ils croyaient ?

Winema brandit alors son couteau au ciel, puis le braqua sous la gorge de Connor. Sanya poussa un cri, puis le silence tomba. La première goutte de sang tomba.

Connor avait les dents si serrées que ça lui faisait mal. Tout son corps était crispé et sa vision était quelque peu brouillée. Il ne réalisait pas ce qu'il venait de se passer, c'était impossible. Sanya ne respirait plus, Reva avait les yeux écarquillés.

Kalena venait de surgir, poussant des glapissements qui se voulaient menaçant et elle se précipitait à toute vitesse vers Winema qui venait d'immobiliser sa lame sous la gorge de Connor, l'entaillant légèrement. Les gens s'écartaient précipitamment sur son passage, murmurant entre eux comme s'il venait de voir un phénomène anormal.

La jeune louve se jeta sur Winema et dans un élan de courage, referma ses crocs sur sa botte, donnant tout ce qu'elle avait pour l'éloigner de Connor. La jeune fille fit un pas en arrière, sidérée et Kalena en profita pour se glisser entre elle et son ami. Montrant les crocs, elle poussa un grognement menaçant.

Alors, le plus improbable se produisit.

Winema tomba à genoux devant Connor, s'inclinant dans un profond respect et tout son peuple l'imita.

- *Seigneur Loup,* soufflèrent-t-ils dans un souffle.

17

Connor tourna un regard surpris vers Reva, peu certain que sa traduction soit la bonne. Ce qu'il voyait et entendait n'avait aucun sens.
Winema avait des larmes pleins les yeux.
- *Pardonnez-moi seigneur Loup, d'avoir voulu vous tuer. Je ne savais pas... Prenez ma vie, elle vous appartient.*
Elle glissa l'arme dans la main de Connor et plaqua sa gorge contre la lame. Tout son peuple retenait son souffle attendant de voir la suite. Le jeune homme resta longuement immobile, les yeux dans ceux de la jeune fille, évaluant sa sincérité. La pauvre semblait anéantie.
Il lâcha alors l'arme qui résonna en touchant le sol. Winema le contempla avec stupéfaction.
- Je ne suis pas venu ici pour vous tuer. Je suis là pour accomplir une mission.
Quand Reva eut traduit, la jeune fille eut un large sourire.
- *Vous êtes là pour nous aider, seigneur Loup.*
- Si vous en avez après les dieux, alors je vous aiderai très certainement, mais j'aimerai que vous m'expliquiez cette histoire de seigneur Loup. D'abord, libérez mes amis et

ensuite, nous parlerons.

La foule poussa un cri de joie en l'acclamant ! Ils rayonnaient de joie, mais Connor était encore trop abasourdi d'un tel virement de situation pour s'en réjouir. Soulevant Kalena dans ses bras, il la berça contre lui en la caressant.

- Je ne sais pas ce qui se passe, mais tu m'as sauvé la vie, mon amie, murmura-t-il.

Plusieurs hommes s'empressèrent de libérer les prisonniers qui s'attroupèrent autour de Connor, peu certain qu'ils étaient tirés d'affaire. Les soldats, méfiants, adoptaient une position défensive tandis que tous les villageois s'empressaient de préparer ce qui semblaient être un immense banquet. Sanya et Aela les contemplaient avec la plus grande attention, Faran tremblait, de peur et d'émerveillement et Il'ika ne ratait une miette du spectacle. Seul Falx ne montrait pas d'émotions particulières.

- Reva, tu sais ce qu'est le seigneur Loup ? glissa Connor à Reva.

- Non.

- Ils ont l'air de t'apprécier, au moins, c'est déjà ça, souffla Sanya en lui prenant le bras. Attendons qu'ils nous expliquent.

Faute de viandes fraîches, des hommes embrochèrent des cochons sauvages tués quelques jours plus tôt et bientôt, l'odeur alléchante de la viande monta dans l'air. On installa sur des tables toutes sortes de mets aussi appétissants qu'étranges. On alluma un grand feu de camps au milieu de la place autour duquel beaucoup de monde s'installèrent pour manger. D'autres en revanches entamèrent une danse étrange, accompagnés de quelques instruments.

Winema prit Connor par la main et l'entraîna vers l'immense feu. Les gens s'écartèrent pour lui laisser de la place et ses amis vinrent l'entourer. Après s'être inclinée, la jeune fille fit signe à deux de ses hommes de la suivre et ils revinrent quelques minutes plus tard avec des assiettes pour chacun de leurs invités.

Tandis que Connor goûtait ce qu'il y avait à manger, il remarqua que tous le contemplaient avec une fascination non feinte, ce qui le gêna quelque peu. Même les danseurs et les musiciens ne pouvaient s'empêcher de le regarder. Sur ses jambes, Kalena s'agitait, réclamant sa part de nourriture. Cependant, quand Winema lui apporta de quoi se régaler, elle n'accepta que ce qui venait de l'assiette de Connor.

- Reva, je vais avoir besoin que tu traduises beaucoup de chose, lança Connor à son ami.

- Avec plaisir.

- Demande-leur qu'on nous rende nos habits, grogna Sanya en se couvrant des bras.

- Et nos armes, renchérit Aela.

- Je demanderai pour les habits, en revanche pour les armes, je pense que nous n'avons rien à craindre. -

- Détends-toi Aela, la réconforta Connor.

La jeune femme se renfrogna mais ne rajouta rien. Faran, Breris et les autres soldats semblaient tout aussi inquiets. Quand le jeune homme eut soumis sa requête, Winema s'empressa d'aller récupérer les affaires de ses invités afin qu'ils se revêtissent et Sanya fut la plus rapide.

- Winema, je veux savoir qui est le seigneur Loup, demanda alors Connor quand tous furent de nouveau vêtus.

- *C'est toi, bien sûr. Me ferais-tu l'honneur de me donner ton nom ?*

- Connor. Tu ne réponds pas vraiment à ma question.

Winema désigna le vieil homme aveugle, qui mangeait seul un peu plus loin.

- *Il a prédit qu'un jour, quelqu'un viendrait à nous pour nous aider. L'Élu de notre Mère, envoyé ici pour restaurer la gloire de nos ancêtres. Combattre les dieux. Il a prédit que la tyrannie des dieux allait prendre fin avec la venue du seigneur Loup. Un homme aussi silencieux et discret qu'un loup. Il nous a dit que nous te reconnaîtrions, car l'un de ces fiers animaux marcherait à tes côtés.* (Winema désigna Kalena.) *Et ses paroles se sont révélées exactes. Ce loup marchera à tes côtés jusqu'à la mort. Tu vas nous aider, seigneur Loup.*

Tout en mangeant, Connor prit le temps de réfléchir. Il échangea un regard avec Sanya qui hocha la tête, comprenant ses intentions.

- Mon but est effectivement de mettre fin à la tyrannie des dieux. Pas de la façon dont vous l'entendez, mais je vous assure qu'après ça, tous les peuples d'ici seront libres de vivre comme ils l'entendent et où ils veulent.

- *Quel est votre plan ?*

- Nous allons réunir les deux panthéons qui s'affrontent depuis des milliers d'années et qui causent le malheur de nos peuples. Une fois que ce sera fait, les guerres cesseront. Et les dieux ne viendront plus vous importuner.

- *En êtes-vous certain ? Il vaut mieux les éliminer tous.*

- Beaucoup chez nous ont besoin des dieux. Tout comme vous avez besoin de vénérer votre Mère. C'est quelque-chose qu'il serait injuste de leur arracher, tout comme il serait injuste de vous arracher l'être que vous vénérer.

- *Ce ne serait que vengeance.*

- Certes, mais il faut montrer que vous, contrairement aux autres humains, n'êtes pas des barbares. Chacun est libre de croire en qui il veut, ou en rien. Cela regarde uniquement la personne. Ce qu'il faut juste, c'est que cette croyance ne motive pas la guerre, ne permet pas de l'imposer aux autres.

- *Bien parlé.*

- Quand nos deux panthéons seront unis, les guerres cesseront. Nos peuples ne devront plus imposer leurs croyances comme ils le faisaient jusqu'à présent. Le nouveau chef des dieux y veillera, je vous l'assure. Il fera en sorte que les dieux et les prêtes laissent vos peuples tranquilles. Il vous permettra également de restaurer votre gloire d'antan. Vous serez libres de vivre votre vie comme vous l'entendez et où vous l'entendez. Personne ne viendra plus jamais vous imposer leurs coutumes.

- Cette personne dont vous parlez est un dieu, je suppose ? Lui faite-vous confiance ?

Connor ne contempla pas Sanya pour la trahir, mais ses paroles ne s'adressaient qu'à elle.

- Je lui confirais ma vie. Je sais qu'elle fera ce qu'il faut pour que les guerres cessent et pour que vos peuples puissent vivre en paix. Je suis le seigneur Loup et je l'épaulerai jusqu'au bout pour ramener l'ordre et sauver tous les peuples de la folie des dieux. Votre chamane a annoncé ma venue, en vous disant que je vous aiderai à restaurer la gloire de vos ancêtres. Et c'est ce que je vais faire. Grâce à elle.

Winema se dressa alors d'un bond, les bras levés.

- Le seigneur Loup est avec nous ! Il se battra pour notre liberté ! Notre heure est venue mes amis, bientôt, nous redeviendrons les clans fiers que nous étions !

Un tonnerre d'acclamation retentit et les habitants se levèrent tous pour danser et chanter afin de célébrer ce miracle. Seul le vieux chamane restait de marbre, regardant dans la direction de Connor même s'il ne pouvait le voir.

- Cette fête est donnée en votre honneur, seigneur Loup. Vous et vos amis sont ici chez eux, lança Winema.

Puis la jeune femme se leva pour rejoindre les danseurs, tandis que certains se regroupaient pour manger tout en bavardant. Plusieurs femmes s'approchèrent pour entraîner avec elles les soldats dans une danse folle. Leurs peintures semblaient bien moins menaçantes, à présents et les sourires ravis des demoiselles ainsi que leur beauté mirent fin aux dernières réticences des soldats. Ils se laissèrent emporter avec joie, même le général Breris.

Faran et Il'ika s'éloignèrent pour trouver un coin tranquille et prendre des notes sur tout ce qu'ils pouvaient apprendre. Connor, Sanya, Reva et Aela restèrent donc seuls pour terminer de manger et contempler tout ce beau monde danser. Une danse presque sauvage, bien loin de celles de la cour, mais pas moins belles, à leur façon. Ce mélange de sauvagerie, de sensualité et d'acrobatie était impressionnant.

Winema revint finalement s'installer près d'eux, contemplant son peuple avec un sourire. Connor, lui, fixait son assiette avec inquiétude.

- Ça ne va pas ? demanda Sanya.
- Les fruits, le fromage et les plantes sont très bonnes, mais la viande est étrange.

Craignant déjà de connaître la réponse, Sanya refusa d'y toucher.

- *Sayris,* expliqua Winema.
- C'est quoi ?
- *Notre clan ennemi. Celui-là menait un assaut contre nous.*

Connor crut qu'il allait vomir en avalant le morceau de viande qu'il avait dans la bouche. Un terrible haut le cœur le prit et il tenta de le faire passer en avalant son verre d'un coup. Il eut soudain mal au ventre et il aurait bien volontiers vomi ce truc immonde. Lui frottant le dos, Sanya était partagée entre l'envie de le consoler et de rire.

Aela, elle, ne se priva pas.

- Tu verrais ta tête ! Tu es blanc !
- J'aimerai t'y voir, moi, à manger de la chair humaine.
- C'est quand tu veux.

Pour toute réponse, Connor lui tendit son assiette, la mettant au défi. Même si la jeune femme répugnait visiblement à manger, son honneur était en jeu. Inspirant à fond, elle se découpa un morceau de viande et le mit à la bouche. Reva, Connor et Sanya la contemplaient avec attention, attendant visiblement qu'elle craque.

- C'est... goûtu, lâcha-t-elle en avalant.

Bien qu'elle n'émît aucun autre commentaire et n'eut aucun haut le cœur, elle vida son verre d'une traite. Ses amis éclatèrent de rire.

- Pourquoi font-ils ça ? grogna-t-elle.
- *Nous nous attribuons ainsi le pouvoir de nos ennemis. Ils sont morts de toute façon, au moins servent-ils à quelque-chose. C'est une viande comme une autre.*

L'explication ne sembla pas suffire à Aela qui refusa catégoriquement de toucher à toute autre viande. Pour la détendre un peu, Reva l'invita à danser, ce qu'elle accepta avec joie. Connor et Sanya finirent par les rejoindre, essayant tant bien que mal d'imiter tous les danseurs. Leurs tenues étaient parfaites pour la danse, mais les mouvements ne leurs étaient pas familier. Ils finirent par abandonner en éclatant de rire.

Les deux amants s'écartèrent un peu de la foule pour profiter d'un peu de solitude et dans les bras l'un de l'autre, ils observèrent la fête qui continuait de battre son plein. Pour une fois les soldats semblaient s'amuser, abandonnant leurs responsabilités pour profiter de ce qui se présentait à eux. Reva et Aela, contrairement à eux, auraient facilement pu se faire passer pour des membres du clan. À les voir danser ensemble comme ils le faisaient, on aurait pu croire qu'ils y avaient été habitués toute leur vie. De plus, ils s'accordaient si bien et bougeaient avec une telle harmonie que Connor songea qu'ils formeraient décidément un très beau couple. Aela rayonnait et Reva semblait tout aussi heureux.

Faran, quant à lui, préférait tenter de parler avec les gens du clan et il y arrivait visiblement assez bien.

- Tu as l'air préoccupé, souffla Sanya contre l'oreille de Connor, le tirant de ses pensées.

- La plupart des gens en savent plus sur moi que moi-même. D'abord l'envoûteuse, puis le chamane. Ils ont tous l'air de savoir ce qui m'attend, ce que je dois faire et surtout ce que je vais faire.

- Nous sommes à une étape décisive de notre monde, tout ce qui se joue en ce moment n'est pas un hasard. Notre rencontre n'est pas un hasard, le fait que tu sois un Maître des Ombres n'est pas un hasard et tout le reste non plus. Tout est lié, j'en suis sûr. La prophétie de la confrérie, les prophéties des clans... Ce moment devait venir et certains ont su. Peut-être parlent-ils tous de la même chose.

- Il n'empêche que ce n'est pas facile à digérer. D'abord je dois sauver la confrérie, ensuite je suis ton champion et enfin je me retrouve seigneur Loup !

- Connor, tout ça, c'est la même chose. Tu dois m'aider à faire la paix entre les panthéons. Pour moi tu es mon champion, pour la confrérie, tu es leur sauveur et pour eux tu es le seigneur Loup. Mais tout ça revient au même.

- Cette guerre est bien plus étendue que je ne le croyais. Même ici, aux confins du monde, les clans s'y sont déjà préparés.

- Comme je te l'ai dit, nous vivons un tournant décisif. Ce qui va se passer changera à jamais le monde.

- Qui eut cru que je serais au centre de tout ça ? plaisanta le jeune homme.

Sanya appuya sa tête conte sa poitrine. Elle sentit alors une boule de poil se glisser entre ses jambes.

- Kalena, j'ai le droit de l'avoir pour moi aussi !

Mais la jeune louve ne l'entendait pas ainsi. Elle insista jusqu'à ce que Connor la prenne dans ses bras et elle tenta de leur lécher le visage à tous les deux.

- Kalena, tiens-toi tranquille. J'aimerai profiter un peu de Sanya, d'accord ?

Pour une fois, la jeune louve sembla comprendre, car elle quitta les bras de Connor pour se coucher non loin d'eux.

Sanya se serra un peu plus contre son amant.

- On commence par quoi ? lança-t-elle avec un sourire coquin, glissant discrètement une main sous sa chemise et l'autre dans son pantalon.

Connor rougit, le souffle court, mais alors qu'il lui rendre son audace, le chamane fut là, juste devant eux, interrompant leurs élans romantiques. Sanya sursauta et Connor prit une position défensive devant elle. Il ne portait plus son bandeau et ses yeux aveugles s'obstinaient à contempler Connor.

- Paix, seigneur Loup.

D'abord surpris de l'entendre parler sa langue, le jeune homme était d'autant plus intrigué que l'homme semblait le voir.

- J'ai passé ma vie à attendre ta venue.
- Pourquoi ?
- Parce que tu rétabliras la gloire de nos ancêtres. Parce que tu guideras les survivants des grands Protecteurs.
- De quoi parlez-vous ?
- Tu comprendras le jour venu. Sache que tu es important, Connor. Pour ton peuple, comme pour les nôtres. Tu vas changer beaucoup de choses autour de toi, tu restauras... beaucoup de chose. Tu es plus qu'un Maître des Ombres.

Connor en resta sidéré.

- Mais enfin, comment...
- Comment je sais ? Je suis aveugle, mais je vois. Je vois des choses que tu ne vois pas. Je me rappelle à l'instar de beaucoup, ce qui s'est passé il y a des milliers d'années, ce qui est arrivé à nos Protecteurs et à nos ancêtres. Je vois dans le passé. Tout comme je vois dans le futur. Et dans le futur, je ne vois que ton visage. Ton visage et le retour des nôtres.
- Je ne vois pas où vous voulez en venir. Qui sont ces Protecteurs, qu'est-ce que j'ai à voir avec eux ?
- Tu le sauras. Sois patient. Tu sauras tout, plus tôt que tu ne le crois. N'oublie pas que nous comptons sur toi. Et n'oublie pas... que les descendants des Anciennes civilisations sont partout.
- Ce sont mes ancêtres, n'est-ce pas ? Je descends des Premiers hommes.
- Peut-être. Mais tu es plus encore.
- Pourquoi ne pas me dire ce que je suis ? Ce que vous attendez de moi ?
- Ce n'est pas à moi de le faire. N'oublie pas mes paroles,

nous comptons sur toi.

Et il partit sans rien ajouter. Connor resta un moment pantois.

- Voilà, tu comprends ce que je ressens ?
- Oui... Je ne vois pas où il veut en venir.
- Comme il l'a dit, je le saurai un jour... Mais tout ceci est tellement étrange.
- Je te comprends.

Connor poussa un long soupir.

- On en était où ?

Sanya sourit.

- On va trouver une tente et je vais te faire oublier tout ça, souffla-t-elle en lui mordillant l'oreille, réveillant en lui un tourbillon de sensation.

L'attrapant par la ceinture, elle s'éloigna en le tenant contre elle, l'entraînant vers une tente tout en gloussant des baisers qu'il n'arrêtait pas de lui donner.

*

Aela ne s'était jamais sentie aussi bien de toute sa vie. Elle s'était laissée aller et avait longuement dansé avec Reva. Au début, elle n'était pas à l'aise, elle préférait mille fois manier l'épée que de danser, pourtant elle avait fini par trouver cette expérience des plus agréables. Elle avait réussi à s'accorder avec son partenaire, pour son plus grand plaisir. Puis ils avaient mangé ensemble - prenant soin cependant de ne pas toucher la viande - tout en se taquinant, de plus en plus proches l'un de l'autre. Reva avait passé un bras autour de ses épaules et ne l'avait pas lâchée, heureux de passer ce bon moment avec elle.

- Aela, j'avais une question à te poser, demanda-t-il enfin.
- Je t'écoute.
- Comment fais-tu pour te régaler du danger ? Je veux dire, tu ne sembles pas craindre la mort, ni les combats qui

se présentent à toi. Au contraire, tu les attends de pied ferme, tu sembles te réjouir du nombre de tes ennemis alors que beaucoup paniquent. Tu n'as qu'une hâte, c'est brandir ton épée et faire le plus de victime. Non pas que ce comportement m'horrifie, mais cela m'intrigue.

Aela se perdit un instant dans ses réflexions.

- C'est une technique que ma mère m'a enseignée. Tout ceux de mon clan la connaisse et l'utilise. C'est notre méthode à nous pour combattre la peur, pour se donner du courage. Si tu commences à te dire que le combat est perdu d'avance, que tu ne seras pas capable de lutter, il est clair que tu te feras tuer. Alors qu'au contraire, si en voyant tes ennemis tu te dis « ceux-là, ils sont tous pour moi ! », ça augmente ton courage, tu te bas avec plus de fougue, tu oublies ta peur. Et ce n'est plus toi qui a peur, mais tes ennemis ! Deux hommes se présentes à toi, l'un a les dents serrées et la crainte dans le regard, l'autre un sourire carnassier. Lequel craindras-tu le plus ?

- Celui au sourire carnassier.

- Bien sûr. Tu as peur, parce qu'il n'a qu'une envie, te faire la peau ! Et tu commences à songer qu'il va effectivement y arriver. Tu ne penses pas un seul instant qu'il est mort de peur. Quand tu ne crains pas la mort, tu deviens plus redoutable et tes ennemis te fuient. Voilà pourquoi je me réjouis de tirer mon épée quand le danger ce pointe. J'ai hâte de lui montrer que ce n'est pas moi qui succomberai, mais lui. En m'imposant des défis, j'oublie toutes mes craintes et ce sont mes ennemis qui ont peur. Mon clan est redouté pour ça. Pour sourire face au danger et face à la mort.

- Je dois avouer que si ça semble barbare, c'est efficace.

- Chez moi, même une armée craint les barbares. À cause de ça justement. Nous sommes redoutés. Mais ne va pas croire que je me réjouis d'avance de faire couler le sang.

- Bien sûr que non. Tu sais, je dois bien avouer que les clans fonctionnent ainsi. Avant une bataille, on cherche à se faire peur, pour intimider. Et parfois, même en sous-nombre, on peut gagner si on est assez effrayant.

Les deux jeunes gens parlèrent donc encore un moment de leurs expériences. Plusieurs heures plus tard, alors que la fatigue tombait sur eux, Winema vint à leur rencontre pour leur apprendre qu'on leur avait trouvé des tentes à chacun d'entre eux. Reva la remercia et il raccompagna Aela jusqu'à la sienne. La jeune femme resta un moment sans rien dire, immobile devant lui. Elle mourrait d'envie de lui parler, de lui dire quelque chose, pourtant elle n'y arrivait pas. Elle n'avait jamais eu peur, elle avait toujours osé, mais avouer ses sentiments était apparemment la seule chose qu'elle ne pouvait faire aussi simplement que tirer son épée.

Reva hésitait, il la dévorait du regard et elle voyait presque ses pensées tourbillonner dans ses yeux. Il ne semblait pas vouloir la quitter et quand il lui prit la main, Aela sourit et cela lui donna du courage.

- Bonne nuit, souffla-t-elle en déposant un baiser sur sa joue, se voulant séductrice.

L'homme des clans fut incapable de résister. Étreignant sa nuque, il l'attira à lui pour l'embrasser fougueusement. S'agrippant à lui, Aela lui rendit ses baisers avec pas moins d'ardeur. Puis elle l'attira à l'intérieur de la tente, où il la suivit sans hésiter en la serrant contre lui. Il la souleva alors dans ses bras musclés comme si elle ne pesait rien et l'allongea sur la couchette pour la dévêtir. Aela fut plus rapide, lui arrachant son pagne et son cœur s'accéléra davantage quand elle se retrouva nue dans ses bras. Elle haletait, ses doigts emmêlés dans ses cheveux et chaque baiser, chaque caresse de son amant l'électrisaient. Il l'étreignit par la taille pour la serrer plus fort contre lui. Elle parcourut son corps des doigts et du bout des lèvres, réveillant un fort désir chez son amant. Il grogna de plaisir, mettant plus d'ardeur dans ses caresses, pressant ses seins avant d'insinuer une main entre ses cuisses. S'arc-boutant contre lui, tous les muscles de la jeune femme se durcirent quand elle le sentit enfin entrer en elle et elle ne put retenir un cri de plaisir.

Ils firent l'amour tendrement, puis de plus en plus en plus farouchement, se découvrant, s'enivrant l'un de l'autre, explorant la puissance de leurs sentiments et de leur attirance. Aela ne voulait pas que ce moment prenne fin ; alors que Reva se reposait dans ses bras et qu'elle lui caressait les cheveux, elle le pressa de recommencer et il fut heureux de pouvoir s'exécuter.

Bien plus tard dans la nuit, Aela souriait en sentant la main de son amant caresser ses seins. Reva se tenait à ses côtés, aussi poisseux de sueur qu'elle, la dévorant du regard avec un sourire. Leurs jambes s'entremêlaient et elle avait la tête posée au creux de son épaule. Elle plongea son regard dans le sien et ne put résister quand il l'embrassa tendrement, glissant une main dans son cou. Ne pouvant retenir un petit gémissement, elle le supplia des yeux de l'embrasser encore.

- Je n'ai jamais connu une nuit aussi belle, souffla-t-il à son oreille. Quand je te vois, je n'ai qu'une envie, t'avoir à mes côtés jusqu'à la fin de mes jours. Je voudrais te combler de joie et de bonheur, te faire rire, te consoler, te rassurer. (Il caressa sa joue.) À mon âge, je devrais déjà être marié, mais je comprends pourquoi je n'ai jamais trouvé personne. Parce que je t'aime toi.

Aela avait une envie dévorante de se jeter à son cou, de l'embrasser et de lui dire à quel point elle l'aimait, mais elle s'en empêcha. Quand il se pencha pour déposer un baiser sur ses lèvres, elle le repoussa avec un sourire charmeur.

- J'ai souvenir que les hommes de ton clan doivent faire la cour à leur belle.

Elle s'approcha pour l'embrasser, mais se contenta de murmurer contre ses lèvres :

- Je ne voudrais pas que tu oublies les traditions. Ne crois pas que ce sera si facile. Si tu veux ma main, il te faudra me faire la cour.

Reva sourit à son tour.

- Comme il vous plaira, dame de mon cœur. Je vous séduirai comme il se doit et un jour, j'espère avoir la joie d'être votre époux.

Et il l'embrassa, l'entraînant dans une douce étreinte une dernière fois.

18

Ils s'en allèrent aux premières lueurs du jour et Winema leur fournit des provisions pour le reste du voyage, qu'ils acceptèrent avec joie. Certains soldats montraient cependant quelques signes de regrets de devoir partir si rapidement et Sanya s'en réjouissait intérieurement. Maintenant, ils allaient enfin cesser de voir les Royaumes Oubliés comme un territoire de sauvage et montrer un peu plus d'intérêts à ce qui les entourait.

Pourtant, la jeune femme remarqua rapidement que quelque-chose avait changé au sein du groupe. Les regards qu'échangeaient Reva et Aela ne pouvaient pas tromper, un nouveau lien c'était installé entre eux.

Ils reprenaient tout juste leur route après une pause pour manger que Sanya prit Aela à part. Se laissant distancer, elles purent s'entretenir en privée.

- Alors ? lança Sanya avec un sourire.
- Alors quoi ?

La guerrière se voulait surprise, mais elle ne put s'empêcher de sourire.

- Je ne vois pas de quoi tu parles.

- Vraiment ? Ce n'est pas l'impression que tu me donnes. Je connais ces petites étincelles dans tes yeux...

- Les choses ont beaucoup changé, souffla Aela, rêveuse.

- Reva ?

- Oui... (Pour la première fois de sa vie, Aela rougit jusqu'aux oreilles.) Reva et moi avons fait l'amour hier soir.

Sanya sourit en lui tapotant l'épaule.

- Tu ne perds pas de temps.

- Ne crois pas ça. Selon les coutumes de son clan, Reva doit me faire la cour s'il veut ma main et il n'y échappera pas.

- Qu'a-t-il dit ?

- Qu'il me fera la cour comme il se doit.

- Une femme doit savoir se faire désirer.

Aela éclata de rire.

- J'ai juste peur de ne pas tenir ! Après la nuit qu'on a passée, je ne sais pas combien de temps je pourrai résister.

Ce fut au tour de Sanya d'éclater de rire.

- Je n'ai tenu que quelques semaines, quand Connor m'a embrassé la première fois. Je ne voulais pas céder et vois où nous en sommes.

- On ne peut rien lui refuser, aussi. Non, je dois tenir le coup. L'idée qu'on me séduise me plaît. Tu aurais dû insister pour que Connor fasse de même.

- Tu sais que j'ai essayé, une fois. On a tenu trois jours, avant qu'il vienne me retrouver dans ma chambre et je n'ai jamais réussi à le faire partir.

- La vie n'est pas facile ! plaisanta Aela.

Elles rigolèrent encore un long moment, se confiant mutuellement leurs secrets sous les regards curieux de Connor et Reva.

Ils marchèrent plusieurs heures à suivre Falx qui n'avait pas échangé un mot depuis le début de la journée. L'homme des clans avançait avec assurance, scrutant tout autour de lui à la recherche du moindre indice pouvant représenter un danger. Il avait beau agir comme un véritable guide, Connor et Reva ne le lâchaient des yeux et le collaient de près. Falx avait dû s'en rendre compte, ce qui expliquait peut-être son mutisme. Être surveillé de la sorte ne devait pas être agréable, songea Sanya, à moins qu'il ne paniquait à l'idée d'être découvert.

La jeune femme fut surprise d'une telle pensée. Pensait-elle vraiment que Falx était capable de les trahir ? Oui, elle devait bien l'admettre. Elle avait été menacée plusieurs fois et cela avait failli lui coûter la vie. Même si elle ne supportait pas cette idée, elle ne devait pas oublier que quelqu'un, selon Sériel, allait la trahir. Et Falx avait de plus en plus le profil d'un traître. Si elle n'aimait pas accuser les gens à tort et à travers, sa vigilance ne devait jamais retomber.

Connor le lui répétait assez souvent. Chaque soir, à dire vrai...

La nuit tomba plus tôt que d'habitude et les gros nuages d'orage qui s'amoncelaient au-dessus d'eux y étaient pour quelque chose. Le vent s'était levé et Reva préférait monter le camp à la lisière d'une forêt, avant qu'il n'y ait plus d'arbre pour s'abriter de la tempête.

Loin de s'inquiéter, Sanya s'éclipsa pendant que Breris allumait un feu.

- Où allez-vous ?
- Me soulager, répondit-elle en disparaissant.

La protection de Breris était dans un sens rassurante, bien que pesante, à la longue. Sanya aurait pu rester plus près, mais elle s'éloigna encore pour trouver un peu de tranquillité. Connor avait dû faire de même pour s'entraîner et Kalena ne le lâchant jamais, la jeune femme se retrouvait seule, ce qui lui faisait du bien, à dire vrai. Non pas que la présence de son amant la dérangeait, mais elle aimait pouvoir respirer un peu, loin de tout ce monde qui ne cessait de l'observer.

Voilà une autre raison pour laquelle Ysthar lui manquait tant. Quand elle en avait marre, la déesse du vent pouvait toujours se réfugier chez elle, au sommet du monde. Seule au-dessus des nuages à jouer avec le vent, elle pouvait souffler, se reposer, se détendre. Ici en revanche, sa condition de reine ne lui permettait pas souvent d'avoir du répit.

S'accroupissant derrière un buisson, elle se soulagea. Alors qu'elle finissait de se rhabiller, une branche craqua dans son dos. Faisant volteface, la jeune femme découvrit Falx qui approchait. Il souriait timidement, ses intentions n'étaient visiblement pas mauvaises, mais l'instinct de Sanya lui criait de faire attention.

- Que faites-vous ici ? demanda-t-elle, se voulant aimable.

- Je chercher vous. Je... vouloir vous parler.

Il se tripotait nerveusement les mains tout en s'approchant d'elle. Sanya fut incapable de se reculer.

- Je vous écoute.

- Ce ne pas être facile à dire... Je avoir conscience que vous aimer Connor, mais...

Sanya sentit le rouge lui monter aux joues. Falx n'était tout de même pas en train de lui déclarer son amour !

- Il falloir que je vous avouer... être important pour moi...

Il inspira, ouvrit la bouche, mais aucun mot ne s'en échappa. Au lieu de ça, il tendit la main pour toucher le visage de Sanya. Trop abasourdie, cette dernière ne bougea pas. Falx y lut une invitation et il s'approcha davantage, inclinant la tête pour frôler ses lèvres des siennes.

Sanya pensait à trop de chose d'un coup pour réagir. Ce pourrait-il que la méfiance de Connor ne fût fondée que sur ça ? Que l'attitude étrange de Falx était liée à ça ? À un sentiment d'amour ? Tout ne serait que malentendu ?

La jeune femme ressentit un picotement le long du dos quand Falx l'embrassa et elle se détacha précipitamment, rouge d'embarras.

- Connor ne pas être là.

Elle resta bouche bée. Était-ce son imagination, ou le ton que venait de prendre Falx ressemblait à une menace ?

- Vous ne pas être obliger de l'aimer. Je être capable de vous combler.

- Je l'aime.

Ce fut tout ce qu'elle réussit à dire, paralysée par des sensations qui lui glaçaient les sangs. Soudain, elle fut transportée en arrière et des moments qu'elle avait refoulé au fond de sa mémoire jaillissaient à présent comme un torrent déchaîné. Elle se mit à trembler en repensant aux horreurs que lui avaient fait subir Thorlef et ses hommes et des larmes perlèrent à ses paupières tandis que tous ses muscles se contractaient.

L'homme des clans prit ses frissonnements de peur pour de l'excitation et sans plus de cérémonie, il la saisit d'un bras puissant pour la plaquer contre lui et l'embrasser. Sanya voulut se dégager, mais le deuxième bras se referma sur elle et elle fut prise au piège. Quand elle sentit qu'elle butait contre un arbre, une colère sourde l'envahit, amplifiée par sa peur. Non, plus jamais un homme la maltraiterait !

- Je savoir que vous m'aimer, souffla Falx à son oreille. Nous pouvoir en profiter un instant de...

Le genou de la jeune femme s'enfonça si profondément dans l'entre-jambe de Falx qu'il devint livide et s'écroula par terre. Emportée par ce mélange de peur et de colère, elle se rendit à peine compte qu'elle venait de lui décocher un nouveau coup de pied dans le ventre.

- Ne m'approche pas ! rugit-t-elle, hors d'elle.

- Moi juste vouloir...

- Je m'en fiche ! Touche-moi encore et je te tue !

Et elle le laissa gémir de douleur pour s'enfuir à toute vitesse. Elle aurait voulu se précipiter au campement et trouver l'étreinte rassurante de Connor, pourtant elle ne put s'y résigner. Lui dire la vérité aurait été s'avouer ce qu'il venait vraiment de se passer. Ce qu'elle avait vécu ne se reproduirait jamais. Jamais ! C'était idiot de se voiler la face, elle le savait, mais elle préférait se mentir. Faire comme s'il ne s'était rien passé.

Elle aurait tout fait pour se persuader que rien de grave ne venait de lui arriver. Jamais plus elle ne revivrait ça et le silence, aussi menteur soit-il, lui permettait à sa manière d'éloigner le passé d'elle, de ne plus se le rappeler.

La reine s'arrêta finalement et à bout de nerfs, éclata en sanglots. Elle ne sut combien de temps elle resta là à pleurer, mais quand elle n'eut plus une larme à verser, elle se sentit mieux. Elle se sentait prête. À quoi exactement ? Elle ne voulait pas savoir. Pleurer l'avait soulagé et elle allait reprendre sa vie comme s'il ne s'était jamais rien passé. Voilà ce qu'elle voulait, vivre sans penser à ça, car maintenant, plus personne ne lui ferait de mal. Le premier homme qui lèverait la main sur elle mourrait avant de comprendre ce qui lui arrivait.

Séchant ses dernières larmes, elle se recoiffa, arrangea ses vêtements avant de reprendre le chemin du campement. Quand elle rejoignit ses compagnons, elle se sentit soulagée. Connor n'était pas encore là, si bien qu'elle s'installa près d'Aela. La présence de la jeune femme la rassurait. Faran et Il'ika vinrent les rejoindre, se joignant à la conversation et ils parlèrent un moment de tout et de rien jusqu'à ce que le Maître des Ombres revienne.

Ce dernier lui jeta aussitôt un long regard scrutateur, mais elle ignora ses questions muettes, continuant de manger. Kalena, moins perspicace, accourut vers la jeune femme pour réclamer quelques caresses. Sanya la câlina en rigolant avant de la faire rouler par terre jusqu'à ce que la jeune louve cesse de l'embêter.

Le temps ne s'était pas calmé, le vent soufflait toujours aussi fort et c'était un miracle qu'une averse ne l'accompagne pas. Quand tous se furent emmitouflés dans leur couverture pour dormir, seul Reva, qui montait la garde et Sanya ne dormaient pas.

Adossée à un arbre, elle se concentrait sur le vent, elle le sentait, elle l'écoutait. Être de nouveau auprès de lui était réconfortant et elle oublia ce qui la tenaillait. Oui, le vent était là, il l'attendait et quand enfin ils ne feraient plus jamais qu'un, plus personne ne pourrait lui faire de mal. Car enfin, elle était une déesse !

Se rappelant sa véritable identité, Sanya sentit sa détermination et ses défenses se renforcer, pour son plus grand bonheur. Oui, elle était une déesse et aucun mortel ne pouvait prétendre pouvoir la briser. Son courage était d'acier et quand elle posa le regard sur Falx, elle ne frissonna pas.

- Qu'est-ce qui te préoccupe encore ? souffla Connor en s'asseyant.

Il avait les yeux cernés, il ne dormait visiblement plus très bien. Caressant sa joue, Sanya déposa un baiser sur son front.

- Rien. Va te reposer mon amour, tu es épuisé.
- Je peux tenir encore un peu. Tu es sûre que ça va ?
- Mais oui. Cela faisait juste si longtemps que je n'avais pas senti le vent. Le retrouver me fait un bien fou. Le sentir près de moi, l'entendre, me remonte le moral. Je voulais en profiter.
- Tu parles de lui comme s'il était vivant. Est-ce le cas ?
- Oui. Il est vivant, à sa manière. Je l'entends me parler, quand j'avais mon pouvoir, je pouvais le comprendre même si aucun mot n'étaient échangés. C'est un peu la même sensation qui te lira bientôt avec l'Onde, je présume. C'est plus qu'une partie de mon âme. Je l'aime d'une façon que tu n'as pas conscience. Et c'est réciproque.
- En effet, je suppose que je ne peux pas comprendre. Tu es une déesse, il est normal que tu aies conscience de chose et pas moi. Beaucoup raconte que les dieux peuvent sentir la

vie à travers toutes choses, est-ce vrai ?

- Absolument. Je pouvais sentir autour de moi chaque forme de vie, que ce soit une plante, un animal et plus étrange encore, un élément. Je pouvais sentir la vie dans le vent, mon frère peut la sentir dans l'eau et ainsi de suite. Toute chose représente une forme de vie.

- En te rencontrant, j'ai pensé que les dieux n'étaient finalement pas si différents de nous, je me rends compte à présent que nous n'avons pas les mêmes perceptions, pas la même façon de voir les choses et surtout pas la même sagesse ni connaissance.

- Nous avons plus de ressemblance que de différences, tu sais. Certes, nous sentons, voyons différemment, nous n'avons pas la même conscience des choses, mais nos actions, nos réactions, nos désirs et nos besoins sont pratiquement les mêmes.

- Vous êtes mille fois supérieurs.

- Les hommes se prétendent supérieurs aux animaux, est-ce forcément le cas ?

- Dans certains domaines, je me demande parfois si ce n'est pas l'inverse..., avoua Connor. Ils ne créent pas autant de problèmes que nous, ils ne massacrent pas, ils ne font pas la guerre. Et je me suis toujours demandé qui étaient les humains pour prétendre que les animaux ne pensent pas ? Ont-ils déjà été dans leur tête pour vérifier ? Comme peuvent-ils savoir qu'ils ne comprennent rien et n'ont conscience de rien ? Ils ont une conscience, une perception, un langage même, complètement différent. Mais comme c'est différent d'eux, les humains jugent qu'ils leur sont inférieurs.

- Tu peux faire le même raisonnement avec les dieux. En conclusion, personne n'est supérieur à personne, comme tu l'as dit, nous formons un tout. Il serait temps que les dieux comme les humains en prennent conscience, au lieu de toujours vouloir être mieux que tout le monde.

- Nous sommes deux êtres d'exception, plaisanta Connor.
- Peut-être bien. Enfin, j'aime beaucoup la façon de penser et de voir les choses des gens d'ici.
- Ce sont les descendants des Anciennes civilisations, seuls peuples à avoir compris le sens réel de la vie.

Ils restèrent un moment silencieux à méditer, puis quand Connor ne put retenir un long bâillement, Sanya et lui allèrent se coucher, Kalena blottit entre eux et ils s'endormirent bercés par le vent.

19

Le temps s'était gâté depuis leur départ et bien que le vent se fut calmé, la pluie venait de prendre le relais. Le ciel était couvert et un orage grondait même au loin. Kalena, apeurée, marchait entre les jambes de Connor pour chercher un peu de réconfort et ce fut finalement Sanya qui la rassura en la prenant un moment dans ses bras. Tout ceci paraissait pourtant dérisoire face à ce qui les attendait.

Un large ravin faisait face au groupe et le seul moyen de le franchir était une passerelle en mauvais état. Les cordes qui la suspendaient étaient vielles et usées et les planches n'étaient vraiment pas mieux, moisies, sur le point de casser.

- Tu veux nous tuer ou quoi ? gronda Reva.
- Ce être le seul moyen de traverser, répliqua Falx. Sinon, il falloir faire un détour d'une semaine.
- Nous manquons de temps, intervint Sanya. Nous passerons par ici.

Elle foudroya Falx du regard, qui eut un geste de recul. Du pied, elle testa la solidité de la première planche.

- Je pense que ça devrait être bon. Les planches sont vielles, mais elles supporteront notre poids. J'ai déjà vu des ponts en plus mauvais état et ils ne sont pas encore écroulés. Il y a une bonne structure, ça devrait aller.

- Je passerai devant, les informant Breris. Majesté, vous viendrez derrière. Nous irons un par un, ce sera plus sûr.

La reine ne protesta pas et laissa le général choisir l'ordre de passage. Connor s'arrangea pour se retrouver en fin de fil, juste derrière Falx pour garder un œil sur lui. Sa méfiance grandissait envers lui et le comportement de Sanya l'alertait encore plus. Quelque-chose n'allait plus du tout et il entendait bien clarifier tout ça une bonne fois pour toute. Pour se changer les idées, il caressa distraitement le pelage de Kalena, qui ne semblait pas du tout rassurée.

- Tu passeras avec Sanya, d'accord ?

Le jeune homme ne voulait pas que sa louve reste près de Falx, si ce dernier tentait quelque chose contre lui, au moins Kalena ne serait pas en danger. La louve ne semblait pas comprendre, mais elle se fit docile.

Breris s'avança le premier sur la passerelle, agrippant fort les cordages, testant chaque planche du pied avant de s'appuyer dessus. Le bois craquait sinistrement, mais il tint le coup. Quand il eut traversé la moitié, il prit un peu plus d'assurance. Il parvint de l'autre côté sans le moindre souci.

Vint le tour de Sanya, qui s'avança sans hésiter, Kalena dans les bras. Quand elles furent de l'autre côté, les soldats entamèrent un à un la traversé. Puis ce fut au tour d'Aela, Reva et Falx.

Seule une planche s'était dérobée sous le pied d'un soldat, qui avait d'ailleurs eu la peur de sa vie, mais c'était tout. La passerelle tenait le coup et tiendrait le coup encore quelques temps.

Connor s'y engagea à son tour. Il avança pas à pas jusqu'à gagner plus d'assurance. Pressé d'en finir, il augmenta le rythme.

Il croisa alors le regard de Falx et coïncidence ou non, il sut ce qui allait se produire avant même que son pouvoir ne le prévienne et instinctivement, il enroula son poignet aux cordages. Il lui restait quelques mètres à faire, mais il n'en aurait pas le temps.

Il y eut alors un terrible craquement derrière lui et la passerelle se cassa en deux comme si une force invisible l'avait percutée. S'agrippant de toutes ses forces aux cordages, Connor se prépara au choc qui ne manquerait pas de survenir lorsqu'il percuterait la falaise. Au-dessus de lui, ses compagnons poussèrent des cris horrifiés.

Le choc faillit lui faire lâcher prise et le jeune homme crut un instant que tous ses os avaient cédé. Ses pensées s'embrouillèrent à cause de la douleur et seule sa volonté lui permit de rester conscient. Reprenant ses pensées, il songea que c'était un miracle s'il tenait toujours la corde.

- Connor !

Penchée au bord de la falaise, Sanya le contemplait avec tant d'inquiétude qu'il aurait voulu ne faire qu'un bond pour venir la rassurer. Il ne sut pourquoi, mais son instinct lui criait qu'elle n'était pas plus en sécurité que lui.

- Recule-toi, ne t'approche pas du bord ! la prévint-il.

La jeune femme ne parut pas aussi surprise qu'il s'y attendait et elle obéit sans poser de question. Reva se pencha à son tour.

- Tu peux monter ?

Quand le jeune homme voulut grimper à la corde, il se rendit compte qu'il avait beaucoup moins de force qu'il l'espérait. Si le choc ne lui avait rien brisé, il avait néanmoins rendu son corps extrêmement douloureux.

Avant qu'il ne puisse songer à une solution, il sentit qu'on le tirait. Reva et Breris venaient de saisir la corde et ils le faisaient remonter jusqu'au sommet. Puis les deux hommes le saisirent par les bras pour le déposer sur le sol. Connor resta un moment immobile, haletant, les yeux fermés.

- Merci, souffla-t-il.

Une main douce se posa sur sa joue, la caressant

tendrement. Se redressant doucement, Connor passa son bras autour des épaules de la jeune femme pour la rassurer.

- As-tu quelque-chose de briser ?
- Non, je ne crois pas. La douleur est encore vive, mais elle passe. Ne t'en fait pas.
- J'ai cru que j'allais faire un arrêt cardiaque. Si tu veux me tuer, continue comme ça !

Le jeune homme sourit mais ne rajouta rien. Kalena l'avait rejoint, morte de peur également et se pressait contre lui. Il la caressa tendrement, lui murmurant que tout allait bien. Reva leur annonça quelques minutes de pause et tous trouvèrent un coin pour se reposer et reprendre leurs esprits. Falx et deux autres soldats s'enfoncèrent dans la forêt pour satisfaire des besoins naturels.

- Sanya, reste avec Aela. Je dois régler quelque chose.
- De quoi me parles-tu ?
- On verra ça plus tard. Reste avec elle et ne la quitte pas. Sous aucun prétexte, c'est compris ? Restez avec le groupe.
- Connor, tu me fais peur.

Il déposa un baiser sur son front.

- Il n'y a pas de raison. Promets-moi que tu resteras avec Aela et les autres.
- Ne fais rien d'irréfléchi...

Le jeune homme hocha la tête et se redressa. Quand Sanya fut bien installée près d'Aela, Kalena sur ses genoux, il s'enfonça à son tour dans la forêt, vigilant.

Il tomba sur Falx qui se soulageait effectivement contre un arbre. Surpris, ce dernier s'empressa de se rhabiller pour lui faire face.

- Que faire-tu ici ?
- J'ai à te parler.

Connor s'approcha d'une démarche prédatrice, sa main frôlant discrètement sa dague.

- Je crois que nous avons beaucoup de chose à nous dire.
- Je ne pas voir où toi vouloir en venir.

- Je vais être clair et concis alors. Pourquoi essayes-tu de tuer Sanya ?

Falx devint livide devant cette accusation. Sentait-il qu'il avait été démasqué, ou bien n'était-ce qu'une véritable surprise ? Ses talents d'acteur empêchaient Connor d'affirmer l'une ou l'autre des hypothèses.

- Alors ? Je m'impatiente. Réponds, ou je te ferais parler d'une autre manière.

Il caressa le pommeau de sa dague.

- Je ne pas vouloir tuer Sanya. Je ne pas savoir de quoi tu parler.

- Ben voyons. Et la passerelle ? Elle casse sans prévenir, d'un seul coup, au moment où je passe. Tu ne trouves pas ça bizarre ?

- La passerelle être très vieille.

Falx marchait, tendu, cherchant visiblement une échappatoire.

- Étonnant. J'ai failli mourir... juste après que tu es tenté de violer Sanya.

Falx devint translucide.

- Tu avais peur que je le découvre, alors tu as tenté de te débarrasser de moi. Craignais-tu que je te tue ? Ou était-ce pour tuer Sanya plus facilement ?

- Je ne jamais tenter de violer Sanya ! répliqua Falx.

Connor s'approcha et le son cristallin de sa dague résonna lourdement dans l'air quand il la tira.

- Je sais ce que tu as tenté de lui faire. Comme je ne doute pas de la réaction qu'elle a eu. Tu aurais dû savoir que Sanya n'est pas le genre de femme à se laisser marcher sur les pieds. Je serais bien tenté de te tuer sur le champ, mais tu vas parler avant.

- Essayer pour voir. Toi te méfier, car je connaître cet environnement. Qui savoir ce qui pourrait t'arriver...

Il sourit de manière menaçante. Connor sentit la fureur l'envahir.

- Assez ! Tu vas parler et tout de suite avant que je ne répande tes tripes sur le sol ! Pourquoi veux-tu tuer Sanya, pour qui travailles-tu ? Eroll ? Baldr ?

- Je n'avoir rien à dire ! cracha Falx. Tu fonder tes accusations sans preuves !

- Certes, mais il y a trop de coïncidences pour qu'on te croit innocent.

Reva venait d'apparaître et il contemplait Falx avec dureté. Il tenait son couteau à la main et il semblait prêt à s'en servir.

- Chaque fois que Sanya a manqué de mourir, tu étais présent. La première fois, c'était sur la rivière, rappela Reva. Tu es trop habile pour avoir glissé de la sorte et la première chose qu'on nous enseigne, c'est de ne jamais entraîné quelqu'un dans la mort. Or tu t'es retenu à Sanya ! Ensuite dans les marais. Je ne sais pas comment tu t'y es pris, mais tu as réussi à faire tanguer le canoë suffisamment pour que Sanya tombe à l'eau.

- Elle s'être penchée et...

- Je le croyais aussi à la première secousse, coupa Connor. À la deuxième, elle était parfaitement immobile. Autre chose était à l'œuvre. Toi.

- Mais...

- Ensuite *Kiona* ! l'interrompit Reva. La voûte tenait depuis des millénaires et au moment ou Sanya passe, elle s'effondre ! Et tu étais là ! Et là encore, la passerelle tient pour tout le monde, sauf pour Connor ! Depuis le début tu ne veux pas aider Sanya, tu ne lui fais pas confiance, tu refusais même de l'aider et du jour au lendemain, tu te prenais pour son plus grand ami ! Ça fait beaucoup trop de coïncidence. Tu cherches à tuer Sanya depuis le début !

- Pour qui tu travailles ? grinça Connor.

- Personne.

- Pour qui tu travailles ?!

- Je ne parlerai pas !

- Alors, fiche-le camp, laissa tomber le jeune homme d'une voix sans âme. Après ce que tu as tenté de lui faire, je ne te fais plus confiance. Je devrais te tuer pour ton acte d'hier soir, mais je te laisse une seconde chance. Va-t'en d'ici, ne reviens jamais.

Reva hocha la tête.

- Sans moi, vous être perdu ! tonna Falx.

- Tu n'as jamais eu l'intention de nous conduire à destination. Tu nous aurais tué avant qu'on arrive. Je préfère tenter ma chance seul qu'avec toi, répliqua Connor. Je ne me répéterai pas. Rentre chez toi, ne reviens pas. Si je te revois, je te tue.

Falx tremblait de rage, il regardait tout autour de lui, mais il n'avait pas d'autre solution. Reva et Connor lui bloquaient toute possibilité de retourner au camp. Poussant un juron, il les fusilla du regard.

- Ce ne pas être fini, loin de là.

Il tourna les talons et disparu dans la forêt. Les deux hommes s'assurèrent qu'il était bel et bien parti avant de rengainer leurs armes.

- Merci, souffla Connor en posant une main amicale sur l'épaule de son ami.

- Je le soupçonnais depuis longtemps, mais sans preuve, je ne pouvais rien faire.

- Peu importe ce qu'il aurait dit, je ne l'aurais pas laissé revenir vers les autres. Il a fait suffisamment de mal à Sanya.

Reva se contenta de hocher la tête sans rien demander et Connor lui en fut reconnaissant.

- Comment allons-nous trouvé la piste ? demanda-t-il.

- J'ai demandé quelques renseignements au clan qui nous a capturé, expliqua Reva. Je voulais être sûr que Falx ne nous menait pas en bateau. Je sais où aller.

- Tu es le meilleur.

Ils retournèrent auprès de leurs compagnons qui les contemplaient avec un grand intérêt. Tous se doutaient que quelque chose venait de se jouer. Connor fut heureux de constater que Sanya l'avait écouté. Elle était assise auprès d'Aela et de Faran et Il'ika s'était perchée à son épaule pour lui parler, sûrement pour la rassurer.

- Falx était un traître, annonça simplement Reva. Il voulait tuer Sanya.

Les soldats poussèrent des cris de rage en frappant le sol.

- Nous l'avons banni, reprit l'homme des clans. Quiconque le verra à ordre de le tuer. Qu'il ne nous approche pas. Je sais où aller, je vous guiderai à destination.

- Comment le savez-vous ? demanda Breris.

- Il s'est trahi tout seul. Certains choses doivent rester où elles sont, je ne m'attarderai pas plus.

Cette réponse sembla suffire, car le général hocha la tête sans commentaire.

Ils reprirent donc la route sans que la joie y soit vraiment. Tous étaient tendus, s'assurant que Falx n'était pas dans le coin. Aela ouvrait la marche avec Reva, la main sur son épée et à les voir ainsi, rien ne semblait pouvoir les surprendre. Connor et Sanya marchaient côte à côte, Kalena courant autour d'eux. Il'ika, prise d'affection pour cette boule de poils, voletait près d'elle, la faisant bondir un peu partout. Les deux jeunes gens n'avaient pas échangé un mot, mais Connor se doutait que sa compagne était plongée dans de sombres pensées. Ce n'était malheureusement pas le moment d'en parler.

De son côté, Sanya se demandait ce qui avait bien pu se passer dans les bois. Quand Connor lui avait ordonné de rester près d'Aela, elle se doutait qu'il préparait quelque chose de dangereux et elle avait été rongée par l'inquiétude durant toute son absence. Le voir revenir l'avait libéré d'une partie de sa peur, mais ce qui avait bien pu se passer avec Falx l'inquiétait.

Le soir venu, ils dressèrent le campement sans un mot et le repas fut bien silencieux.

- Je peux te parler ? souffla Connor à l'oreille de Sanya, alors que tous partaient se coucher.

Elle hocha la tête et il l'entraîna à l'écart. La prenant doucement dans ses bras, il murmura dans ses cheveux :

- Pourquoi tu ne m'as rien dit ?

Quand il la sentit trembler, il comprit qu'elle pleurait.

- Je suis désolée, gémit-elle, mais je ne pouvais pas.

Connor prit son visage dans ses mains et plongea un regard réconfortant dans le sien.

- Tout est fini maintenant. Tu peux parler librement.

- Je ne voulais pas en parler. Ça aurait été avouer ce qu'il s'était vraiment passé. Je préférais me mentir à moi-même plutôt que de me dire que mes cauchemars avaient failli se réaliser de nouveau...

Comprenant la douleur de sa bien-aimée, Connor la berça tendrement jusqu'à ce qu'elle fût apaisée. Essuyant ses larmes, elle déposa un baiser sur sa joue en souriant.

- Comment as-tu su ? Il te l'a dit ?

- Sanya, je te connais. Je sais quand quelque chose te préoccupe, quand quelque chose te fait peur, ou te plaît. En t'observant, je sais tout ceci avec précision. Tes regards noirs, tes mâchoires crispées, tes poings serrés. J'ai tout de suite compris ce qui s'était passé.

- Moi qui croyais pouvoir te le cacher.

- Tu ne peux rien me cacher, plaisanta-t-il.

- Et j'en suis heureuse. Te parler me fait du bien. J'aurais dû le faire plus tôt.

- Tout est arrangé maintenant, tu n'as rien à te reprocher ni à craindre.

- Oui. (Changeant de sujet, elle sourit en le regardant dans les yeux:) Il fait froid, tu ne trouves pas ?

Connor la souleva alors dans ses bras et la fit tourbillonner. Son rire les libéra tous les deux.

20

Ce fut la douleur qui tira Sanya de son sommeil. Alors qu'elle allait se redresser, la pointe d'une épée longue à deux mains appuyées contre son cou l'en dissuada. Un peu sang coulait déjà de la coupure que lui avait infligé l'arme.

Falx se tenait au-dessus d'elle, un sourire carnassier accroché aux lèvres. Il la dominait de toute sa taille. Personne ne semblait l'avoir remarqué, ce qui alerta la jeune femme. D'ailleurs, l'arme était trop... divine, avec sa lame forgée dans un matériaux presque aussi noir que la nuit, pour appartenir à un simple homme des clans. Falx ne l'avait jamais brandi. Quelque chose clochait dans tout ça.

- Comme on se retrouve, lança-t-il et sa voix n'avait plus aucun accent.

D'ailleurs, elle semblait différente.

Alerté, Reva bondit sur ses pieds et resta un moment paralysé de surprise devant cette scène. Comment Falx avait-il pu se faufiler jusqu'à Sanya sans se faire remarquer ? C'était impossible ! Il tira son arme, près à charger.

- Que fais-tu là ? tonna-t-il.

Sa voix chargée de colère réveilla tous ses compagnons

qui s'empressèrent de tirer leurs armes en découvrant Falx, néanmoins aussi perdus que l'était Reva. Fou de rage, Connor voulut charger, mais il se stoppa dans son élan qu'en l'épée de son ennemi appuya plus fort contre la gorge de Sanya. Kalena grognait, la queue entre les jambes, cachée sous la couverture du jeune homme.

- Allons mes amis, calmez-vous. Rien ne sert de s'énerver et de s'emporter.

D'un signe de tête, il ordonna à Sanya de se lever et de mettre ses mains en évidence.

- Falx, que fais-tu ? gronda Reva.
- Falx ? (L'homme éclata d'un rire glacial.) Cet homme est mort depuis longtemps ! Depuis, c'est moi qui vous tiens compagnie.
- Qui es-tu ? souffla Connor.

L'homme sourit, dévoilant ses dents étincelantes. Il se tourna vers Sanya, comme si elle seule existait.

- Me reconnais-tu mieux ainsi ?

Lentement, ses traits se modifièrent, ses cheveux, ses yeux changèrent, ses vêtements se transformèrent en une armure noire et brillante et quand ce fut terminé, ce n'était plus Falx qui se tenait devant eux, mais un homme inconnu, enveloppé d'une aura de puissance destructrice. Il était équipé en véritable guerrier. Ses yeux brillaient d'une intensité inhumaine.

Un sourire au moins aussi carnassier que l'homme étira les lèvres de Sanya.

- Reyw, ça faisait longtemps. Je me doutais que Baldr ne me laisserait pas tranquille. Alors c'est toi qu'il a envoyé se faire tuer ?

Reyw éclata d'un rire glacial.

- Tu n'as pas changé ! Même ainsi, aussi vulnérable et faible que ces stupides mortels, tu ne perds rien de ta fougue et de ta fierté. Ça me fait plaisir. Je dois bien t'avouer que te voir ainsi, j'ai bien du mal à imaginer que tu n'es plus rien.

- Baldr m'a dit la même chose. Vos impressions me laissent de marbre. Humaine ou déesse, je vous vaincrai tous.

- Ah ! comment toi, une pauvre humaine, peut espérer vaincre tout notre panthéon ?

- Je le ferais. J'espère que tu seras encore là pour le voir.

Voir la façon dont Sanya reprenait toute son assurance et sa combativité emplit Connor de fierté et il était prêt à se battre jusqu'à la mort pour elle.

- Trêve de discussion. Je suis venu ici pour une chose. Te tuer.

- Vraiment ? Tu en as eu l'occasion quand Sériel m'a capturé. Pourquoi n'as-tu rien fait ?

- Je voulais me délecter de ta souffrance encore un peu. Mais j'avoue qu'elle m'a prise de cours en te libérant. Si je t'ai laissé partir, c'est que je voulais te tuer en me faisant passer pour Falx, c'était plus simple, Abel n'y aurait vu que du feu. Aujourd'hui cependant, je n'ai pas d'autres choix et ce à cause de ton cher Connor. Je vais donc te tuer aujourd'hui sans plus de cérémonie. Si tes amis ont un minimum de bon sens, ils me laisseront faire ce que j'ai à faire.

En voyant que personne ne faisait mine de renoncer, il poussa un long soupir.

- Soit. Je vous tuerai tous.

Levant sa puissante épée, il l'abattit sur Sanya. La jeune femme anticipa, mais Connor fut plus rapide. Sa dague para le coup et dévia la lame de sa trajectoire. Reyw lui décocha un regard assassin avant de se lancer à l'assaut de son adversaire. Le jeune homme se défendit avec hargne, mais la lourde épée du dieu des orages le mettait dans une position assez délicate ; il ne parvenait pas à percer suffisamment la garde de son adversaire pour lui planter sa dague au travers du corps et l'arme menaçait de l'embrocher à chaque instant. De plus, Reyw était d'une habileté et d'une rapidité hors du commun. Ses réflexes étaient supérieurs à ceux de Connor, le jeune homme ne pouvait pas rivaliser avec un dieu.

Il fut soulagé quand Sanya se joignit à lui pour combattre Reyw, mais cela ne fut pas suffisant. Le dieu ne semblait pas se soucier le moins du monde de leurs attaques, on aurait dit qu'il se contentait d'éloigner des moustiques. Cela remplit Sanya d'une fureur sans nom. Elle, jadis si puissante, incapable d'infliger une correction à ce minable ! D'habitude, elle le mettait à terre en quelques mouvements et aujourd'hui, elle devait lutter comme jamais pour survivre, incapable de le toucher. Reyw se délectait de son impuissance.

Reva, Aela et les soldats se jetèrent dans la bataille aux côtés de leurs compagnons, pourtant le dieu les remarqua à peine. Il expédia deux soldats au sol en leur ouvrant de profondes blessures, tua un troisième et assomma si fort le général Breris que celui-ci perdit connaissance. Le tout en quelques secondes. Connor, Sanya, Reva et Aela encerclaient le dieu, essoufflés, souffrant de leurs blessures, cherchant à trouver une faille dans la défense de leurs ennemis.

Au bord de la panique, Faran contemplait le carnage sans pouvoir rien faire. Quelque chose en lui le brûlait, il avait une envie folle de se jeter dans la bataille, mais cela aurait été parfaitement inutile. Il sentait comme un feu ardent dans sa poitrine et il aurait donné cher pour l'extraire de là. Prendre cette boule de flamme dans ses mains et la jeter au visage de ce dieu ! Non, mieux, lui envoyer une telle puissance destructrice à la figure que tous ses os seraient broyés sur le champs !

- Bandes de minables mortels, comment osez-vous croire que vous avez la moindre chance de terrasser le seigneur du ciel, le dieu des orages ?! tonna Reyw.

Des éclairs déchirèrent le ciel et un tonnerre fracassant retentit.

Pris de frénésie, il se déchaîna et ses adversaires ne

purent résister. Reva le premier fut sévèrement touché à l'épaule puis à la cuisse et avant qu'il ne puisse réagir, une force invisible le percuta comme une décharge électrique. Il vola pour s'écraser plus loin et ne plus se relever.

- Non !

Folle de rage, Aela tenta l'impossible ; elle se rua en avant dans l'espoir vain de percer la défense de son adversaire. Assenant plusieurs coups terribles, se baissant pour éviter les assauts, elle se glissa vers Reyw... et fut accueillie par sa lame qui revenait déjà. L'épée transperça son armure et la pointe ensanglantée ressortit dans son dos. Elle hoqueta, chercha son souffle, les yeux écarquillés. Connor et Sanya poussèrent en hurlement de désespoir. Aela s'écroula au sol dans une mare de sang. Reva, qui venait tout juste de voir la scène, ne parvint même pas à crier. Il rampa faiblement jusqu'à elle, laissant une traînée de sang derrière lui.

- Abandonnez ! hurla Reyw.

Sanya évalua la situation d'un œil rapide. Faran, recroquevillé dans un coin, ne pouvait rien pour eux, pas plus qu'Il'ika. Un soldat était mort, les deux autres souffraient trop pour pouvoir l'aider. Breris était inconscient, Aela agonisait par terre et Reva, grièvement blessé et incapable de se redresser, caressait ses cheveux en la suppliant de survivre.

- Connor, recule !

Si elle devait mourir, la jeune femme refusait que son compagnon la suive dans la tombe. Elle livrerait son dernier combat, seule. Mais le jeune homme ne l'entendait pas ainsi. Prenant les devants sur elle, il se rua sur son ennemi. Enchaînement des coups plus puissants les uns que les autres, il faisait preuve d'une rapidité et d'une habileté que Sanya ne lui avait jamais vu. Il en devenait presque effrayant, le regard devenu un brasier, à bouger dans tous les sens, intouchable. Il esquivait avant de répliquer, mais rien ne semblait faire effet sur le dieu.

Laissant le vide s'emparer de son esprit, il fonça, brandissant ses dagues.

Et l'Onde fut là, puissante et apaisante, pulsant dans tout son corps en parfaite harmonie avec lui-même. Le temps sembla ralentir autour du jeune homme et plus rien d'autre ne compta que ce deuxième battement dans sa poitrine. Il comprit alors le sens des paroles de Darek : l'Onde habitait son cœur, elle avait répondu à son appel muet alors qu'il suppliait sa présence. Elle se manifestait à lui de la même façon que les sentiments qu'il avait pour Sanya. Il pouvait sentir son pouvoir, il avait enfin conscience de l'Onde, dans sa nature profonde et tout lui parut alors très simple. L'Onde était là, avec lui, puissante alliée, partie intégrante de son âme et pourtant indépendante, comme une force de la nature venue l'accompagner dans son entreprise. Se laissant emporter par ses pulsions apaisantes, il engagea le combat.

Reyw eut un moment de panique en comprenant ce qu'il se passait, il fut tenté de fuir. L'homme qu'il combattait était devenue pour lui une machine à tuer. Il eut peur.

Pourtant il se ressaisit. L'homme qui se tenait en face de lui n'était qu'un débutant. Il venait tout juste d'avoir accès à son pouvoir ; lui avait le sien depuis des millénaires !

Reprenant toute son assurance, Reyw répliqua avec une puissance phénoménale. Connor sut que malgré l'Onde, malgré toute son pouvoir, il ne l'emporterait pas face au dieu. Il n'était pas encore assez fort. C'était peine perdue. Un éclair déchira le ciel, s'écrasa au pied du jeune homme qui bondit pour l'esquiver. Un instant, son attention fut captée par ce choc.

Reyw en profita pour lui assener un coup puissant au niveau de la tempe, qui envoya valser le jeune homme quelques mètres plus loin. Sonné, Connor ne put se relever.

- Je m'occuperai de toi plus tard.

Sanya se retrouva seule face à un dieu déchaîné.

Brandissant son épée, elle entendait bien lutter jusqu'au bout. Pourtant, malgré sa détermination et toute sa puissance, il ne fallut pas longtemps à Reyw pour la terrasser. Il la désarma et quand la lame se planta dans sa cuisse, Sanya tomba à genou en hurlant. Lui décochant un terrible coup de poing, Reyw la jeta à terre. La douleur la clouant au sol, la jeune femme ne put rien faire quand le dieu s'approcha pour pointer son épée sous sa gorge.

- Voici la fin de la grande déesse des vents et des tempêtes. Voici ta fin, Sanya. Je suis le dieu qui t'as vaincu.

Alors qu'il allait enfoncer sa lame dans la gorge de la jeune femme, quelque chose capta son attention sur sa droite. Renversant la tête en arrière, Faran poussa un cri inhumain et quand il croisa enfin le regard de Reyw, il tendit les paumes vers lui. Elles s'illuminèrent de rouge et avant que quiconque ait pu réagir, une onde de choc alla percuter Reyw dans un vacarme assourdissant. Ce dernier recula sous l'impact en poussant un cri de douleur, sonné par cette puissance.

Sanya voulut profiter de la diversion, mais Reyw réagit plus vite qu'elle ne le pensait. L'attrapant par les épaules, il se servit de son élan pour la jeter à terre. Furieux que le combat s'étende autant, il abattit son épée.

Une déflagration retentit, arrêtant net son geste, un vent brûlant et puissant clouant tout le monde au sol et soudain, dans les flammes qui venaient de prendre naissance, apparut une femme, sa longue robe lumineuse claquant au vent, une puissante hallebarde en main. Elle avait de longs cheveux auburn tirant sur le rouge et elle portait plusieurs bijoux qui mettaient en avant sa beauté sauvage. Elle leva sa hallebarde sans aucun effort.

- Recule Reyw, tonna-t-elle.

Il n'y avait aucune trace de peur dans sa voix, seulement une autorité implacable. Une voix porteuse de toute sa puissance.

- Tu n'as rien à faire ici ! beugla le dieu des orages, terrifié.
- Tout m'y autorise. Si tu veux vivre, je te conseil de déguerpir.

Le ton de la femme ne donnait qu'une envie : lui obéir sur le champ. Le dos droit, la tête haute, elle était d'une beauté à couper le souffle, pourtant l'aura enflammée autour d'elle donnait plus envie de la craindre que de l'admirer.

- Je ne me répéterai pas. Tu n'as aucune chance face à moi et tu le sais.
- Je n'en ai pas fini avec vous !

Fulminant, le dieu des orages se dématérialisa. La femme eut un rire moqueur en faisant disparaître son arme.

- Aela !

Sans se soucier de la nouvelle venue, Sanya se rua péniblement vers sa sœur d'arme qui agonisait par terre. Connor, qui reprenait lentement conscience, ne parvint pas tout de suite à les rejoindre.

- Tiens bon mon amie !

Posant ses deux mains sur sa blessure, elle tenta de la guérir.

- Tu n'es pas assez puissante.

L'étrangère s'était approchée, contemplant le jeune homme sans émotion particulière. Sanya avait les yeux baignés de larmes, couverte du sang d'Aela. Reva était penché sur son visage.

- Ne me quitte pas ! gémit-il.

Il était au bord du désespoir. Se tournant vers la femme, Sanya plongea un regard suppliant dans le sien.

- Fal, je t'en prie ! Ne la laisse pas mourir ! Pitié !
- Mon pouvoir est...
- Suffisant pour ça ! Tu peux le sauver !
- Pourquoi le ferais-je ?
- Pour la même raison que tu es ici. Je t'en prie, aide-moi. Fal, peu importe nos rivalités, j'ai toujours été là pour toi.

Aide-moi je t'en supplie !

Aela peinait à respirer, ses yeux luttaient pour rester ouverts, mais elle ne semblait déjà plus voir.

- Reva... je...
- Ne m'abandonne pas, j'ai besoin de toi ! répliqua-t-il.

Il éclata en sanglot en déposant un baiser sur sa main.

- Je t'en prie.... je t'aime...

La jeune femme ferma les yeux.

Alors, deux mains se posèrent sur son ventre et une douce lumière se repandit en elle. Sanya jeta un regard débordant de reconnaissance à Fal qui s'appliquait à lui sauver la vie. Lentement, les deux bords de la plaie se refermèrent, le teint de la guerrière reprit ses couleurs et quand elle retira ses mains, elle respirait de nouveau en ouvrant faiblement les yeux.

Reva fut tellement soulagé qu'il en pleura, déposant un baiser sur le front de sa compagne. En se redressant, Fal rejeta ses cheveux en arrière et contempla la scène : pour l'un des soldats, elle ne pouvait plus rien. Les autres étaient blessés ou inconscients par terre, mais leur vie n'était pas en danger. Connor n'était pas mortellement blessé et Sanya était déjà en train de s'occuper de lui.

Quant au magicien, il avait perdu connaissance suite à son exploit. Fal lui jeta un long regard, ignorant la fée qui s'occupait ardemment de lui, puis finit par se détourner pour rejoindre Sanya de sa démarche souple et gracieuse.

Connor était assis, caressant Kalena d'une main et Sanya était accrochée son cou. En voyant la déesse revenir, il songea qu'elle était fascinante et attirante, mais pas autant que Sanya. Il eut le cœur serré en découvrant l'étendue de ce qu'avait perdu sa compagne.

Fal était une déesse, rayonnante et puissante, possédant la pleine maîtrise de son pouvoir et ne souffrant d'aucune limite. Son regard était sans âge et des flammes semblaient danser dans ses iris. Une aura enflammée semblait briller autour d'elle, rien ne semblait pouvoir la vaincre. Et Sanya avait jadis été comme ça...

La jeune femme se releva doucement pour lui faire face. Sa jambe blessée la faisait souffrir, mais elle ne se plaignit pas.

- Je ne te remercierai jamais assez Fal.

- Je n'ai pas fait ça pour toi, répliqua la déesse. En salissant le nom de Baldr, tu aides Abel. Il a besoin que tu réussisses.

- Je m'en doute, mais je ne fais pas ça pour lui.

- Je sais. Je t'ai sauvé la vie aujourd'hui Sanya. La prochaine fois que nous nous verrons, je devrais te tuer.

- Peut-être pas. Le temps nous le dira.

- Je sais ce que tu manigances. Ne compte pas sur moi pour t'aider. Je n'aiderai jamais les humains. Pas après ce qu'ils m'ont fait.

- Ne blâme pas d'autres pour ce qu'on fait certaines personnes.

Fal haussa les épaules.

- Tu formeras le magicien, je suppose ?

- Oui. J'ignorais qu'il en était un. Tu connais son parent divin ?

- Comment le saurais-je ? Il est très difficile de le dire maintenant. Il faudra du temps pour que son véritable pouvoir se manifeste et ainsi découvrir son parent.

- Il a un don pour la guérison.

- Peut-être est-ce le fils de Siham alors, déesse des plantes et du savoir. Qu'il ne se fasse pas de faux espoir, avec la guerre, Siham ne viendra pas le voir. D'ailleurs, elle n'a reconnu aucun de ses enfants.

- Je sais.

Fal jeta un dernier coup d'œil au campement.

- Tu arrives à ton but. J'espère que tu seras assez forte pour faire face à la suite. J'ignore ce qui se passera. On se reverra. Même si tu ne devrais pas t'en réjouir. Je ne te faciliterai pas la tâche.

- Qui sait ce qui peut arriver ? Merci Fal. Un jour peut-être, je pourrais te rendre la pareille.

- J'en doute.

Sans un mot de plus, Fal disparut.

- Qui était-ce ? souffla Connor.

- La déesse du feu. Une vieille amie. Nous parlerons de ça plus tard. Les autres ont besoin de nous. Ce camp est une boucherie...

Ils s'empressèrent de s'occuper des blessés comme ils le purent. Aela, remise de la blessure qui avait failli l'emporter, se joignit à eux. Faran étant inconscient, ce fut Il'ika qui vint à leur aide. Connaissant suffisamment les techniques de son ami, elle prépara des onguents pour aider la cicatrisation et repousser la douleur. Elle insista pour s'occuper d'abord de Sanya et mêlant un peu de sa propre magie à ses remèdes, elle réduisit et désinfecta l'horrible plaie qu'avait la jeune femme à la cuisse. Ensuite, Connor lui fit des points de sutures. La douleur s'estompa et elle fut soulagée de pouvoir marcher en boitant que légèrement.

Tandis que ses compagnons s'occupaient des soldats, Aela fit le nécessaire pour soigner Reva. Le jeune homme la contemplait avec adoration pendant qu'elle désinfectait ses blessures, avant d'éponger tout le sang et de lui faire des points. Bien qu'encore faible, il allait vite s'en remettre.

- Merci, souffla-t-il en touchant sa joue.

- Ne comptes pas sur moi pour céder, répliqua Aela, taquine. Tu dois toujours me faire la cour.

Quand les deux soldats survivants et le général Breris eurent repris connaissance et furent soignés, ils jetèrent des regards éperdus autour d'eux, la main sur leur épée. Malgré leurs blessures douloureuses, ils se battraient encore s'il le fallait.

- N'ayez crainte, les rassura Sanya. Il ne reviendra pas.

- Je ne comprends pas, souffla Breris. Falx est...

- Le véritable Falx est mort depuis longtemps, je le crains. Reyw, dieu des orages au service de Baldr l'a remplacé pour nous tuer. Il y serait arrivé sans l'intervention de Fal. Il ne se risquera pas à l'affronter, vous pouvez vous reposer. Il ne reviendra pas, je vous l'assure.

- Je n'ai pas eu le temps de la remercier, soupira Aela.

- Ne t'en veux, Fal ne t'aurait pas écouté de toute façon. Elle n'attend jamais de remerciement pour ce qu'elle fait, car elle agit la plupart du temps uniquement pour elle. Si elle t'a sauvé, c'est qu'elle juge que tu seras encore utile. Dure réalité, mais elle est comme ça.

- C'est uniquement pour ça qu'elle nous sauvé ? répliqua Connor. N'y aurait-il pas un peu de sentiments ? La pitié, ou la peur de te voir mourir ?

- Je le crois aussi. Je l'espère du moins. C'était une amie, à sa façon. Mais je la connais suffisamment pour savoir qu'elle ne l'avouera jamais. Trêve de discussion, vous êtes tous épuisés. Je ferai le guet. Dormez.

- Comment savez-vous tout ça ? demanda un soldat, mais son général le réduisit au silence d'un seul coup d'œil.

Breris et ses hommes organisèrent rapidement des funérailles pour leur compagnon mort au combat et la tristesse voilait leur regard. Trop las pour discuter, ils acceptèrent de laisser le tour de garde à leur reine.

Quand tous furent endormis, Connor rejoignit Sanya près du feu et la jeune femme s'appuya aussitôt contre lui. Il devinait qu'elle était encore perturbée par ce qui venait de se produire. C'était arrivé si vite, ils avaient perdu le contrôle et sans Fal, ils seraient tous morts à l'heure qu'il est. Ils avaient frôlé la catastrophe. Ils ne pouvaient pas réaliser que Reyw était avec eux depuis le début. Tant de choses prenaient leur sens, à présent... Kalena vint les rejoindre, se lovant entre leurs jambes.

- J'ai senti l'Onde, murmura alors Connor.
- Je sais. Je l'ai vu.

- C'est plus que ça, insista-t-il. Je connais à présent sa nature profonde. Je l'entends encore ! Je peux faire appel à elle, j'y arrive enfin. Pas avec la même facilité que Darek, bien sûr, mais je peux ressentir l'Onde en moi à volonté. Avec mon cœur ! Tout me paraît si facile à présent, le temps semble ralentir quand je me bats. Je sens cette puissance qui me parcours, je ne fais plus qu'un avec elle. Comme toi et ton pouvoir. Sanya, c'est merveilleux.

Sanya le regarda avec un grand sourire.

- Alors tu es vraiment le descendant de Nahele. Apprendre à se servir de l'Onde aussi rapidement, ça relève du génie. Darek ne voudra pas y croire.

- Si j'étais aussi fort, je n'aurais pas laissé Reyw s'en sortir si facilement. J'ai cru avoir une chance ; je me suis leurré.

- Je connais Reyw. Crois-moi il a eu peur de toi, plus que tu ne l'imagines. Il doit te craindre à présent et redouter que tu apprennes à te servir de l'Onde.

- La prochaine fois que nous nous croiserons, je le tuerai. Je ne le laisserai pas t'approcher à nouveau.

Ils restèrent un moment silencieux.

- Je réalise enfin ce que tu as perdu, quand on t'a retiré ton pouvoir. Il n'y a pas si longtemps, l'Onde m'était inconnue. Aujourd'hui, eh bien... je crois qu'on peut comparer ce que je ressens à notre rencontre. Je vivais normalement, sans savoir qui tu étais, mais depuis que je t'ai vu, toute ma vie s'est mise à tourner autour de toi et sans toi, je serais perdue.

Sanya en eut les larmes aux yeux.

- Alors ne me quitte pas. Jamais.

Il se pencha pour l'embrasser. Ils furent néanmoins interrompus par Faran qui se réveillait enfin. Il'ika le somma de rester tranquille, mais il s'assit tout de même en se massant la tête.

- Dites-moi que nous sommes vivants, souffla-t-il.

- Oui, le rassura son frère. Nous sommes bien vivants.

Faran se leva péniblement malgré les protestations d'Il'ika et vint s'installer près des deux jeunes gens. Il avait la tête qui tournait et bourdonnait.

- Que s'est-il passé ? Reyw était là, il s'apprêtait à nous tuer et... c'est le vide.

- Fal, une déesse de mon panthéon, est venue à notre secours, lui expliqua Sanya. Elle a fait fuir Reyw et à sauver la vie d'Aela. L'un de soldats est mort, les autres sont juste amochés. Reyw ne reviendra pas, nous sommes tirés d'affaire, mais ce n'est pas passé loin.

- Quel soulagement. Sanya, il s'est passé quelque chose... je...

- Tu as utilisé la magie.

- Comment est-ce possible ? Je veux dire, je n'ai jamais fait ça de ma vie. J'étais juste désespéré, je voulais expédier Reyw loin d'ici.

- Et ce désespoir a ouvert une porte en toi, laissant le flux de magie parcourir librement ton corps. Tu es un magicien Faran, dorénavant, tu vas pouvoir apprendre la magie.

Faran se tripotait les mains, ne sachant pas quoi penser de tout ça.

- Pourquoi cela ne s'est-il jamais manifesté avant ?

- Il est vrai que c'est étonnant, mais cela ne doit pas t'alerter. La magie peut se manifester très tôt chez certaines personnes, tard pour d'autres. C'est comme ça. Aujourd'hui, le flux de magie se déverse en toi, c'est tout ce qui compte. Je t'apprendrai à l'utiliser, si tu le souhaites.

- Un magicien... c'est impossible.

- Pourquoi ?

- Je ne sais pas, mais c'est impossible.

- Rien n'est impossible. Il est clair que dans votre famille, vous êtes tous exceptionnels.

Faran et Connor sourirent. Se rappeler que son frère s'était lui aussi découvert un pouvoir insoupçonné, redonna des forces à Faran. Il était un magicien. Cela ne le tuerait pas, cela ne l'engageait à rien. Il pouvait l'accepter très facilement. Et c'est d'ailleurs ce qu'il fit. Quelque part, tout au fond de lui, il s'y attendait. À dire vrai, il n'était pas si surpris que ça et plus les minutes passaient, plus il avait l'impression de toujours l'avoir su.

- En parlant de famille...
- Tu avais raison, le coupa Connor. Notre mère – ma mère – n'était pas la tienne. Pardonne-moi de ne pas t'avoir cru.
- Je ne t'en ai jamais voulu. Mais dans ce cas, qui est réellement ma mère ?
- Je l'ignore Faran, soupira Sanya. Pour le savoir, il faudrait soit que ta mère se manifeste, soit que le pouvoir qui vient d'elle se manifeste.
- Comment ça ?
- Tu ne te souviens pas ? Un magicien maîtrise quelque chose mieux que le reste. Si tu étais mon fils, tu maîtriserais le vent mieux que le reste. Or pour trouver ce pouvoir, tu peux attendre des jours comme des années avant qu'il ne se manifeste. La magie est un flux d'énergie complexe, elle peut se manifester avec une infinité de possibilité. Il y a tant de choses à découvrir, à essayer, qu'il n'est pas facile de mettre le doigt sur un pouvoir en particulier. Certains doivent patienter longuement pour trouver leur véritable pouvoir, d'autre le trouve tout de suite. Et d'autre jamais.
- C'est rassurant.
- Ces magiciens-là ne m'avaient pas comme formatrice, lança Sanya avec un clin d'œil. Ne t'inquiète de rien. Je t'apprendrai à maîtriser la magie et nous trouverons quel est ton véritable pouvoir.
- Merci.
- Ne t'attends pas à ce que ta formation soit des plus faciles. Il te faudra connaître tes limites, apprendre à maîtriser le flux de magie, à matérialiser les sorts que tu souhaites. C'est épuisant et dur.

- Je veux apprendre. Ne pourrions-nous pas commencer de suite ?

Sanya sourit devant son enthousiasme.

- Repose-toi. Nous verrons ça, pour le moment, je crains que la situation ne le permette pas.

- Je comprends.

Il bailla à s'en décrocher la mâchoire et Il'ika en profita pour le sermonner. Faran finit par céder et il retourna se coucher après avoir souhaité une bonne nuit à ses compagnons. Il sombra rapidement dans le sommeil. Sanya et Connor le contemplèrent un moment.

- Un magicien, qui l'eut cru ? murmura le jeune homme.

- Ça ne me surprend pas. Quand tu m'avais dit qu'il se rappelait une voix autre que celle de ta mère, ça m'a mis la puce à l'oreille.

S'allongeant sur le dos, Connor posa la tête sur les genoux de sa compagne et ferma les yeux. Il aurait voulu lui tenir compagnie plus longtemps, hélas, il s'endormit comme une masse.

21

- Espèce d'imbécile !

La claque fut si puissante qu'elle envoya Reyw s'écraser par terre. La joue en feu, la vision brouillée, il tenta de marmonner quelques excuses.

- Tais-toi ! rugit Baldr, hors de lui. Tu n'es qu'un incapable ! Un ramassis de minables mortels, faibles et incompétents et tu trouves le moyen de perdre ! Tu les as laissé filer !

Baldr fulminait en faisant les cents pas dans le grand hall de son palais. Les autres dieux présents baissaient la tête, ne désirant pas croiser son regard et ils faisaient comme s'ils ne voyaient pas ce qui se passait. Reyw se redressa maladroitement, penaud, mais le regard glacé de son seigneur lui fit perdre la face. Il tomba à genou devant lui.

- Pardonnez-moi, gémit-il.
- Te pardonner ? Quelle blague !
- J'allais réussir, croyez-moi. Mais Fal est arrivée pour secourir Sanya. Je ne pouvais rien faire contre elle.
- Rien dis-tu ?! Rien faire ?

Baldr se retint à grande peine de ne pas assener un autre

coup au dieu des orages.

- Une seule déesse avec un peu trop de voix suffit donc à te faire peur ? Tu fuis devant une femme, toi qui te prétend supérieur à tout le monde ? Peut-être vaudrait-il mieux que je t'expédie sur terre comme mon frère l'a fait pour Sanya ! Tu ressembles plus à ces mortels qu'au fier guerrier que tu prétends être !

- Fal...

- Fal n'est pas toute puissante ! Tu n'as même pas eu le courage de te dresser devant elle, tu as fui !

- Ne me tuez pas...

- Ton sang salirait mon palais.

Reyw eut du mal à contenir son soulagement.

- Mais il vaudrait peut-être mieux que tu sois mort. Honte à toi ! Disparais !

Reyw s'inclina aussi bas que possible avant de disparaître avec empressement.

- Maudite sois-tu Sanya ! tonna Baldr dans le vide. Le jour où je te dompterais, tu regretteras les tourments que tu m'infliges !

- Seigneur, tenta un dieu en s'approchant.

- Laissez-moi ! (Il tourna les talons sans un regard pour ses congénères.) Il faut tout faire soi-même ici ! Tu ne t'en tireras pas comme ça Sanya, je te le promets.

*

La piste du Crépuscule commençait là. Une piste escarpée entre deux montagnes qui s'enfonçaient dans une forêt sombre et dense. Sanya ne voyait pas ce qu'il pouvait y avoir au-delà, mais une sensation d'excitation et de crainte l'envahit. Elle touchait au but. Maintenant, il ne restait plus qu'à trouver Céodred.

Et franchir la gorge qui les séparait de la piste.

Elle était très profonde et la rivière qui était nichée tout au fond semblait bien petite. Les falaises étaient trop abruptes pour espérer descendre et remonter ensuite sur la rive opposée. De plus, tous souffraient encore de leurs blessures, ils n'arriveraient jamais à suivre une telle entreprise. La jeune femme poussa un long soupir.

- Personne ne sait s'il y a un pont non loin ? demanda-t-elle.

Céodred et Tamara étaient passés là, il y avait donc forcément un passage.

- Navré, je ne sais pas, s'excusa Reva.

Las, le groupe s'apprêtait à longer la gorge pour trouver un autre chemin quand Il'ika apparut. Elle fonça droit devant elle, s'arrêta en plein milieu du vide et fit signe à ses amis de la suivre. Sanya jeta un coup d'œil à Faran qui haussa les épaules.

- Elle veut qu'on avance, traduisit le jeune homme.
- Avancer où ? répliqua le général Breris. Je ne sauterai pas dans le vide.

La fée revint vers eux, sincèrement surprise de leur manque de réaction. Elle se fit plus pressante, tirant Faran vers le vide.

- Il'ika, enfin, qu'est-ce qui te prend ?

Regardant tour à tour ses amis puis le vide, elle semblait ne pas comprendre ce qui se passait.

- Elle dit qu'il y a un pont, souffla Faran.
- Moi je ne vois rien du tout, se renfrogna le général Breris.

Voyant qu'Il'ika insistait, Sanya, Connor et Faran s'approchèrent du vide. Ils avaient beau tout faire, ils ne voyaient aucun pont. La fée tira alors sur la manche de Connor et le jeune homme se laissa faire.

- Connor, Il'ika ! s'écria Sanya en attrapant Connor par la main. Attendez !

Le jeune homme se tourna vers elle, lui murmurant rapidement de ne pas s'inquiéter, puis il suivit Il'ika. Se plaçant exactement là où elle le voulait, il inspira à fond et tandis le pied au-dessus du vide. Avec un sourire en coin mais le cœur battant sourdement, il se laissa tomber en avant sans chercher à garder un appui sur la terre ferme.

Sanya poussa un cri !

Connor ne tomba pas. Alors qu'il aurait dû, il se tenait debout, parfaitement immobile au-dessus du vide ! Exactement comme si une surface dure se trouvait sous ses pieds. Un pont invisible !

Connor éclata de rire devant l'air dubitatif de ses amis et Il'ika se joignit à lui.

- C'est impossible, souffla un des soldats.

Pour démontrer le contraire, Sanya s'avança à son tour dans le vide, prenant la main que son amant lui tendait.

- Amuse-toi encore à me faire peur de la sorte et tu le regretteras.

Connor ria davantage. Puis il se tourna vers ses compagnons.

- Il'ika dit que le pont n'est pas très large, mais solide. Nous ne risquons rien. Marchez deux par deux, ne vous éloignez pas du chemin qu'elle nous montrera et tout ira bien.

Curieuse comme pas possible, Aela s'avança sur le pont invisible pour se placer derrière le jeune homme. Elle poussa un sifflement admiratif. Le vide s'étirait sous ses pieds, c'était si frustrant de marcher au-dessus d'un gouffre profond et pourtant tellement exaltant. Elle pouvait voir la rivière, très loin sous ses pieds. Cela lui donnait un peu l'impression de voler.

Cependant, marcher sur un pont que l'on ne pouvait pas voir était effrayant. Comment savoir s'il continuait bien droit devant elle, s'il n'y avait pas de trou ? Chaque pas était source de crainte et de fascination. Elle devait suivre Il'ika aveuglement.

Comme l'avait ordonné Connor, tous entamèrent cette

délicate traversée deux par deux et aucun ne put s'empêcher de regarder sous ses pieds pour voir le vide qui s'étirait sous eux. Il'ika les menait avec allégresse, heureuse de pouvoir se rendre utile et en même temps jubilant à l'idée de leur infliger une telle peur. Seule Kalena refusa de traverser, gémissant en voyant les autres continuer sans elle. Connor revint vers elle et la porta dans ses bras durant toute la traversée

Quand ils furent de l'autre côté, poussèrent un long soupir de soulagement à l'unisson.

- Comment se fait-il qu'elle ait vu le pont ? demanda Reva en désignant la fée.

- Chez nous, les fées sont des êtres mystérieux, dont le pouvoir dépasse probablement le nôtre, expliqua Faran. Un pouvoir tombé du ciel, à ce qu'on raconte. Leurs yeux peuvent voir des choses que nous ne pourrons jamais voir, des créatures insoupçonnées vivant dans une simple goutte d'eau par exemple, ou même ce pont. Je ne saurais l'expliquer, d'ailleurs Il'ika se garde bien de nous parler de ses pouvoirs. Ce sont les secrets de son peuple. Sache seulement qu'elle est capable de bien plus qu'il n'y paraît. Personne ne sait réellement où s'arrête le pouvoir des fées.

Reva se tourna alors vers Sanya et lui glissa discrètement :

- Pas même les dieux ?

Elle eut un sourire énigmatique et après un clin d'œil échangé avec la fée, elle reprit son chemin sans même répondre à la question.

Reva sut qu'elle savait probablement la vérité, mais par loyauté envers les fées, elle ne dirait probablement jamais rien. Il avait appris à connaître la jeune femme depuis le début de son voyage : il n'avait jamais vu quelqu'un d'aussi borné.

Ils reprirent donc leur route, tous très vigilants. Après ce pont invisible, il était probable que d'autres choses surnaturelles surgissent. Reva marchait près d'Aela, lui proposant galamment sa main quand le chemin devenait difficile, ou encore en lui offrant son outre d'eau quand elle paraissait assoiffée et elle acceptait l'un ou l'autre avec un sourire. Les deux jeunes gens ne se quittaient plus.

La piste était raide, épuisante, longeant les flancs de la montagne pour s'enfoncer dans une forêt dense. L'atmosphère y était des plus étrange. L'inquiétude les gagnait sans qu'ils sachent pourquoi, ils avaient la désagréable impression d'être épiés. Pire, plus ils avançaient et plus la sensation d'être perdue les tenaillait, alors même qu'ils suivaient le sentier !

L'air était chargée de toutes ces inquiétudes et chaque inspiration leur donnait froid dans le dos, sans explication. Faran se mit à trembler, aussi craintif qu'un paranoïaque dans une ville et il n'était pas le seul. Les soldats avaient tiré leur épée en se tournant dans tous les sens. Connor et Reva quant à eux, étaient taraudés par l'envie subite de rebrousser chemin. Kalena marchait la queue entre les jambes et insista pour que Connor la porte.

- Sanya, c'est inutile, insista le jeune homme. Rentrons, cette mission de ne sert à rien.

Il songea que c'était effectivement la meilleure chose à faire, même s'il aurait été bien incapable d'argumenter. Tous ses compagnons approuvèrent en s'arrêtant. Seule Aela ne répondit pas, trop hagarde pour comprendre ce qui se passait. Elle contemplait les alentours comme si elle se trouvait au royaume des dieux et elle s'extasiait devant une brindille. Reva la tenait par le bras pour l'empêcher de s'en aller. Elle ressemblait davantage à ne fillette qu'à une guerrière, à cet instant.

- Non, nous continuons, répliqua Sanya.

Elle contempla tour à tour ses compagnons. Leur comportement n'était pas normal, elle le savait, la forêt y était pour quelque chose, hélas elle ne pouvait rien pour eux sinon les encourager à avancer.

- Sanya, c'est inutile. Je ne vois pas pourquoi on est là. À vrai dire, je ne comprends pas comment j'ai pu faire pour avoir envie de partir. Il n'y a rien à chercher ici, c'est une perte de temps.

- Nous cherchons Céodred, pour qu'il mette fin à la guerre.

- Qui ?

Connor plissa le front. Quelque chose lui échappait, il en avait conscience, mais quoi ? Pourquoi était-il là d'ailleurs ? Que venait-il faire dans un endroit pareil ? Il avait beau réfléchir de toutes ses forces, il ne parvenait pas à se rappeler. Il voulait rentrer et c'était tout. Rien d'autre ne comptait. Cette mission dont il ne se rappelait rien était une perte de temps.

- Je suis d'accord avec lui, l'appuya Breris. Rentrons Majesté, nous n'avons rien à faire ici.

Sanya inspira à fond pour se calmer. Après un rapide coup d'œil avec Il'ika, elle comprit que tous ses compagnons étaient touchés par une sorte de magie qui voulait les forcer à rebrousser chemin. Il fallait pourtant qu'elle trouver le moyen de les motiver.

- Connor, me fais-tu confiance ?

- Bien sûr.

- Alors suis-moi.

- Pour aller où ?

- Trouver quelqu'un. Tu ne te rappelles pas, tu veux partir, je le sais. C'est normal. Un sortilège est à l'œuvre. Son but est de faire rebrousser chemin à quiconque traversera la forêt.

- Pourquoi n'es-tu pas touchée ?

- Je le suis. Certaines de mes motivations sont flous, tu peux me croire. Plus je respire et plus mes souvenirs s'effacent...

En entendant ses propres paroles, elle prit conscience

qu'elle oubliait effectivement tout ce qui la motivait à avancer. Elle ne savait déjà plus ce qu'elle venait faire ici ! Elle crut qu'elle allait devenir folle. Ses souvenirs la fuyaient !

Mais sa détermination restait inébranlable.

- Écoute-moi Connor. Le sortilège provoque notre amnésie, mais dès que nous sortirons d'ici, tout rentrera dans l'ordre. J'ai envie de partir, mais il faut résister. Continuez d'avancer. Je sais qu'il le faut, c'est primordial. Je t'en prie Connor, fais-moi confiance et vient avec moi.

- Tu es sûre ?

- Oui. Je ne sais plus ce que nous faisons là... mais je sais qu'il ne faut pas rebrousser chemin !

- Alors je te suis.

Sanya poussa un long soupir de soulagement. Même bannie, elle restait une déesse au plus profond d'elle-même. La magie ne pouvait pas avoir autant d'influence sur elle que sur ses compagnons. Si elle ne savait plus pourquoi, si l'envie de partir était grande, la magie ne pouvait pas altérer sa détermination. C'était un avantage d'être une déesse.

Ils reprirent donc leur chemin, sans savoir pourquoi mais parce qu'ils avaient confiance en Sanya. Ils marchèrent plusieurs heures jusqu'à émerger enfin de cette épouvantable forêt.

À peine leurs poumons se remplissaient d'un nouvel air frais que leurs souvenirs déferlèrent en eux. Stupéfaits, ils se dévisagèrent tour à tour, puis jetèrent des regards craintifs à la forêt derrière eux. Comment avaient-ils vraiment pu oublier pourquoi ils étaient là, comment une simple forêt avait pu leur faire un tel effet ?

Redevenue sérieuse, Aela jeta à regard s'excuse à Reva qui éclata de rire. Les autres l'imitèrent, soulagés.

- Tu es encore plus formidable que je le croyais, souffla Connor à l'oreille de sa compagne.

- Vous n'avez encore rien vu mon cher, répondit-elle avec

un sourire.

Devant eux se dessinait des montagnes recouvertes de forêts et ils se tenaient sur les hauteurs d'une falaise, surplombant une immense vallée. Un lac s'étirait à leurs pieds, bordé par des plaines et des forêts. Un paysage immense et magnifique. Contrairement au reste du territoire qu'ils avaient visité, un peu de neige brillait au sommet des montagnes. Kalena battait la queue avec impatience, ravie d'être enfin sortie de cette forêt maléfique.

- La piste continue encore, lança Reva, mais qui sait si votre homme ne s'en est pas éloigné ? Ce territoire doit être inexploré. Du moins par nos clans. Des terres probablement encore plus sauvages.

- Autant chercher une aiguille dans une botte de fois, marmonna Breris. Comment trouver un homme, une fois la piste traversée ?

Sanya n'écouta pas la discussion qui débuta. Au bord de la falaise, face au vent qui lui soufflait dans les cheveux, elle réfléchissait. Si elle avait eu la pleine possession de ses pouvoirs, elle aurait pu sonder les environs et trouver Céodred, hélas, depuis son bannissement, son champ d'action avait été considérablement réduis.

- Pour l'instant, il n'y a rien d'autre à faire que de suivre la piste. Nous aviserons ensuite. Restez vigilants aux moindres traces et aux moindres dangers. On raconte beaucoup de chose sur cet endroit, je doute que nous en ayons finis.

Ils continuèrent donc leur chemin, cherchant dans la nature d'éventuels indices sur le passage d'un homme. Ils marchèrent longtemps sans rencontrer âme qui vivent, mais les forêts qu'ils traversaient ne leur inspiraient pas confiance. Ils se sentaient épiais, voyaient parfois des formes furtives qui se déplaçaient au loin et aucune réponse ne leur était parvenue lorsqu'ils avaient lancé un avertissement.

Ils n'étaient pas seuls dans cette forêt et ils craignaient de subir une attaque à chaque instant. Quand la nuit tomba, ils n'eurent cependant pas d'autres choix que de lever le camp. Il faisait trop sombre pour continuer sans risque.

Reva prit le premier tour de garde et Aela resta près de lui tandis que les autres s'enroulaient dans leur couverture pour dormir. Les deux compagnons restèrent longuement silencieux à contempler la nuit.

- Que crois-tu que nous allons rencontrer beaucoup de chose ici ? demanda Aela.
- Je ne sais pas. On raconte tellement de choses. Et ces... choses que nous avons discernés tous à l'heure, ne m'inspirent pas confiance. Là encore, je sens que nous sommes épiés et je n'aime pas ça.
- Céodred vit ici pourtant, il ne doit pas y avoir tant de danger que ça.
- Peut-être a-t-il conclus une alliance.
- Ce monde recèle décidément de nombreuses surprises.
- De très belles surprises.

Avec un sourire, Reva avança la main pour toucher la joue d'Aela. Cette dernière se laissa faire, pour une fois, ravie. Et quand Sanya prit la relève, Aela se coucha près du jeune homme, qui s'empressa de la recouvrir de sa couverture.

Sanya les contempla avec un sourire avant de porter son regard dans le ciel. Ysthar, son royaume, était là, quelque part au-dessus de sa tête, avec son frère et ses anciens amis. Ysthar, avec ses lacs infiniment grand et cristallin, ses plaines verdoyantes, ses immenses forêts et ses hautes montagnes, les ponts qui reliés certains palais, sans oublier les esprits, qui venaient les régaler de leurs danses, de leurs chants et de leur beauté.

Et elle n'oubliait pas le palais des morts, cet immense bâtiment où résidaient les âmes des défunts. Il y avait toujours des fêtes, de somptueux banquets, des danses, des chants, des rires. Les morts y vivaient, même s'ils adoraient sillonner l'infinie royaume d'Ysthar.

Et enfin, il y avait les dieux, sa famille. Sanya n'oubliait pas leur visage, leur sourire quand ils organisaient de grandes fêtes, leur fougue quand ils se livraient des combats et ses visites dans les domaines de chacun. Le temple sous la mer de son frère, l'immense château de flammes de Fal, le grand palais d'Abel et par-dessus tout, son palais à elle, perdu dans les nuages.

Sanya se demanda ce qu'il était advenu de son domaine. Abel l'avait-il détruit ? Avait-il démoli son beau palais fais de nuages ? Sa maison ? La jeune femme soupira. Elle espérait qu'il lui serait donner de revoir son royaume encore une fois, peu importe ce qu'il devrait arriver. Le plus merveilleux serait évidemment d'y emmener Connor. Elle avait tant de chose à lui montrer.

Kalena la tira de ses pensées en grondant et en retroussant les babines. Campée près de Connor qui dormait, elle observait quelque chose dans la forêt. Sanya se redressa, tirant sa lame au clair.

Un homme apparut. Du moins, il ressemblait à un homme, mais une capuche recouvrait son visage. Il avançait en direction du campement.

- Qui êtes-vous ?

Il n'y eut pas de réponse. L'homme continuait d'avancer. Il s'arrêta juste à la lisière du campement, sans un bruit, sans une parole.

Sanya voulut s'approcher mais quelque chose attira son attention. Sur sa droite, d'autres formes se mouvaient. Un autre homme apparut dans son champ de vision, à la même allure que le premier. Il vint à son tour se camper à la lisière du campement.

- Que...

Elle ne finit pas sa phrase. Derrière elle et sur sa gauche, deux autres inconnus firent de même que les précédents. Le campement était encerclé.

- Nous sommes là en amis, tenta la jeune femme en

serrant fort son épée.

L'homme qui se tenait face à elle redressa la tête, dévoilant une partie de son visage. Le visage d'un mort, la peau craquelée par les années, le nez et les yeux manquants.

- Partez !

Il n'avait pas ouvert la bouche, mais sa voix résonna longtemps dans l'air, réveillant les autres qui se redressèrent subitement en découvrant les nouveaux venus.

- Partez ! répéta le mort.
- Nous ne sommes pas là pour vous faire du tort.
- Nos maîtres l'ordonnent. Partez !

Une épée fantomatique apparut dans la main de chaque homme. Ils s'avancèrent vers Sanya et les autres à l'unisson.

- Défendez la reine ! rugit Breris.

Les soldats se jetèrent sur les morts-vivants, imités par Aela et Reva. Mais leurs armes ne rencontrèrent que du vide, traversant les quatre hommes comme s'ils n'avaient jamais été là.

- Ce qui est mort ne peut être tué. Mais ce qui est vivant peut l'être.

- Fuyez ! tonna Sanya.

Abandonnant leurs affaires, tous prirent leurs jambes à leur cou. Fuir n'était pas dans leurs habitudes, mais que faire face à des ennemis qui ne pouvaient être tués ? Les quatre fantômes les suivaient de près, flottant au-dessus du sol plus qu'ils ne marchaient, leurs armes brandies vers eux.

Ils dégringolèrent le long d'une pente, se reçurent comme ils purent avant de détaler à nouveau, leurs assaillants déjà là. Mais il n'y avait à rien à faire. Tandis qu'ils couraient pour semer leurs ennemis, ils se fatiguaient, faiblissaient, ralentissaient. Et derrière, les morts ne subissaient pas ces contre-coup. Bientôt, ils les rattraperaient et il n'y aurait alors plus d'espoir. Comment échapper à la mort ?

Les fantômes eurent finalement raison d'eux quand trois nouveaux apparurent devant eux, leur coupant le chemin. Ils se retrouvèrent alors encerclés, pris au piège.

- Nous n'avons pas de mauvaises intentions, cria Sanya. Laissez-nous passer !

- Vous n'avez pas été invités en ce lieu.

Le cercle se resserra autour d'eux.

Il'ika s'éleva alors au-dessus de ses amis, tendit les mains et les armes de ses compagnons s'illuminèrent alors subitement. La fée elle-même fut enveloppée d'un cocon de lumière. Sa voix s'éleva faiblement et Faran s'empressa de traduire :

- Elle nous dit d'attaquer maintenant, elle ne tiendra pas longtemps !

Lui faisant confiance, Sanya lança l'assaut la première. Sa lame s'abattit sur l'ennemi le plus proche, trancha net sa tête qui vola dans les airs avant de disparaître. Le reste du corps se volatilisa.

Les autres fantômes, soudain vulnérables, eurent un mouvement de recul.

- Maintenant ! rugit la reine.

Tous les autres l'imitèrent, entamant le combat. Si leurs ennemis, sous l'influence de la magie d'Il'ika, étaient à présents mortels, ils n'en restaient pas moins d'excellents combattants. Leurs réflexes étaient prodigieux, leurs coups précis et rapides et Sanya et les siens peinaient à prendre l'avantage. Connor eut finalement raison d'un deuxième mort qui disparut comme le premier, puis Aela terrassa un troisième.

Alors que Sanya allait faire mouche une seconde fois, sa lame passa au travers du mort. Au-dessus d'eux, Il'ika faiblissait, perdant le contrôle qu'elle avait. S'ils voulaient s'en sortir, il fallait faire vite.

L'avantage qu'ils avaient gagné se perdit quand leurs armes passaient au travers de leurs ennemis de manière aléatoire, les déstabilisant dans leurs attaques. Un quatrième ennemi mourut, mais Il'ika faiblissait de plus en plus et les trois survivants reprenaient le dessus.

Ne pouvant prédire à quel moment leurs épées traverseraient les fantômes et à quel moment elles feraient mouche, les attaques se firent plus chaotiques.

À bout de force, Il'ika perdit connaissance et chuta. Faran la rattrapa et l'enfouit dans ses vêtements pour la protéger.

- Et maintenant ? lança Connor. Il nous faut les semer.

Mais alors qu'ils s'apprêtaient à reprendre leur fuite une fois de plus, des racines sortirent du sol pour s'enrouler autour de leurs jambes, leur torse et leurs bras, afin de les immobiliser complètement.

- Non, non, non ! gémit Sanya. Quel endroit de malheur !

Contre toute attente, les trois fantômes ne les attaquèrent pas. Au contraire, ils rangèrent leurs armes et mirent genoux à terre.

Trois silhouettes se dessinèrent dans l'obscurité de la forêt, s'approchant sans un bruit.

- Encore d'autres, comme si ça ne suffisait pas, grommela Aela.

- Non, regarde, ils sont différents, souffla Sanya.

De fait, les trois nouveaux venus semblaient plus massifs, et le bruit de leurs pas prouvait qu'ils étaient en chair et en os.

Quand ils furent visibles, la reine et les siens découvrirent trois sortes d'ermites, si on pouvait les appeler ainsi. Ils portaient tous un masque cachant leur visage, fait à partir de crânes d'animaux. L'un avait une tête de cerf, l'autre de loup et le dernier d'ours. Leurs vêtements étaient faits de fourrures et de cuirs et aux bras et aux jambes, ils portaient des bracelets en os.

Tandis que deux restaient légèrement en retrait, celui à la tête de cerf s'avança pour étudier les captifs qui ne purent esquisser le moindre geste. Kalena, que Connor avait abrité dans son sac, n'osait plus bouger ou glapir.

Un à un, l'inconnu les étudia tous. Il s'arrêtait devant

chacun d'eux, plongeant ses yeux - que l'on devinait sombres derrière son masque - dans tous les regards, les étudiant jusqu'à l'âme. Sa démarche était souple et agile et il ne tentait aucun mouvement contre ses prises, se bornant simplement à les fixer pendant de longues minutes.

- Qui êtes-vous ? souffla Sanya alors que l'étrange individu la regardait.

Bien qu'il n'y eût aucune parole échangée, les deux autres inconnus s'approchèrent pour dévisager à leur tour Sanya. Une fois leur analyse faite, ils retournèrent à leur position, sauf celui à tête de cerf qui resta planté sur place à fixer la reine.

Il leva alors la main et posa un doigt sur le front de Sanya qui tressaillit. Soudain, Connor la vit blêmir, de la sueur apparut sur son front et elle hoqueta.

- Laissez-là ! tonna-t-il.

On ne lui accorda pas l'ombre d'une attention. Les yeux dans les yeux, Sanya et l'inconnu se dévisageaient mutuellement.

Puis il se recula enfin, adressa un léger signe à ses complices qui s'inclinèrent et disparurent dans la forêt, suivis par deux fantômes. Le dernier attendait sans un geste, toujours agenouillé.

L'ermite à tête de cerf contempla encore un moment Sanya et ses compagnons, puis il fit un petit geste de la main et les racines qui les maintenaient immobiles disparurent. Sans un mot ou un signe à leur attention, il disparut à son tour dans la forêt, le dernier fantôme sur les talons.

Quand ils furent sûrs que personne ne reviendrait, tous relâchèrent leur vigilance, s'accordant un long soupir de soulagement.

- Mais qu'est-ce que c'était ? demanda Aela.
- Des sortes de mages, je crois, répondit distraitement Sanya. Ils disposent d'une magie que je ne n'avais jamais étudié. J'ai vu des choses dans la tête de cette femme, que je

n'ai pas compris. Leur magie semblait provenir... d'une époque antérieure à l'apparition des Premiers Hommes.

- Alors ils étaient là avant eux ? questionna Faran.
- Je l'ignore.
- Comment ça, tu as vu dans sa tête ? lança Connor. Que s'est-il passé ?
- Elle nous a sondé, tour à tour. Cette intrusion dans mon esprit a d'abord été... douloureux, puis je me suis finalement ouverte à elle, je l'ai vu chercher dans les moindres recoins de mon esprit, je ne lui ai rien caché. Ensuite, j'ai eu accès à des brides de son esprit et le peu que j'y ai vu me laisse sans voix. Je n'ai jamais rien vu d'aussi étrange. Cette terre semble être... l'essence de la nature, ou quelque chose du genre. Et ces mages sont... comme une incarnation de cette essence, ou des gardiens, je ne sais pas trop.
- Le Cœur de notre Mère, souffla Reva. On racontait que quelque part dans les Royaumes Oubliés, existait un lieu alimentant directement l'essence même de notre Mère. Ce serait comme le lieu d'origine de sa puissance. On dit que ce lieu serait son cœur. Ce serait donc ici.
- Un lieu où les dieux n'ont aucun pouvoir. Idéal pour se cacher. Voilà pourquoi Céodred est venu ici.
- Comment a-t-il pu en entendre parler ? demanda Connor. Même Reva ignorait où c'était.
- Je l'ignore.
- Passons, pourquoi ces mages nous ont-ils laissé ? coupa Aela.
- Ce qu'ils ont vu en nous les a convaincus de nous laisser (Sanya sourit). J'ai vu dans l'esprit de cette femme où se trouve Céodred. Elle a accepté de me dévoiler l'emplacement, car elle sait que mes actes aideront la Nature. Je sais où trouver Céodred.

*

Alors qu'ils sortaient d'une forêt, ils découvrirent une maison construite en rondin de bois cachée à la lisière des bois et une petite étendue d'herbe la bordait. L'une des plages du lac lui faisait face. C'était vraiment un endroit paisible et tranquille, où il faisait bon vivre. Nul doute que les propriétaires devaient vraiment y être bien.

Alors qu'ils se dirigeaient vers la maison, Connor remarqua une silhouette au bord du lac. En s'approchant davantage, ils découvrirent une femme au long cheveux noirs qui s'affairaient à remonter un filet rempli de poisson. Les deux pieds dans l'eau, elle ne semblait pas du tout se soucier des éclaboussures qui lui arrosaient le visage, au contraire, elle souriait de joie. Mais quand elle rejeta les cheveux en arrière, son regard tomba sur les nouveaux venus. Ses yeux s'agrandirent de peur et elle lâcha son filet en reculant maladroitement. Puis elle tira un poignard qui pendait à sa ceinture.

- Allez-vous-en ! cria-t-elle, aussi effrayée qu'énervée.

Sanya mit ses mains en évidences, mais cela ne rassura pas la femme qui continua de les menacer. La reine voulut parler, mais elle n'eut pas le temps d'ouvrir la bouche que la porte de la maison s'ouvrit violemment et un homme en sortit, l'air menaçant, une puissante lance à la main.

- Vous n'auriez jamais dû venir, grinça-t-il. Je vais devoir vous tuer.

22

La ressemblance frappante de Céodred avec sa mère fut la première chose à laquelle pensa Sanya. Il avait les mêmes cheveux noirs, les mêmes yeux bleus et les mêmes traits de visage. De son père en revanche, il avait hérité de sa taille et sa carrure. Nul doute qu'il savait se battre et il n'hésiterait pas à les tuer pour sauver sa femme.
- Céodred, calmez-vous, souffla Sanya.
- C'est mon père qui vous envoie ?!
- Il désire que je vous ramène, bien qu'il ignore où vous êtes. En revanche, je ne compte pas vous traîner de force jusqu'à lui.
- Je ne vous crois pas !
Il s'approcha davantage de Sanya, pointant sa lance sur elle. Derrière lui, Tamara se tenait prête à se battre. D'un signe de tête, Sanya ordonna à ses compagnons de reculer. Seul Connor et Kalena se campèrent près d'elle, la louve montrant les crocs, menaçante.
- Céodred, je ne vous veux pas de mal. Je veux vous parler, c'est tout. J'ai besoin de votre aide.
Le jeune homme hésita.

- Qui êtes-vous ?
- Je m'appelle Sanya.
- Sanya... Ce nom me dit quelque chose. Seriez-vous la reine d'Eredhel ?
- Effectivement.

Céodred baissa légèrement sa lance.
- Que fait donc une reine ici ?
- C'est une longue histoire. Je vais tout vous raconter et je vous promets que je ne vous veux pas de mal. Je ne suis pas amie avec votre père, loin de là et mon désir le plus cher est de le tuer, si ça peut vous rassurer. Il m'a torturé et lui rendre la pareil m'enchanterait.

Connor désigna la profonde cicatrice qu'il avait au visage.
- Thorlef m'a fait ça. Alors croyez-nous, les tuer tous les deux serait un réel plaisir.

Céodred étudia longuement Connor, puis Sanya. Il ne baissait toujours pas sa garde, bien que les actions de son père et de son chien de guerre semblaient coller avec l'idée qu'il en gardait.
- Mon chéri, souffla Tamara, si les mages les ont laissé passer, peut-être devrions nous écouter ce qu'ils nous veulent.

Le prince réfléchit.
- Si vous dites la vérité, en quoi mon aide vous serez d'une quelconque utilité ?

Sanya lui désigna le ciel. La nuit tombait doucement.
- Peut-être pourrions-nous en parler à l'intérieur. Vous pourrez conserver toutes nos armes et mes hommes resterons dehors.

Céodred médita un instant, puis croisa le regard de sa femme. Quand celle-ci hocha la tête, il se tourna vers Sanya.
- Toutes les armes resteront dedans avec nous. Vos hommes peuvent allumer un feu, je les garderai à l'œil. (Il désigna Connor.) Il peut entrer, s'il le désire. Vos hommes auront droit à un repas chaud.

Sanya hocha la tête et se délesta de toutes ses armes pour les tendre à Céodred, puis ce fut au tour de Connor. Enfin, elle ordonna à ses hommes de faire de même. Quand le fils de l'empereur fut satisfait, il invita les deux jeunes gens à l'intérieur. Connor prit Kalena dans ses bras pour la calmer. Tamara suivait, les contemplant d'un œil soupçonneux, la main toujours posée sur son poignard.

La maison était petite mais chaleureuse. Elle n'avait qu'une seule pièce et le lit ainsi que la bassine pour prendre des bains étaient séparés du salon par un paravent. Les deux époux avaient réussi à construire des fauteuils en bois, rembourrés avec des peaux animales et Tamara fit signe à leurs invités de prendre place dessus, Kalena se couchant aux pieds de Connor. La jeune femme était encore vigilante, mais Sanya sentait que la curiosité la gagnait. Céodred en revanche, tenait fermement sa lance et il ne les lâcha pas du regard en allant déposer toutes les armes confisquées dans un coin de la maison. Puis il se plaça près de la fenêtre pour observer les soldats qui montaient le camp au bord du lac.

- Je vous écoute, lança-t-il à Sanya. Et je veux tout savoir. Au premier signe suspect, je n'hésiterai pas à vous tuer.

- Votre père croit que je vous ai enlevé, lui apprit la reine. Il est persuadé que je vous détiens prisonnier quelque part, ou que je vous ai tué. Il y croit dur comme fer, car selon lui, Baldr lui-même lui en aurait parlé. Alors il a déclaré la guerre. Il s'apprête à envahir les royaumes.

Céodred serra les dents.

- Mon père se croit l'Élu des dieux. Tout ce que Baldr lui ordonnera, il le fera, tous ce qu'il dira, il le croira. C'est un fait, personne ne pourra rien y changer. J'ai déjà essayé, voyez où j'en suis. Obligé de m'enfuir aux confins du monde. Je ne vous serai d'aucune utilité.

Sanya inspira à fond. Elle ne savait pas par où commencer. Elle échangea un coup d'œil rapide avec Connor. Tous deux en vinrent à la même conclusion. S'ils voulaient que Céodred les aide, ils allaient devoir tout lui révéler.

Sanya se lança donc dans un récit qu'elle détestait narrer. Elle ne cacha rien à Céodred, elle lui apprit qui elle était, ce qu'elle s'apprêtait à faire, ce qu'Eroll lui avait fait subir. Céodred fut sidéré d'une telle découverte, mais il ne la coupa pas une seule fois. Elle lui exposa son plan dans les détails et ajouta que sa mère elle-même avait approuvé. Quand elle eut fini, Céodred réfléchissait en caressant sa barbe.

- Vous n'arriverez pas à salir le nom de Baldr, laissa-t-il tomber. Les gens sont endoctrinés depuis leur plus tendre enfance. Eroll ne vous croira pas, ça ne servira à rien.

- Moi non, mais je suis sûre qu'il écoutera son fils.

- Il pensera que vous m'avez menacé.

- Céodred, vous serez en position de force. Votre père sera là, avec ses hommes numériquement supérieurs aux miens. Si effectivement vous étiez menacé, il vous suffirait de le dire et il pourrait vous protéger. Il verra que vous agissez de votre propre chef, je vous le promets.

Le jeune homme soupira.

- Est-ce que cela changera vraiment quoi que ce soit ? S'il veut la guerre, il trouvera autre chose.

- Je sais, mais pendant qu'il réfléchira, ça me donnera du temps à consacrer à ma tâche. Céodred, vous êtes mon unique espoir de mettre fin à la temporairement à la guerre. C'est tout ce dont j'ai besoin, de temps pour retrouver le Quilyo, sans avoir à me soucier de votre père. Et une fois mon pouvoir en ma possession, je pourrais agir. Il n'y a qu'avec lui que je pourrais mettre fin définitivement à la guerre. De plus, grâce à vous, certains commenceront à douter. Ce doute pourrait se révéler très utile. Si les gens doutent de Baldr, Eroll sera affaibli. Il aura plus de mal à contrôler son peuple.

- Pourquoi ne pas l'avoir tué quand vous le pouviez ?

- Si je l'avais fait, je réduisais à néant toutes mes chances d'une paix provisoire. Dans de telles circonstances, Baldr se serait empressé de trouver un autre Élu, peu importe qui. Vous comprenez ? Avec un meurtre, tout le peuple se serait enflammé contre moi et Baldr aurait eu la main mise sur tout le monde. Témoin de mon crime, Aurlandia aurait été soudé et se serait soulevé contre moi. Je n'aurais alors pas eu de temps à consacrer à mes recherches, qui sont malheureusement la clé de cette véritable guerre. Vaincre Eroll ne suffira pas. C'est les dieux qu'il faut battre. Et pour ça il me faut mon pouvoir, que je pourrais mieux chercher en temps de paix qu'en temps de guerre.

Céodred commença à faire les cents pas. Tamara servit à ses invités un repas chaud qu'ils apprécièrent tout particulièrement après des semaines à ne manger que des rations de viandes sèches. Connor donna quelques morceaux à sa louve, qui les accepta avec joie. Puis l'hôtesse de maison sortit apporter à manger aux autres nouveaux venus restés dehors. Céodred ne la lâcha pas du regard jusqu'à ce qu'elle soit revenue.

- Vous rendez-vous compte de ce que vous me demandez ? lâcha-t-il enfin.

- Je le sais.

- Je ne crois pas, non. Vous me demandez de paraître devant un homme qui veut faire de moi un monstre, me tenir enfermer dans ses horreurs, un homme qui veut tuer ma femme et qui maltraite ma mère ! Je ne veux pas le revoir. Je ne veux pas être comme lui.

Tamara s'approcha de lui pour poser une main apaisante sur son bras.

- Céodred, Sanya et moi savons à quoi ressemble votre père, l'informa Connor. Nous ne vous jetterions pas dans ses bras comme ça sans rien faire. Vous serez sous notre protection. Nous vous protégerons, nous empêcherons votre père de vous reprendre. Il suffit juste que vous lui disiez toute la vérité et votre désir de vivre à Eredhel. Ensuite, la reine vous accueillera avec plaisir et vous serez à Sohen chez vous. Personne ne viendra vous chercher. Vous pourrez vivre en paix. Et si vous désirez retourner ici, nous vous ferons escorter.

Le jeune homme ne répondit pas tout de suite.

- Vous seriez vraiment prêts à nous accueillir et à nous protéger ? demanda Tamara. Si Céodred se rend à Castelnoir pour apprendre la vérité à son père, vous feriez en sorte qu'il reparte ensuite avec vous ?

- Oui, affirma Sanya. Qu'il fasse clairement comprendre à son père qu'il veut vivre à Eredhel et j'empêcherai quiconque de le reprendre.

Tamara se tourna vers son époux.

- Mon amour, je crois que nous devrions l'aider.

- Ce n'est plus notre problème, répliqua-t-il.

- Mais c'est notre monde. Céodred, nous tenons une chance de mettre un terme à nos souffrances, à tes peurs. Si Sanya parvint à mettre fin aux guerres une bonne fois pour toute, ne serions en paix. Comme elle l'a souligné, elle ne laissera pas Eroll au pouvoir. Il ne pourra alors plus jamais rien nous faire. Ni à nous, ni à ta mère ! Tu as les cartes en mains, tu peux tous nous sauver. Mettre un terme à nos douleurs. Pour toujours.

- Je ne veux pas me retrouver face à lui.

- Tu ne seras pas seul. Je serais là. Sanya te soutiendra. Eroll ne pourra rien faire. Céodred, c'est notre seule chance de vivre en paix. Sans aucune crainte.

Il se tourna vers elle, les yeux brillants.

- Mais nous sommes en paix ici.

- Pour combien de temps ? Baldr a fait espionner Sanya sans qu'elle le sache. Il sait à présent où nous trouver. Eroll viendra, tôt ou tard, c'est inévitable maintenant. Et personne ne pourra nous protéger. Nous serons plus en sécurité à Sohen.

Céodred poussa un long soupir résigné.

- Je ne sais pas si ma parole vous aidera, Majesté, mais si vous me promettez de nous protéger, je parlerai à mon père.

- Vous ne serez plus seul. Je vous soutiendrai jusqu'au bout.

- Alors je vous accompagnerai.

Malgré toute sa maîtrise, Sanya ne put cacher son soulagement. Elle en avait les larmes aux yeux. Connor rayonnait autant qu'elle. Céodred ne semblait pas particulièrement ravi, mais Tamara lui parlait doucement à l'oreille pour le rassurer.

Après un si long voyage, à croire qu'ils n'en verraient jamais le bout, ils avaient finalement réussi. Ils allaient pouvoir rentrer chez eux, instaurer une paix provisoire.

Du moins, il fallait l'espérer.

Quand le repas s'acheva, Connor ne put faire taire sa curiosité et il demanda aux deux époux comment ils avaient réussi à gagner ce magnifique endroit et surtout, quelle était cette étrange magie qui semblait vouloir les protéger.

- Ma mère, Corra, faisait partie d'un clan qui vivait au nord de l'Aurlandia actuelle. Ils ne vénéraient pas les dieux, ils croyaient la Nature, comme les gens d'ici. C'est d'ailleurs pour ça que mon père les a conquis, ils les considéraient comme un peuple barbare. Il a épousé ma mère uniquement pour empêcher les clans alliés de l'attaquer. Elle m'a dit que son clan descendait des Anciennes civilisations, qui à l'époque, vivaient sur les deux continents. Du coup, elle connaissait bons nombres de légendes et parmi toutes, elle croyait en l'existence d'un endroit qui serait le Cœur de la Mère. Son clan connaissait l'existence de la Piste du crépuscule et pour ma mère, ces deux lieux ne faisaient qu'un. C'est pourquoi elle nous a envoyés ici, elle nous disait que seule la Nature pouvait encore tenir tête aux dieux et qu'il n'y avait qu'après d'Elle que nous pourrions échapper à Baldr et Eroll. Nous sommes donc venus ici, nous avons fait face à d'étranges magies qui voulaient nous repousser. Puis des gens sont venus, des sortes de chamanes, ou quelque chose du genre. Ils portaient tous des masques fait du crâne d'un animal. Ils ont comme lu en nous et ensuite, ils nous ont montré cet endroit. Parfois, ils nous arrivent de les voir. Je crois qu'ils veillent sur nous.

- Nous les avons rencontrés, leur apprit Sanya. C'est eux qui nous ont guidés à vous.

Céodred leur narra ensuite leur périple pour arriver jusqu'ici, la façon dont ils avaient quitté en douce l'empire à bord d'un navire marchand grassement payé et tous les dangers rencontrés avant de parvenir à s'installer et vivre en paix.

Puis, désirant laisser un peu d'intimité à leurs hôtes, les deux jeunes gens les laissèrent quand ce fut l'heure de dormir. Ils rejoignirent le campement et tous les contemplaient avec insistance, attendant le verdict. Quand Sanya leur apprit que Céodred était avec eux, ils poussèrent un cri de joie en entrechoquant les verres d'alcool que Tamara leur avait servis.

Comme ils n'avaient pas eu l'occasion de le faire plus tôt, sachant qu'elle avait passé la journée à se reposer, ils saluèrent l'exploit d'Il'ika la nuit dernière, qui leur avait permis de survivre face à l'attaque des fantômes. Ravie d'être le centre d'attention et l'héroïne du moment, Il'ika se pavana, aux anges. Elle aimait surprendre les gens par son pouvoir.

Ils passèrent encore un peu de temps à se réjouir, mais la fatigue était telle qu'ils ne tardèrent pas à s'endormir, avec le sourire, pour une fois.

Le lendemain, tous aidèrent Céodred et Tamara à préparer leurs affaires et ils se réapprovisionnèrent en nourriture et en eau. Ils ne partiraient que le lendemain, le temps de tout préparer. Si tous étaient heureux d'entamer le voyage de retour, Aela s'en réjouissait à moitié. Rentrer chez elle signifiait se séparer de Reva et cette seule idée lui était douloureuse. S'il manifestait souvent son désir de vivre auprès d'elle, elle ne savait pas s'il pourrait vraiment laisser son clan comme ça. Son père était vieux, il fallait bien le dire, bientôt, ce serait à lui de prendre le commandement. La jeune femme refusait de croire qu'elle ne le reverrait plus.

Ne supportant plus cette ignorance, elle se décida enfin à le trouver. Reva récoltait quelques herbes dans la forêt, certaines pour Tamara, d'autres pour Faran. Il fut ravi de découvrir la jeune femme, mais fut très surpris devant son air désespéré. Elle rougit en croisant son regard.

- Nous allons rentrer chez nous. Notre mission ici est terminée. Je voulais savoir... ce que tu allais faire.

Reva s'approcha d'elle en souriant de manière tout à fait charmante.

- Mon père n'a pas besoin de moi pour le moment. Je vais t'accompagner dans ton monde, parce que je veux le visiter, mais surtout parce que je ne peux pas me passer de toi. Je ne peux pas vivre sans toi, j'ai besoin de toi. Si tu veux bien de moi, bien sûr.

Aela se retint de ne pas sauter à son cou, heureuse au-delà du possible. Elle aurait voulu l'embrasser, lui dire qu'elle ne pouvait pas vivre sans lui non plus, mais elle ne devait pas céder à ses émotions.

- Bien sûr que je veux que tu viennes. Tu me manquerais trop, si tu n'étais pas là. (Quand Reva lui caressa la joue, elle reprit son sérieux.) Et puis je te rappelle que tu dois me faire la cour, tu n'y échapperas pas.

- Jamais.

Il lui offrit un si beau sourire qu'elle en eut les larmes aux yeux et elle l'aida à ramasser des plantes pour leurs compagnons.

Et quand ils reprirent le voyage le lendemain, tout le monde rayonnait de joie et d'espoir.

23

Voir l'immense château de Sohen se dresser devant eux était presque un soulagement. Leur long voyage dans les Royaumes Oubliés se terminait. Les gardes du château s'empressèrent de venir les accueillir pour ensuite les escorter.

S'il était content de rentrer, Connor avait oublié le froid mordant qu'il faisait. Envelopper dans une fourrure, portant Kalena dans ses bras, il réchauffait ses doigts douloureux dans son pelage. La jeune louve n'avait pas protesté et n'avait vu aucun inconvénient à partir pour une autre terre. Découvrir la neige avait été pour elle source d'émerveillement et elle avait tellement gambadé partout qu'elle était à présent à bout de force. La ville, en revanche lui avait fait peur et elle s'était réfugiée dans les bras de Connor. Elle avait grandi et la porter était moins facile, à présent.

Seule Aela, en véritable nordique, se réjouissait du froid et de la neige jusqu'au mollet. Le vent frais la vivifiait.

Reva quant à lui, trouvait ce paysage blanc fascinant et merveilleux, mais peu habitué au froid, il tremblait convulsivement. Aela lui avait fabriqué un manteau en peau, mais cela ne l'empêchait pas de claquer des dents. La chaleur lui manquait un peu, mais quand il avait découvert la ville de Sohen, il en avait oublié le reste. Voir ces bâtiments de pierre ou de bois, les toits de chaume, tout ce monde qui défilait dans les rues pavées, les vêtements et les coiffures des gens ne lui étaient pas familier et il avait contemplé tout ça avec beaucoup de curiosité, même si les gens n'avaient pas forcément apprécié qu'il les dévisage de la sorte. Bien qu'admiratif et ébahi, il ne restait pas moins mal à l'aise dans un lieu si grouillant de vie. Aela lui avait pris le bras, lui parlant continuellement pour qu'il oublie son malaise et il s'était réjoui de ce contact. Il avait rapidement retrouvé son petit sourire charmeur qui faisait fondre la jeune femme... Mais quand il avait découvert l'immense château, il était resté pantois un long moment, ne pouvant croire qu'une telle merveille puisse vraiment exister.

- Majesté, nous sommes soulagés de vous revoir ! s'écria un des soldats en s'approchant. Comment c'est passé votre voyage ?

Resserrant son manteau, la jeune femme lui offrit un grand sourire.

- À merveille, mis à part quelque imprévus. Nous avons réussi. Céodred ici présent, a accepté de nous aider.

Le jeune homme hocha la tête pour confirmer, mais se trouver ici le rendait visiblement nerveux. Seule la joie de sa femme, qui se réjouissait de revoir du monde, lui rendait le sourire. Tamara semblait heureuse de retrouver une ville et des gens et elle n'avait pas caché avoir toujours voulu visiter Sohen.

Les soldats contemplaient le prince avec un tel soulagement et un tel regard empli d'espoir, que le jeune homme finit par sourire.

- Parfais, nous avons hâte d'entendre votre récit, Majesté ! Venez vite, il fait très froid dehors.

Les soldats les menèrent dans la cours, puis les escortèrent jusqu'au bâtiment résidentiel, où ils pourraient se reposer et se changer avant que la reine ne demande une réunion avec tous ses conseillers. Soldats, conseillers, domestiques, tous la saluèrent sur son passage, soulagés de la revoir enfin après tout ce temps. Le général Breris et ses hommes la laissèrent pour retourner à la caserne et Sanya les remercia chaleureusement de leurs efforts et de leurs sacrifices.

- Nous vous suivrons jusqu'au bout Majesté, répondit le général avant de s'éclipser.

Puis la reine fit préparer des chambres pour Reva, Aela, Tamara et Céodred.

- Dites à mes conseillers, mes généraux et mes stratèges de se réunir demain dans l'après-midi, ordonna Sanya à l'un de ses domestiques. Nous avons tous besoin d'un peu de repos avant de parler. Oh ! j'oubliai. (Elle se tourna vers Connor et désigna Kalena.) Ce louveteau est un ami. Je vous serais gré de ne lui faire aucun mal.

Le domestique s'inclina bien pas avant de s'empresser de s'acquitter de sa tâche. La reine se tourna vers ses compagnons.

- J'aurais encore besoin de vous pour la réunion qui se prépare. Nous allons repartir pour Castel-noir dans peu de temps, aussi vous avez bien mérité un peu de repos. Reva, ce château est le vôtre temps que vous le désirerez.

L'homme des clans s'inclina, bien que mal à l'aise dans un tel environnement. Le prenant par le bras, Aela entreprit de lui faire une rapide visite avant d'aller se reposer. Reva n'était pas totalement sûr de pouvoir retrouver sa chambre parmi tous ces couloirs et ces portes et Aela éclata de rire quand il fronça les sourcils.

- Tout se ressemble, grogna-t-il.
- Tu t'y habitueras, ne t'en fais pas. Demain, je te montrerai le reste du château, puis la ville de Sohen.

- Pourrais-je rencontrer ton clan ?
- Évidemment.

Quand elle eut fini sa visite, elle le ramena jusqu'à sa chambre. Elle marqua un moment d'hésitation. Que n'aurait-elle pas donné pour entrer avec lui et se blottir dans ses bras !

- Je vous retrouve plus tard, belle dame, souffla-t-il en lui embrassant la main.

Aela sourit et regagna sa propre chambre, légère et joyeuse.

De leur côté, Sanya et Connor montèrent d'abord jusqu'à la salle de bain, où ils s'empressèrent de se déshabiller et de plonger dans un bac d'eau chaude. L'effet fut immédiat, calmant les douleurs de ce long voyage. Kalena reniflait absolument tout, curieuse et craintive, pour finir par se lover sur les vêtements de ses amis.

Enfin, les deux jeunes gens gagnèrent leur chambre avec la jeune louve, où ils se laissèrent tomber sur les couvertures pour s'endormir comme des masses.

Pas encore entièrement remise de son long voyage, assise dans son grand fauteuil, Sanya luttait pour ne pas s'endormir alors qu'elle attendait le retour de Connor et Darek. Tous ses conseillers, ses généraux et ses stratèges attendaient avec impatience son récit.

Aela, Faran, Reva, Breris, Céodred et Tamara étaient également présents pour confirmer les dires de leur reine et à voir leur visage, Sanya se doutait qu'ils étaient tous aussi fatigués qu'elle. Le voyage à travers les Royaumes Oubliés avaient été long et épuisant, ils n'aspiraient plus qu'à dormir et à reposer leur corps douloureux pendant encore quelques jours.

Connor revint finalement avec Darek, qui s'inclina avec un profond soulagement devant sa souveraine. Il s'installa à son tour autour de la table en bois et Connor prit place près de sa reine.

- Mes amis, lança-t-elle quand tous furent installés. Le voyage fut long, nous avons subi des pertes, mais notre mission est un succès. Céodred, fils de l'empereur Eroll, a bel et bien disparu de son propre chef et il a accepté de parler à son père, afin de mettre fin à la guerre, en échange de notre protection. Nous tenons notre chance d'installer une paix, provisoire certes, mais suffisante pour que je trouve de mon côté une solution. Je ne m'attarderai pas dans les détails de ce plan, sachez seulement que je sais quoi faire. Céodred nous épargnera sûrement des batailles et des morts inutiles.

Un cri de victoire accueillit ses paroles et tous voulurent savoir les détails de leur voyage, ce qu'ils avaient découverts dans les Royaumes Oubliés. Sanya le leur expliqua avec plaisir, insistant tout particulièrement sur les coutumes des clans rencontrés. Elle leur parla également de ce que les clans avaient subi, les pressions des prêtes, mais ne révéla rien sur l'origine de ces peuples et Reva lui en fut reconnaissant. De la honte passa dans le regard de tous et Sanya fut ravie de sentir leur émotion.

Il lui fallut une heure pour raconter leur voyage, leur apprendre ce qu'ils avaient découvert, leur narrer toutes leurs aventures et tous buvaient ses paroles. Quand elle eut fini, ils semblaient fascinés par ce qu'ils venaient d'entendre. Et savoir que Reva venait des Royaumes Oubliés les avaient stupéfaits. Tous l'avaient alors bombardé de questions, auxquelles le jeune homme avait répondu de bon cœur.

Quand la curiosité de tous fut rassasiée, la reine ordonna alors qu'on lui prépare un navire en partance pour Castelnoir, le plus rapidement possible. Ses hommes approuvèrent avec empressement.

- Sanya, je t'accompagnerai, lança Aela sans détour.
- Merci mon amie.

Désireux d'accomplir cette mission jusqu'au bout et d'épauler leur reine, Connor, Faran, Breris et Reva s'engagèrent à leur tour dans ce voyage. Sanya en fut profondément touchée.

Quand la réunion se termina, c'était déjà le soir. Avant d'aller manger, Darek insista pour parler avec son apprenti et les deux hommes sortirent dans les jardins pour y être plus tranquille. Kalena suivait son ami, bien évidemment. Ils marchèrent un moment en silence dans la neige, emmitouflé dans leur manteau et la louve courait autour d'eux en collant sa truffe dans la neige.

- Ça c'est bien passé ? demanda finalement Darek.
- Très bien. J'ai fait une rencontre dès plus inattendue. (Il lui désigna Kalena.) Je vais la garder et quand elle sera assez mature, je me lierai à elle avec l'Onde.
- En parlant d'Onde, t'es-tu entraîné ?

Connor eut un sourire énigmatique.

- Darek, il faut que je te dise... Je sens l'Onde.

Le Maître des Ombres se stoppa net, incrédule.

- Tu... enfin...
- Incroyable, je sais. Mais je la sens. En moi, dans mon cœur, comme tu l'as dit. C'est encore maladroit, mais j'arrive à faire appel à elle. J'ai conscience d'elle, de ses pulsions. J'ai conscience de sa nature profonde, je la ressens en moi comme une partie intégrante de mon âme. Darek, c'est formidable.

Darek le contemplait avec fascination.

- Connor... personne n'a réussi à sentir l'Onde en à peine un an. Personne. Hormis Nahele. Tu es vraiment quelqu'un d'exceptionnel. Le plus puissant Maître des Ombres. Ça ne fait aucun doute. Tu es l'homme de la prophétie, si quelqu'un doit nous sauver, c'est bien toi. Je suis très fier d'être ton formateur.
- Tu vas me faire rougir.
- Tu ne dois pas. Tu n'as aucune raison. Tu es plus puissant que n'importe qui dans toute la confrérie.
- Darek, je sens l'Onde, mais je n'arrive pas encore à

m'accorder avec elle comme toi tu le fais. C'est... maladroit. Je ne suis pas aussi fort que toi.

- Ça va venir. Il est normal que ce soit encore maladroit, mais tu sens l'Onde en toi, c'est déjà ça. Tu as pratiquement rivalisé avec un dieu, je ne sais pas si tu te rends compte de la puissance qui loge en toi.

- Je ne crois pas, non. Reyw m'a battu à plate couture.

- Connor, tu venais à peine de sentir ton pouvoir ! C'est quand même un dieu ! Mais d'après Sanya, tu lui as fais peur ! Tu te rends compte ? Un humain effrayant un dieu ! Je te ferais prendre conscience de ton pouvoir et crois-moi, quand ce sera fait, nul doute que tu nous battras tous, lança-t-il avec clin d'œil. Même Reyw.

- Et Kelly, comment va-t-elle ? demanda Connor pour changer de sujet.

Que Darek ne cesse de lui répéter qu'il était le plus puissant Maître des Ombres le mettait mal à l'aise.

- Elle se sent faible. Elle arrive à terme et elle est vidée de toute énergie. Mais elle rayonne de joie.

- J'ai hâte de la voir.

- Elle se reposait quand je suis parti, mais je pense que tu pourras la voir avant de partir.

- Je pense que Sanya voudra la voir avant de partir et peut-être l'ausculter pour être sûre que tout va bien. Elle sont très proches, toutes les deux.

- Tu peux le dire, je les soupçonne parfois de nous préparer des mauvais coups.

Connor sourit.

- Je n'en serais pas surpris.

Ils parlèrent encore longuement avant que Darek ne revienne aux choses sérieuses.

- Connor, j'envisage de vous accompagner.

Le jeune homme posa une main sur son épaule.

- Ta femme est enceinte, elle a besoin de toi. Je te promets que je serais capable de prendre soin de Sanya.

- Oh, ce n'est pas ça qui m'inquiétait. Je te fais confiance. Mais tu es sûr que ça ira ? Je veux dire, la dernière fois que vous êtes allé là-bas...

- Ça ira, ne t'en fais pas. Eroll ne pourra rien contre nous. Sanya et moi, nous sommes prêts à faire face. Reste près de Kelly.

- En temps normal, je ne me serais jamais plié à la volonté d'un apprenti, mais tu es différent. Si tu as besoin de quoi que ce soit, tu sais où me trouver.

Après avoir parlé encore un peu, Darek rentra chez lui retrouver sa femme. Quand Kalena fut fatiguée à force de courir partout dans la neige, Connor rejoignit Sanya et ses compagnons pour manger et comme la veille, il mangea pour trois. Enfin ils montèrent se coucher, savourant le confort d'un bon lit plutôt que de dormir sur le sol. Blotti contre le dos de Sanya, il caressa doucement ses cheveux.

- Ça faisait longtemps qu'on ne s'était pas retrouvé ainsi, souffla-t-elle.

- Très longtemps. Dormir au milieu de toute ton escorte était pénible, à la longue. Tous ses yeux fixés sur nous.

- Crois-moi, la prochaine fois, j'envisage sérieusement de ne partir qu'avec toi.

Connor la serra contre lui.

- Avec grand plaisir, douce reine.

Sanya se tourna pour lui offrir ses lèvres. Ils avaient bien un peu de temps pour ça...

Tandis que les hommes de Sanya lui préparaient un bon navire pour gagner le plus rapidement Castel-noir, les deux jeunes gens en avaient profiter pour se reposer et vaquer à des occupations plus tranquilles. Connor avait emmené Kalena visiter les forêts environnantes et s'il savait qu'elle ne ferait jamais partie d'une meute, il voulait qu'elle s'habitue à ces bois pour s'y sentir comme chez elle le jour où elle serait assez grande pour vivre seule. Connor se servirait de l'Onde en temps voulu pour lui apprendre à chasser et lui expliquer ce qu'il attendait d'elle. Il se doutait qu'elle ne pourrait jamais vraiment vivre seule et sans l'Onde, Kalena n'aurait jamais pu retourner à la vie sauvage, mais Connor ne doutait pas qu'avec son pouvoir, il pourrait lui enseigner ce que sa mère n'avait pas eu le temps de faire. Sa jeune louve serait capable de survivre dans les bois, elle pourrait y vivre.

Pendant ce temps, Aela avait fait visiter la ville à Reva et ce dernier était sous le charme, bien qu'il y avait un peu trop de monde pour lui. Le bras sur celui de sa compagne, il se laissait guider, observant tout ce qui l'entourait d'un œil attentif. Certaines personnes le contemplaient les sourcils froncés, se doutant que ce jeune homme ne venait pas d'ici. Aela s'était fait un plaisir de tout lui montrer, les boutiques, les auberges et surtout de lui faire goûter les plats typiques d'Eredhel. Reva avait d'ailleurs particulièrement apprécié l'hydromel, ce qui avait ravi sa compagne.

Elle l'avait ensuite emmené voir son clan. Leur coutumes étaient plus familière au jeune homme et il s'était rapidement senti à l'aise avec eux, au grand plaisir d'Aela. Elle lui apprenait tout ce qui se faisait, notamment en matière de combat, comme le fabrication des armes et des armures et Reva montrait un très grand intérêt à ces techniques. Il aurait voulu apprendre et Aela lui promit de lui enseigner le forgeage dès leur retour. Son clan avait été ravi de revoir leur chef et surtout très ravi de la voir en compagnie d'un homme, dont elle était apparemment profondément éprise.

De son côté, Sanya avait profité de son temps de répits pour rendre visite à Kelly. Depuis leur mariage, la jeune femme avait insisté pour que son époux et elle vivent dans une maison et Sanya leur avait dégoté une petite maison dans une rue relativement calme. Kelly l'avait accueilli avec un réel plaisir et quand Connor les avait rejointes, elle était au comble du bonheur. Son ventre était déjà bien gros et elle ne cessait de le caresser tout en parlant. Elle était en revanche extrêmement fatiguée et ne quittait son lit que pour s'allonger sur le divan quand elle avait de la visite. Elle était effectivement à terme.

- Darek m'a dit que tu pouvais sentir l'Onde. Je suis très fière de toi, lança la jeune femme.

- Tes conseils m'ont beaucoup aidé, je dois bien te l'avouer.

- C'était mon rôle. S tu me racontais tout ce qui t'est arrivé, maintenant ?

Et le jeune homme s'était lancé dans un long récit qui avait captivé sa formatrice.

- Si je n'avais pas été enceinte, je t'aurais suivi. Ça devait être merveilleux.

- Ça l'était. Enfin, la plupart du temps.

Kelly se tourna alors vers Sanya.

- As-tu des nouvelles pour le Quilyo ?

- Je crains que non. Il n'y a pas l'air d'avoir de lieu qui suscite de légendes. J'en suis venue à penser que le Quilyo se trouve peut-être dans un lieu quelconque.

- C'est tout à fait possible. Mais l'ancienne reine l'avait trouvé, je ne vois pas pourquoi toi tu n'y arriverais pas. Veux-tu que je t'aide dans tes recherches, en ton absence ? Je ne peux plus m'entraîner, je n'ai que ça à faire, d'éplucher des livres et des notes.

- Eh bien je dois dire que ça m'aiderait. Merci à toi Kelly, je ferai savoir aux gardes que tu as le droit d'aller où bon te semble dans le château.

Kelly éclata de rire :

- De toute façon, ils n'auraient pas été capables de m'arrêter !

Ils parlèrent encore un peu, jusqu'à ce Kelly se mette à grimacer en serrant ses bras autour de son ventre.

- Tu vas bien ? demanda Sanya.

- Oui, ce n'est rien, je...

Elle poussa un cri.

- Sanya, je crois que...

Elle cria de nouveau.

- Connor, aide-moi, ordonna la reine.

Tous deux portèrent Kelly jusqu'à sa chambre où ils l'allongèrent sur son lit, la calant avec deux oreillers.

- Darek, il est dans notre planque..., souffla Kelly.
- Je vais le chercher.

Connor s'empressa de détaler.

Ayant déjà assisté à des accouchements, Sanya prépara son amie pour l'événement qui arrivait. Elle venait de perdre les eaux.

- Prend de grandes inspirations, calme-toi.

Tenant la main de Kelly, Sanya lui prodigua des paroles réconfortantes tout en surveillant que tout se passait bien.

Les contractions s'amplifièrent, devinrent plus violentes et Kelly se mit à crier, ruisselante de sueur, haletante.

- Sanya, gémit la Maîtresse des Ombres. Je... quelque chose ne va pas.

Elle poussa de nouveau un cri.

La reine appliqua une main sur son ventre. Elle ferma les yeux et se servit de sa magie pour comprendre ce qui se passait. En bas, elle entendit vaguement la porte s'ouvrir, puis les pas de Connor et Darek dans les escaliers.

Kelly poussa un cri de douleur et Sanya ouvrit brusquement les yeux quand la jeune femme lui broya la main.

- Aide-moi je t'en supplie !
- Calme-toi Kelly, je suis là et je vais t'aider. Tout va bien se passer. Respire profondément. Ton bébé n'arrive pas à se placer pour sortir, je vais essayer de le remettre correctement.
- Qu'est-ce que je dois faire ?
- Rien pour le moment. Respire à fond, détend-toi.
- Sanya j'ai l'impression qu'il m'arrache le ventre de l'intérieur...

Elle cria de nouveau et les larmes aux yeux, Darek caressa son front.

- Je suis là, mon amour...

Posant ses deux mains sur le ventre de son amie, Sanya plongea au plus profond d'elle-même à la recherche du flux de magie qui coulait en elle. La guérison était la branche demandant le moins de capacités magiques bien que plus de connaissances et de techniques, ce que possédait l'ancienne déesse, mais si l'état de Kelly empirait, elle ne savait pas si elle pourrait la sauver. Rassemblant toutes ses forces, elle se représenta le bébé dans son esprit, le faisant lentement bouger pour qu'il trouve une position normale.

Elle sentit quelque chose rompre. En ouvrant les yeux, elle découvrit avec horreur que Kelly saignait de manière anormale : un vaisseau avait cédé. Si elle ne contenait pas l'hémorragie, la mère allait y rester ! Mais il lui restait encore le bébé à s'occuper.

Sans se soucier de ses propres forces vitales, la reine plongea de nouveau en elle et laissa la magie parcourir ses bras puis ses mains. Des gouttes de sueur apparurent sur son front et lentement, elle ressouda le vaisseau sanguin.

Kelly haletait, en nage, serrant fort les dents. Du sang plein les jambes, elle essayait de maîtriser sa panique. Alors que Sanya reportait son attention sur le bébé, elle découvrit une nouvelle hémorragie.

- Non ! cria-t-elle tout fort.

Elle sentait le bébé qui poussait pour sortir et si elle ne le remettait pas droit, il ne pourrait pas descendre, ou alors il ferait tellement de dégâts que sa mère ne survivrait pas. Mais si elle ne s'occupait pas de l'hémorragie tout de suite, elle perdrait également son amie !

Jouant sur les deux fronts, refusant de s'avouer vaincue, Sanya employa toutes ses forces à sauver Kelly. La jeune mère criait de douleur, prise de terribles contractions et les efforts de son bébé pour sortir la détruisaient de l'intérieur.

Darek était blanc, sur le point de s'évanouir.

La reine parvint finalement à redresser le bébé, non sans mal et quand elle fut sûre qu'il était dans la bonne position, elle ouvrit les yeux et prit la main de Kelly.

- Pousse quand je te le dirai. Concentre-toi sur ma voix, ne pense qu'à ça, d'accord ? Ça va aller Kelly, je te protège. Je ne t'abandonnerai pas.

- Ma mère... est morte en couche...

La jeune femme pleurait sans retenue, tremblante de peur et rien ne pouvait la rassurer.

- Tu ne mourras pas. Je veille sur toi. Maintenant pousse.

Kelly hocha la tête et serrant fort le bras de Darek, elle obéit à son amie, poussant et respirant quand elle le lui disait.

- Connor, prend les herbes que Kelly garde dans sa cuisine, essaye de préparer quelque chose qui redonne des forces.

Tandis que son amant se mettait au travail, Sanya se tourna vers Darek.

- Vous avez retenu le rythme ? Prenez le relais maintenant, il faut que je m'occupe de ses blessures internes.

Fermant les yeux, Sanya perçut les difficultés qu'éprouvait le bébé à sortir, causant beaucoup de souffrance. Elle perçut aussi les hémorragies et sentit Kelly faiblir dangereusement. Elle perdait trop de sang, son bébé l'épuisait.

- Kelly, reste avec moi !

La voix de Darek la tira de sa transe alors qu'elle se remettait au travail.

La Maîtresse des Ombres commençait à perdre connaissance, les yeux papillonnants, la tête lourde.

- Kelly regarde-moi ! Reste avec moi, ma chérie ! Concentre-toi sur ma voix !

Sanya s'acharna, refusant de penser à ce qui allait arriver si elle échouait. Kelly était aux portes de la mort et elle était la seule à pouvoir la sauver, car les remèdes que Connor lui donnait ne semblaient pas faire effet. Peu importe l'énergie que ça lui coûtait, elle devait tout donner.

Des pleurs l'interrompirent. Revenant à elle, Sanya poussa un long soupir en aidant doucement le bébé à se dégager. Quand il fut complètement sorti et qu'elle le tint dans ses bras, le soulagement se lut sur les traits de Kelly. Sanya se rendit alors compte qu'elle était aussi rouge de sang que le petit et les draps n'avaient plus rien de blanc.

Le bébé, un magnifique petit garçon, était en bonne santé et il pleurait en gesticulant dans les bras de la jeune femme.

Elle n'eut cependant pas le temps de se réjouir, que Kelly, alors qu'elle tendait les bras vers son fils, sentit ses forces l'abandonner

- Kelly ! hurla Darek.
- Mon amour... prend soin de lui... je t'en prie...
- Non ! Ne me quitte pas ! J'ai besoin de toi !
- Je t'aime... je vous aime... vous êtes... les plus belles choses qui ne me soient jamais arrivées...

Et elle ferma les yeux, sa tête basculant sur le côté.

- Darek, prenez votre fils et éloignez-vous, ordonna Sanya.
- Mais...
- Tout de suite !

Elle coupa le cordon ombilical et posa le bébé dans les bras de son père.

- Sauvez-la, gémit-il.

Sanya plongea dans le flux de magie, ne se souciant nullement de ses propres forces. Elle s'empressa de stopper les hémorragies et d'insuffler des forces à Kelly. Ignorant le regard affolé de Darek et Connor, elle continua, serrant les dents, priant pour réussir. Elle se sentait vidée, à bout de force, mais elle n'abandonna pas. Elle ne pouvait pas laisser Kelly mourir.

Quand elle n'eut absolument plus d'énergie à donner,

ayant fait son maximum, elle ouvrit les yeux et se pencha vers son amie. Elle prit conscience de la scène et son cœur se serra. Kelly était pâle, couverte de sang, les draps autour d'elle était complètement rouges. Elle respirait faiblement.

- Kelly, tu m'entends ? Reviens à toi. Je suis là. Darek est là, ainsi que ton fils. Ton fils, tu entends ? Il t'attend. Alors ne nous quitte pas.

Elle attendit, la gorge serrée et de longues minutes s'écoulèrent. Les blessures internes de la jeune mère avaient été réparés, mais Sanya craint alors que les dégâts causés ne soient irréversibles. Soudain, Kelly battit des paupières et ouvrit finalement les yeux.

- Sanya, souffla-t-elle en pressant sa main.

Darek poussa un cri de joie et Connor s'empressa d'apporter un autre remède qu'il avait concocté.

- Bois ça.

Quand la jeune femme eut tout avalé, elle reprit un peu de couleurs.

- Merci Sanya. Sans toi, je serais morte.

Des larmes pleins les yeux, elle toucha son visage, tellement reconnaissante. Puis son regard se porta vers son mari et son enfant. Darek vint s'accroupir près d'elle et déposa doucement le bébé dans les bras de sa femme. Encore faible, Kelly trouva la force de le serrer tendrement contre elle.

- Mon fils... mon tout petit... je suis là...

Le bébé s'arrêta de pleurer et posa son magnifique regard dans celui de sa mère. Celle-ci laissa couler ses larmes, jetant un coup d'œil débordant d'amour à son mari.

- Il est magnifique, dit celui-ci. Tout comme toi. Comment allons-nous l'appeler ?

- Ralof. Comme ton père.

Sanya se recula, sur le point de perdre connaissance, la tête bourdonnante. Connor la souleva dans ses bras.

- On devrait les laisser à leur bonheur. Tu es épuisée.

Elle hocha doucement la tête. Alors qu'ils s'éclipsaient, Darek les retint quelques instants.

- Sanya, nous ne vous remercierons jamais assez. Grâce à vous, nous sommes unis tous les trois. Vous n'imaginez pas notre bonheur. Je serais heureux que notre fils puisse grandir auprès de vous également. (Il porta son regard sur la reine.) S'il devait nous arriver malheur à Kelly et à moi, nous voudrions que vous vous occupiez de notre fils.

Sanya hocha la tête.

- J'en serais honorée. Mais ne parlez pas de malheur maintenant. Vous êtes ensemble, profitez-en.
- Merci. Quant à toi Connor, j'espère que tu lui apprendras tout sur l'Onde.

Il lui adressa un clin d'œil complice et son apprenti sourit.

- Je lui apprendrai tout ce qu'il doit savoir... y compris sur toi.

Ils rirent tous d'allégresse, planant au-dessus des nuages, dans un monde où rien d'autre que le bonheur ne pouvait les atteindre.

Les jours suivants, Connor et Sanya rendirent régulièrement visite à Darek, Kelly et Ralof. Encore trop affaiblie, la jeune femme devait garder le lit et passait beaucoup de temps à dormir. Après avoir allaité son bébé, la jeune femme ne cessait de leur dire à quel point son fils était adorable et Darek rayonnait de fierté devant ce petit bout plein de vie.

Quand vint le jour du départ, le navire les attendait à quai. Plusieurs soldats avaient déjà pris place à bord en compagnie des marins et ils n'attendaient plus que le reste de la compagnie. Sanya avait même intégré l'un de ses meilleurs guérisseurs.

La plupart des habitants s'étaient réunis pour leur départ et Sanya espérait de tout cœur qu'elle reviendrait avec de bonnes nouvelles. Quand elle monta sur le navire, elle se sentait aussi angoissée que l'était Céodred. Retourner à Castel-noir ne l'enchantait pas, trop de souvenirs revenaient à elle et elle avait du mal à les rejeter au fond de sa mémoire. Elle avait les mains crispées sur le bastingage, essayant de se calmer, ne voulant surtout pas se rappeler la dernière fois qu'elle avait fait ce voyage...

Céodred aussi redoutait de retourner là où il avait espéré ne jamais revenir.

Alors que le navire fendait les flots, Aela était une fois encore penchée au-dessus du bastingage, prise de nausée. Reva restait près d'elle pour la soutenir, lui frottant le dos en lui donnant des conseils. Son clan ayant une période pour la pêche, il connaissait la mer et savait comment lutter contre le mal de mer.

- Tu pêches, toi ? le taquina la jeune femme.
- Ça m'arrive, belle dame. Regarde devant toi, maintenant.
- J'ai fait ça aussi la dernière fois et j'ai été malade comme un chien pendant trois semaines !
- Alors marche un peu, bouge. Il faut que tu fasses quelque chose, que tu arrêtes de penser à ton mal de mer. Reste au centre du navire. Ce soir, allonge-toi au milieu un moment, ça passera.
- Je vais mourir de froid !

Reva osa passer ses bras autour de sa taille.

- Je ne te laisserai pas mourir de froid, souffla-t-il.

Aela sourit avant de le repousser doucement.

Installé à la proue du navire, Céodred contemplait les vagues qui venaient s'écraser sur la coque. Lui qui avait rêvé ne jamais vivre ce retour, il voguait à toute vitesse vers une ville qu'il haïssait. Deux bras s'enroulèrent autour de sa taille et Tamara appuya sa joue contre son dos.

- Tout va bien se passer, mon amour.
- J'appréhende. Il ne comprend rien. Tout ce qu'il veut,

c'est que je sois comme lui, que je soumette le peuple après lui, que j'obéisse aveuglement aux dieux et que je ne te vois plus.

- Il ne t'obligera pas à mener cette vie. Tu seras en face de lui, tu lui expliqueras la vérité et qu'elle lui plaise ou non, il devra faire avec. Que crains-tu ?

- Je ne sais pas. De ne plus repartir. D'être piégé.

- Cela n'arrivera pas. Sanya te protégera, tu le sais.

- Oui.

Glissant ses mains sous son manteau, Tamara lui titilla les côtes, ce qui lui arracha un sourire.

- Viens donc dans notre cabine. J'aimerais... que tu t'occupes de moi.

Elle lui adressa un clin d'œil coquin et pour une fois, la joie envahit Céodred. Tamara était avec lui et rien ne les séparerait. La reine Sanya les aiderai, il rentrerait à Sohen, quoi qu'en pense son père.

La jeune femme les regarda passer devant elle alors qu'ils rejoignaient leur cabine et elle eut un sourire complice. Faran vint alors s'asseoir près d'elle.

- Tu vas bien ? demanda-t-il.

- Pour le moment, oui.

- Crois-tu que tu pourrais commencer à m'apprendre à utiliser la magie ?

Sanya rigola devant son impatience.

- Navré Faran, la magie est quelque chose de vraiment très complexe et difficile. Nous avons besoin de calme et surtout, pas d'oreilles indiscrètes. J'aimerais tout t'apprendre, mais je crois qu'il vaudrait mieux que nous le fassions en rentrant, au calme. Même pour toi, crois-moi, ce sera mieux.

Comme pour prouver ses dires, Kalena arriva en courant pour se jeter sur Sanya et lui lécher le visage. Les deux amis éclatèrent de rire.

- Qu'est-ce que je te disais ? Impossible de se concentrer.

La jeune femme voulut faire rouler la louve, mais celle-ci

avait grandi, elle ne laissait plus faire aussi facilement. Pourtant, elle adorait toujours autant jouer avec la reine. Elle retourna finalement embêter Connor qui l'accueillit en riant.

Les jours s'écoulèrent ainsi, calmes et tranquilles. À son grand soulagement, le mal de mer d'Aela s'atténua et elle sauta au cou de Reva pour le remercier. En revanche, plus les jours passaient, plus Sanya angoissait. Connor vint la retrouver un soir, passant un bras autour de ses épaules.

- J'ai tellement peur. Je n'arrête pas de penser à ce qui m'est arrivée la dernière fois que je suis allée là-bas. J'ai peur que tout recommence.

- Rien ne recommencera. Tous ici présent ne le permettront pas. Je ne le permettrai pas. Arrête de t'inquiéter. Je suis là, près de toi et rien ne t'arrivera.

Il l'embrassa dans les cheveux et ce simple geste sembla apaiser la jeune femme. Ils contemplèrent longuement les étoiles ensemble et le silence et la beauté du firmament sur l'océan les apaisèrent.

24

Le ventre de Sanya se noua quand le navire accosta au quai de Castel-noir. Les habitants s'étaient déjà réunis pour les accueillir, attendant avec impatience de voir ce qui allait se produire. Entouré de ses plus fidèles gardes du corps, l'empereur lui-même les attendait. Il portait une peau d'ours sur ses épaules et son épée pendait à sa ceinture.

La reine prit une grande inspiration et pour se donner du courage, elle contempla les ombres qui se mouvaient dans l'eau près de son navire. Connor avait appelé ses serpents quelques jours plus tôt et ils avaient répondu à son appel avec empressement. Le bébé avait déjà beaucoup grandi, maintenant aussi impressionnant que sa mère. Avec eux, elle était sûre de pouvoir repartir si les choses devaient mal tourner.

Faisant face à ses soldats, Sanya leur fit signe de prendre place au bastingage, prêts à intervenir en cas de besoin. Armant leurs arcs, ils ne lâchaient pas les hommes de l'empereur du regard. Aela, Reva, Faran et Breris s'étaient revêtus d'armure et une épée pendait à leur ceinture. Reva et Faran avaient mis un peu de temps à s'en accommoder, mais ils faisaient à présent preuve d'une assurance qui rendait fière la reine. Connor, quant à lui, avait rabattu sa capuche sur son visage et la cicatrise qui barrait sa joue ressortait davantage. En véritable Maître des Ombres, il tenait à faire peur à ses ennemis.

Quand ils furent amarrés, Eroll et son escorte s'approchèrent pour les accueillir, ses hommes se déployant autour de lui. La foule se massait derrière lui pour voir ce qui allait se passer. Sanya descendit la première, fière dans sa tenue de combat et ses compagnons lui emboîtèrent le pas.

Alors, Céodred et Tamara apparurent, ce qui provoqua un cri de surprise parmi la foule. Eroll lui-même se tétanisa tandis que le groupe approchait. Il contemplait son fils avec stupéfaction. Corra, qui se tenait près de lui, était rongée par l'inquiétude. Ils ne bougeaient pas, laissant la reine compléter la distance qui les séparait. Aucune crainte ne se lisait dans son regard et ses hommes se déployèrent eux aussi autour d'elle pour la protéger. Seuls Céodred et Tamara restèrent auprès d'elle. Eroll et Thorlef eurent un frisson le long du dos en voyant Sanya qui les toisait avec toute la noblesse qui était sienne.

La reine s'arrêta devant l'empereur, lui jetant un regard empli d'avertissement, à lui et Thorlef. Ce dernier, bien qu'il ne désirait pas le montrer, restait craintif devant elle. La voir ainsi, si fière et puissante, lui donnait froid dans le dos. Elle donnait l'impression de pouvoir déchaîner les enfers sur eux.

Eroll ne la regardait pas. Il avait les yeux rivés dans ceux de son fils, stupéfait. En revanche, le regard qu'il jetait à Tamara en disait long sur ce qu'il pensait d'elle.

- Altesse, lança froidement Sanya.
- Majesté.
- Comme je l'avais promis, j'ai retrouvé votre fils. Je ne l'ai pas enlevé, comme vous le croyiez. Les raisons sont toutes autres. Mais ce n'est pas à moi de vous les expliquer. Je crois qu'après cela, vous allez peut-être revoir ce que vous

pensiez de moi.

Sanya se recula et Céodred s'avança. S'il semblait hésitant, il n'en montra rien, affrontant son père la tête haute. Eroll, les yeux brillants, serra fort son fils dans ses bras.

- Oh par tous les dieux ! Tu es en vie ! Tu es chez toi maintenant, en sécurité, je te protégerai de tous ceux qui...

- Non.

La voix de Céodred était dure, tranchante.

- Je n'ai pas été enlevé par Sanya, comme tu le crois.

- Baldr m'a...

- Je me fiche de ce que t'a dit Baldr ! Il t'a menti.

La foule poussa un cri d'indignation et de surprise.

- Comment est-ce possible ?

- Je suis parti de mon propre chef ! cria-t-il à tous ceux venu le voir. C'est moi qui ait décidé de partir, ce n'est pas Sanya qui m'a enlevé.

- Pourquoi ?

Eroll n'en revenait pas. Il jetait constamment des regards assassins à Sanya, comme si la jeune femme avait monté son propre fils contre lui.

- À cause de toi !

Céodred bouillonnait de rage.

- À cause de ta vision du monde, de ton envie dévorante de soumettre, ta prétention d'être l'Élu des dieux ! Tu veux régner, dominer, être le maître, tu veux que tous te suivent sans poser de question et te cèdent leur richesse. Que ton peuple soit malheureux et affamé t'est égal, tu n'hésites pas à les surtaxer en faisant ensuite peser la faute sur Sanya ! Je connais toutes tes tricheries. Tu te sers de la religion pour arriver à tes fins. Je ne supportais plus ce manège. Je ne voulais pas être comme toi ! J'ai fui, pour ne pas devenir le monstre que tu es. J'ai fui, parce que tu voulais tuer la femme que j'aime !

Tous les gens autour d'eux restèrent sans souffle devant ces accusations. Eroll ne savait pas comment réagir.

Il pointa alors un doigt accusateur sur Sanya :

- Cette fourbe se sert de mon fils ! Elle l'a menacé, a fait pression sur lui pour qu'il prononce de telles choses !

Les gens approuvèrent vigoureusement en hurlant de rage !

- Et comment pourrait-elle me menacer ? coupa Céodred. Je suis ici chez moi, Sanya se tient loin derrière moi, je suis près de mon père et toute sa garde et ma femme est là. Il me faudrait un seul signe de tête pour qu'il comprenne la tricherie. Un seul signe de tête pour qu'il me protège. Ne croyez pas bêtement ce qu'on vous raconte !

- Baldr m'a dit que Sanya t'a enlevé et je le crois ! Je ne sais pas ce qu'elle t'a fait, mais les faits sont là ! Elle t'a ramené, uniquement pour se faire passer pour une innocente, mais je ne tomberai pas dans ce piège.

Il voulut tirer son épée pour faire reculer Sanya et ses hommes, mais Céodred fit barrage de son corps.

- Si tu veux la tuer, tu devras d'abord me tuer.

Eroll resta stupéfait.

- Mon fils, que t'arrive-t-il ?

- Mais tu ne comprends pas ? Je ne veux plus vivre ici, je ne veux pas de la vie que tu « m'offres » ! Tu veux faire de moi un monstre, qui ne vit que pour dominer et amasser toutes les richesses de notre peuple. Je ne veux pas de ce destin, je veux vivre en paix avec Tamara, loin de toi et tes idées stupides. Baldr dit si, alors je le fais, Baldr dit ça alors je le crois. Cessez de croire bêtement ce qu'on vous raconte, Baldr se fiche de nous ! Tout ce qu'il veut, c'est régner, tout comme mon père et il se sert de vous pour y parvenir ! S'il était si bon, pourquoi y-a-t-il tant de misère ici ? Cela ne rime à rien ! S'il veut dominer son frère, qu'il se débrouille ! Eredhel ne nous a rien fait, le passé est le passé, Sanya a abandonné le traité, nous pourrions vivre en paix. Mais non, vous avez suivi mon père pour repartir en guerre ! Vous êtes prêts à mourir pour des causes qui ne sont pas les vôtres !

Des causes inutiles ! Laissez Eredhel et le royaume vous laissera.

- Tu ne comprends pas mon fils. Ce sont des barbares. Si nous ne faisons rien, un jour, ils reviendront pour nous asservir. Beaucoup ont besoin de notre aide, nous ne pouvons les abandonner. Ils ont besoin de la paix et nous sommes les seuls à pouvoir l'apporter.

- Parce que tu trouves que votre mode de vie apporte la paix ? Je n'ai jamais vu autant de misère, de pauvreté, de maladie qu'ici. À Sohen, les gens vivent bien, contrairement à ici. Les royaumes n'ont pas besoin de votre aide. Ils vivent très bien et en paix. C'est l'empire qui aurait besoin d'aide ! Mais Sanya ne s'est pas mêlée de vos affaires, alors comment osez-vous venir chez elle pour massacrer tout le monde ?

- Baldr a...

- Je me fiche de Baldr ! Arrêtez de le croire sur parole, il se contre-fiche de nous !

Tandis que le fils tentait de convaincre le père, Connor sentit quelque chose en lui qui faisait froid dans le dos. Une pression lui martelait le crâne et sa main vola vers sa dague, sans qu'il sache pourquoi. Une envie subite de tuer Céodred l'envahit. Une envie pressante, qui le dévorait et il avait l'impression que le malheur s'abattrait sur lui s'il ne le faisait pas.

Tue-le, semblait répéter inlassablement une voix dans sa tête.

Connor se concentra si fort qu'une veine palpita sur son front. Il devait tenir le coup, ne pas céder. Mais la pression se fit plus forte, un terrible mal de tête éclata en lui, il sentit sa raison vaciller. La douleur allait le rendre assez fou pour qu'il attaque Céodred sans comprendre ce qu'il faisait ! Repousser celui qui tentait de prendre le contrôle de son esprit, c'était tout ce qui comptait.

Le jeune homme grogna de douleur en fermant les yeux,

luttant de toutes ses forces. Celui qui tentait de l'asservir redoubla de puissance, mais Connor tint bon.

Sors de ma tête !

Faisant appel à l'Onde, il laissa son pouvoir éclater en lui, il s'en imprégna à fond, se laissa bercer par chaque pulsation et quand il contre attaqua, l'esprit de son ennemi vacilla, recula, jusqu'à disparaître. Quand il fut parti, Connor poussa un profond soupir de soulagement. Il était en nage et essoufflé.

- Connor, tu te sens bien ? souffla Sanya en s'approchant.
- Sanya, Baldr, il...

Il n'eut pas le temps de terminer sa phrase que le pire se produisit. À peine remis de ses émotions, Connor n'eut pas le temps d'intervenir ; l'un des soldats était descendu du navire sans que personne ne le remarque et il s'approchait de Céodred.

Connor s'élança. Il ne fut pas assez rapide. L'homme tira son poignard et avant que quiconque ne puisse réagir, il l'enfonça profondément entre les côtes de Céodred. Le jeune homme hoqueta sous les regards sidérés de tous ceux réunis autour de lui et alors que ses vêtements se maculaient de rouge, il s'effondra par terre.

- L'empire ne sera jamais notre ami ! beugla le soldat, possédé. Gloire à la reine Sanya ! Gloire à Abel !

Fou de rage, Eroll tira son épée et trancha nette la tête du meurtrier en poussant un terrible cri de rage. Puis il foudroya Sanya du regard.

- Traîtresse ! hurla-t-il.
- Jamais je n'aurai fait ça, quelqu'un possédait ce soldat, je...
- Menteuse !

Levant haut son épée, Eroll se tourna vers son peuple :

- Elle est pire que tout ce que j'imaginais ! Elle voulait que je voie mon fils mourir, elle l'a fait assassiner devant moi ! Mais elle va payer cet affront qu'elle nous fait !

Eredhel ne connaîtra jamais le repos !

Et sur ce, il fonça droit sur la reine, imité par tous ses soldats qui poussaient des cris de rage. Les hommes de la reine surgirent pour contrer l'assaut et bientôt, le fracas de l'acier et les cris de douleur montèrent dans l'air. Effrayée, la population recula, mais quelques téméraires se jetèrent dans le combat où ils furent accueillis à coup d'épée.

Sanya et ses hommes se battaient avec acharnement, reculant lentement pour gagner le navire et fuir en vitesse.

- Connor, récupère Céodred ! cria la reine.

Esquivant souplement les coups, Connor fonça sur le corps immobile du prince. Se baissant pour le ramasser, il le jeta sur son épaule et détala en direction du navire, sa dague fendant l'air, mortelle et précise.

Alors qu'ils revenaient sur les quais, les serpents jaillirent de l'eau pour venir à leur secours. Poussant des cris effrayants, ils happèrent les soldats qui s'en prenaient à leurs amis pour leur dégager le chemin. Déjà les matelots s'activaient sur le pont et ils n'attendaient que leur reine et ses hommes pour mettre les voiles.

Tandis que les soldats faisaient barrage de leur corps, la reine réussit à gagner le pont du navire. Connor arrivait derrière, tenant Tamara par le bras, les yeux agrandis de terreur, ne comprenant pas ce qui venait de se passer. C'était arrivé si vite ! Quand ils furent sur le navire, Sanya ordonna la retraite de ses hommes. Les serpents se firent une joie de les couvrir et tandis qu'ils montaient un à un, les splendides créatures décapitaient tous ceux qui tentaient de les suivre. Les cadavres jonchaient les quais, les soldats beuglaient de douleur et de rage, ne sachant comment lutter contre ces créatures. Eroll se tenait à l'écart, furieux, contemplant le navire qui mettait les voiles. Quand l'un des serpents plongea pour le pousser, il sut qu'il ne pouvait plus rien faire. Levant le bras, il ordonna que l'attaque cesse.

Il contempla le bateau s'enfuir au large, une boule se

formant aux creux de son ventre. Sanya venait de faire assassiner son fils et elle emportait le corps avec elle, comme un affront. Un affront qu'il allait lui faire payer très cher. La guerre était déclarée et aucune paix ne serait envisageable. Eredhel tomberait sous ses coups et les autres royaumes suivraient.

Lui, l'empereur d'Aurlandia, régnerait bientôt sur les quatre royaumes.

*

Tamara pleurait sans retenu sur le corps de son époux. La reine se tenait à l'écart, la tête baissée et Connor avait posé une main sur son épaule. Le chagrin de Tamara leur brisait le cœur et ils regrettaient comme jamais d'avoir entraîné Céodred dans cette folie. Le jeune homme avait eu raison, rien ne pouvait raisonner Eroll. Cette mission était une perte de temps. Sanya aurait dû prévoir qu'un tel acte allait survenir, pourtant elle avait voulu croire au bien, comme toujours. Elle voulait croire qu'elle pouvait ramener la paix sans brandir les armes. Elle voulait croire qu'elle pouvait raisonner un fou. Elle croyait que, même humaine, elle pouvait s'opposer à Baldr.

Quelle erreur ! Lui avait tous ses pouvoirs, pas elle. Après Reyw, elle aurait dû se douter qu'il allait tenter quelque chose de beaucoup plus sournois. Et elle avait continué, entraînant Céodred dans la mort.

Doucement, elle se dégagea de l'étreinte de Connor pour s'approcher de Tamara qui sanglotait toujours. Quand elle s'accroupit à côté d'elle, elle s'attendait à ce que la jeune femme l'injurie, la frappe même, tout sauf ce qui suivit. Tamara se jeta dans ses bras pour pleurer contre son épaule comme une enfant. Elle lui caressa doucement les cheveux.

- Tout ça est de ma faute, s'excusa-t-elle. J'ai été aveugle et je vous demande pardon. Sans moi, rien de tout ça ne serait arrivé.

Tamara secoua la tête.

- Non... C'était la meilleure chose à faire. Pour vous, comme pour nous. Vivre en parias nous détruisait. Vous nous avez offert la seule chance d'une vie meilleure, d'une vie sans peur. Baldr est à blâmer, pas vous. Céodred penserait la même chose...

Elle pleura de plus belle contre Sanya, l'âme et le cœur meurtris comme jamais. Elle se retrouvait seule, sans lui, sans son amour. Comment vivre sans lui ? C'était impossible. Sanya la berça tendrement en lui frottant le dos, les larmes aux yeux. C'était un sort cruel et elle espérait de tout cœur que Tamara retrouverait un sens à sa vie.

- Nous lui réserverons les plus belles funérailles, promit-elle.

Tamara hocha la tête.

- Je sais qu'il continuera de veiller sur moi... et je sais qu'il voudrait que je continue. Je me battrai à vos côtés. Pour lui, pour venger sa mort.

Elle se pencha pour déposer un baiser sur le front de son mari.

- Je t'aime mon amour et tu me manqueras. Puisses-tu être heureux là où tu es...

Elle demanda alors à rester seule auprès de son époux et quand la porte se fut refermée, elle éclata dans un terrible sanglot.

25

Comme Sanya l'avait promis, Céodred eut droit à de glorieuses funérailles. Dès leur retour à Eredhel, on avait installé un immense bûché sur la plage où l'on avait allongé le corps du jeune homme, paré dans les plus beaux habits qu'un homme puisse rêver. Tous les membres de l'expédition s'étaient rassemblés, ainsi que les conseillers de la reine et les Maîtres des Ombres. Des habitants, curieux, avaient tenté d'assister à la scène, mais voyant la douleur dans les yeux de Tamara, Sanya les avait chassés. La jeune femme n'avait pas besoin de commérages sur la mort de son mari, juste du soutien de ses amis et de ceux qui avaient vécu cette mort tragique. La jeune femme s'était sentie quelque peu apaisée par ceux qui l'entouraient, des gens qui comprenaient sa douleur et qui la protégeraient à présent coûte que coûte. Des gens sur qui elle pourrait compter et qui lui apporteraient leur aide et leur amitié.

Tamara et Sanya portaient un voile argenté, attirant ainsi le regard des dieux sur le défunt pour qu'ils l'accueillent chez eux comme un héros. À leur mort, les hommes avaient le droit de choisir quel panthéon rejoindre et comme Céodred n'irait sûrement pas auprès de Baldr, la reine savait qu'au moins Kalwen prendrait grand soin de lui et Tamara pourrait prendre de ses nouvelles dans l'autre-monde.

La jeune veuve saisit la torche que lui tendait Sanya et des larmes pleins les yeux, elle s'approcha du bûcher.

- Trouve la paix, mon amour, car tu la mérites. Festoie avec le dieu des océans, explore Ysthar comme tu en rêvais enfant, pour que le jour où nous soyons réunis, tu puisses me montrer toutes les beautés. Tu resteras dans mon cœur et ton souvenir brûlera toujours en moi. Je t'aime mon amour et tu me manques affreusement.

Ne pouvant retenir ses larmes, elle inclina sa torche et le bûcher s'enflamma. Elle pleura durant les longues minutes qui s'écoulèrent, regardant le corps de son mari réduit en cendre s'envoler au-dessus de l'océan. La douleur explosa dans son cœur à l'idée qu'il eut disparu et elle se jeta dans les bras de Sanya pour sangloter.

Hagarde, elle était restée immobile, même quand le feu s'était éteint et que les autres s'en étaient allés. Elle était comme droguée, la gorge douloureuse à force de pleurer, les yeux rougis et le cœur meurtri. Elle avait l'impression d'être un fantôme, un mort vivant. Une partie de son âme était morte avec son mari. Elle ne reprit conscience que lorsque Sanya lui tapota doucement le dos.

- Vous n'êtes pas seule, souffla-t-elle.

Cela avait suffi. Tamara la remercia d'un faible sourire.

C'est alors que Kalwen apparut devant eux à leur grande stupéfaction, son visage exprimant toute la douceur du monde. Il se pencha vers Tamara, posant une main sur son épaule.

- Votre mari est auprès de moi et il vous fait savoir qu'il vous aime de tout son cœur. Il est heureux du sacrifice qu'il a fait, même si cela n'a servi à rien. Il dit être enfin libéré de ses chaînes et c'est tout ce qui compte. Il vous dit aussi de continuer votre vie et qu'il bénira l'homme que vous aimerait.

Des larmes pleins les yeux mais un sourire aux lèvres, Tamara hocha vaguement la tête. Ayant besoin de calme et de solitude, elle s'éloigna pour rejoindre le château et Sanya la regarda jusqu'à ce qu'elle fût hors de vue. Seuls Connor et Aela restèrent près d'elle.

Kalwen tourna alors son regard vers elle.

- Il me fait dire de ne pas te blâmer. Il est heureux que tu sois venue à lui, car tu l'as libéré de ses craintes et de ses problèmes. Il est heureux de t'avoir servi. Il ne t'en veut pas, bien au contraire.

Sa sœur hocha la tête et il déposa un baiser sur son front.

- Céodred n'est pas aussi loin de vous que vous le croyiez. Votre chagrin n'a pas lieu d'être.

Après un dernier sourire à la reine, il se dématérialisa.

Resserrant leur manteau autour de leurs épaules, les trois compagnons contemplèrent l'océan qui s'étiraient devant eux et les étoiles qui s'y reflétaient.

- La guerre va reprendre, soupira Sanya. Les batailles, encore des batailles, des sièges et de nombreux morts. Ça va être notre triste quotidien, à présent.

- Comme m'a dit une amie un jour, si sombre soit ton présent, il finira toujours par y avoir une éclaircie, pour peu que tu te donnes la peine, lui glissa Connor. Ne perd pas espoir Sanya. Il faudra se battre, j'en conviens, mais dis-toi que ce sera notre dernière guerre.

- Encore faut-il que je trouve le Quilyo, que je batte Abel et Baldr. Parfois, j'ai envie de partir très loin d'ici, comme Céodred et Tamara, pour y vivre en paix, sans responsabilités, sans craintes, sans pressions. Je voudrais qu'il n'y ait que toi et moi, loin de toutes ses intrigues.

- Quel pessimiste ! Un jour, on sera ensemble et en paix. Tu es une déesse Sanya, la plus puissante qu'il il n'y ait jamais eu, ne l'oublie jamais. Personne ne peut te vaincre. Tu triompheras.

- Tout ces gens qui vont mourir pour moi...

- La mort est préférable à une vie de servitude. Je préfère être mort que vivre comme ces gens à Castel-noir. Je préfère mourir en combattant que vivre en esclave sans rien faire. Les gens ne vont pas mourir uniquement pour toi Sanya. Ils vont mourir pour sauver leur famille, pour que leur femme et leurs enfants ne tombent pas sous le joug d'Eroll.

- La mort ne doit pas être redoutée ! s'écria Aela en s'approchant. Tout grand guerrier rêve de mourir l'épée à la main pour rejoindre le pavillon des morts et festoyer à Ysthar. Pour leurs femmes et leurs enfants, les hommes n'auront pas peur. La guerre n'est pas belle, je le sais plus que bien. Mais nous n'avons pas le choix. Au lieu de se morfondre, il faut se gorger de courage et d'espoir. Je veillerai personnellement à ce que tes hommes en aient ! Plus il y aura d'Aurlandia, plus on s'amusera, croyez-moi ! Quant à vous Majesté, vous êtes une guerrière, une déesse ! Personne ne peut vous résister. Vous allez garder la tête haute, parce que j'ai confiance en vous, si quelqu'un doit vaincre les dieux, c'est vous.

- Et n'oublie pas que je suis là, murmura Connor. Tu n'es pas seule. Tes hommes feront leur devoir, contente-toi de faire le tien. Ne porte pas des fardeaux qui ne sont pas les tiens. Qu'Eroll vienne, il se fera écraser !

Sanya sourit devant l'optimisme de ses amis. Oui, ils avaient raison. Elle redressa la tête en inspirant à fond.

Elle était la déesse des vents et des tempêtes. Un simple mortel ne pouvait pas la vaincre, ni aucun dieu ! Eroll voulait la guerre, alors elle allait lui en donner une de mémorable ! Une guerre qui rentrerait dans l'Histoire ! Elle était la déesse des tempêtes, elle ne plierait devant rien, elle garderait force et courage quoi qu'il arrive. Sa forme de mortelle ne devait pas l'incommoder. Personne ne pouvait la plier à sa volonté. Son bannissement l'avait changé, elle avait perdu confiance en elle, mais Connor, comme toujours, venait de lui rappeler qu'il n'y avait pas de raison qu'elle se sente écrasée.

- Baldr, Abel ! cria-t-elle dans la nuit. Festoyez, Ô grands dieux ! Jamais vous ne m'enchaînerez ! Profitez, car je reviendrai. Et quand je serai là, il n'y aura nulle part dans les cieux ou sur terre pour vous cacher ! Je vous trouverai et je vous tuerai. Envoyez-moi tout ce que vous voulez, Eredhel les repoussera, encore et toujours. Mon royaume ne succombera pas, jamais nous ne tomberons et dans quelques centaines d'année, quand on vous aura oublié, on chantera encore le courage de notre royaume ! Vous ne pourrez rien contre ça. Nous triompherons ! Et vous, vous allez payer cher tous les affronts que vous m'avez infligés !

Les soldats et les Maîtres des Ombres, qui s'étaient dissimulés pour garder un œil sur leur reine, jaillirent alors de derrière les rochers pour pousser un hurlement de victoire, levant haut leurs épées avec leur reine. Tapant sur leur bouclier, ils entamèrent un chant de guerre qui résonna dans la nuit, se propageant dans toutes les directions. Sanya souriait, sentant en elle une force qu'elle avait oubliée. Se joignant à ses hommes, elle chanta sa prochaine victoire et Connor et Aela la suivirent, les yeux brillants de fierté.

*

Dans son palais, Abel tressaillit en entendant ce chant qui avait traversé les cieux pour se rependre à Ysthar. Les autres dieux frémirent également et plongèrent un regard craintif dans celui de leur chef.

La voix de Sanya résonnait si fort qu'elle semblait être là, prête à se matérialiser pour déchaîner sa colère. Abel eut un moment de doute et saisissant sa puissante épée à double lame, il frappa le sol. Une onde de pouvoir se rependit sur tout son territoire.

Mais le chant ne cessa pas.

Abel se leva précipitamment et quitta son palais pour

rejoindre un endroit tranquille où réfléchir en paix. La voix de Sanya ne le quittait pas. Elle allait venir ici, pour lui et elle le tuerait. Il eut soudain peur, une peur qu'il n'avait jamais ressentie. Avait-il fait de Sanya un monstre qui massacrerait les siens ?

Non, elle déchaînerait son pouvoir uniquement sur lui.

Poussant un cri de rage, il détruisit tout ce qui se trouvait près de lui. La guerre allait éclater sur terre, mais il s'en fichait. Le destin des humains ne l'intéressait pas. D'ailleurs, que pouvait-il faire ? Sanya avait pris la main sur tout. Il n'avait plus d'influence. Elle, une simple mortelle, venait de l'écarter d'un revers de la main.

Et bientôt, elle viendrait ici le tuer.

Et la plus grande guerre que les dieux eurent connue allait débuter.

Éditeur : BoD-Books on Demand, 12/14 rond point des Champs Élysées,
75008 Paris, France
Impression : BoD-Books on Demand, Norderstedt, Allemagne
ISBN : 978-2-322-11875-5
Dépôt légal : 03/18